KB109274

흰 까마귀
창공을 날다

흰 까마귀 창공을 날다

발행일	2020년 10월 13일		
지은이	조영건		
펴낸이	손형국		
펴낸곳	(주)북랩		
편집인	선일영	편집	정두철, 윤성아, 최승헌, 이예지, 최예원
디자인	이현수, 한수희, 김민하, 김윤주, 허지혜	제작	박기성, 황동현, 구성우, 권태련
마케팅	김회란, 박진관, 장은별		
출판등록	2004. 12. 1(제2012-000051호)		
주소	서울특별시 금천구 가산디지털 1로 168, 우림라이온스밸리 B동 B113~114호, C동 B101호		
홈페이지	www.book.co.kr		
전화번호	(02)2026-5777	팩스	(02)2026-5747
ISBN	979-11-6539-414-1 03810 (종이책)		979-11-6539-415-8 05810 (전자책)

이 도서의 국립중앙도서관 출판예정도서목록(CIP)은 서지정보유통지원시스템 홈페이지(http://seoji.nl.go.kr)와
국가자료공동목록시스템(http://www.nl.go.kr/kolisnet)에서 이용하실 수 있습니다.
(CIP제어번호: CIP2020042059)

조 영 건 장 편 소 설

흰 까마귀
창공을 날다

북랩 book Lab

차례

저승길은 외롭지 않았다

금년은 이른 봄부터 계속 비다운 비가 오지 않았다. 그동안 비라고는 한두 차례 질금거리다 이내 그쳤을 뿐 모내기 철이라 모두들 시원스럽게 굵은 빗줄기가 쏟아졌으면 하고 간절히 바랐지만, 먹구름이 끼고 곧 장대비가 쏟아질 듯하다가도 언제 그랬냐는 듯 금방 구름이 걷히고 햇볕이 작열하곤 했다.

　가뭄이 길어질수록 사람만 힘들고 지치는 게 아니라 농작물도 농심과 함께 검게 타들어 갔다. 어렵사리 모내기를 마친 논도 있으나 아예 이앙을 포기하고 가뭄에 잘 견디는 산도 등 밭작물을 대체 작물로 심은 농가도 늘어만 갔다. 천수답은 물론이고 수리답의 벼들도 뜨거운 햇살에 맥을 못 추고 시들시들해지고 급기야 검게 타들어 갔다.

　모든 방법과 수단을 총동원하여 남녀노소 없이 서로 한 움큼의 물이라도 자기 논에 더 대려고 아귀다툼을 벌이곤 하였다. 저수지 물도 거의 바닥이 드러났고, 마지막 남은 물을 공급하기 위해 수문이 열리자마자 곳곳에서 싸움이 벌어졌다. 예로부터 농사꾼에게 논에 물대기는 양보 없는 싸움이었다. "아재고 뭐고 농사 다 지어 놓고 그때 항렬 따집시다."라는 속담이 있다. 그만큼 농사꾼은 한 해 농사를 망치지 않으려면 염치 불고하고 우선 물을 확보하지 않을 수 없다. 새끼들 입에 밥 들어가는 것하고 가문 논에 물 들어가는 것이 제일 오지는 것이라고 회자되어 왔다.

오랜 기간 가뭄이 계속되었으니 비참하고 참혹하기 짝이 없었다. 사람들 간에는 무거운 공기가 감돌고 긴장감이 팽팽하게 조성되어 마치 언제 불꽃이 터질지 모르는 화산 같은 분위기였다.

절망과 분노의 어두운 그림자가 마을을 뒤덮었고 인심은 흉흉해 온갖 유언비어가 난무했다. 삼성산 능선 명당에 누군가 늑장을 했기 때문에 가뭄이 들었다는 것이다. 예로부터 그 명당에 묘를 쓰게 되면 그 묘의 자손들은 부귀영화를 누리지만 마을엔 재난과 액운이 따른다고 전해져 왔기 때문이다.

또한, 선대부터 당산제를 지내다가 미신입네 하고 그 제사를 몇 해 전에 폐했기 때문에 천벌을 받고 있다는 풍문도 떠돌았다. 항상 환난 시에는 단골로 떠도는 헛소문으로, 문둥이가 천형을 치료하기 위해 어린애의 간을 취하려고 애들을 잡아간다느니, 굶주림으로 거의 빈사 상태에서 홀로 출산한 산모가 광기가 발동해 눈이 뒤집혀 갓난애를 솥에 넣어 삶았다느니 끔찍하고 허무맹랑한 낭설이 떠돌았다. 실제 이웃 마을에서 국민학교 일학년 남학생 두 명이 하굣길에 실종되어 면내 관민이 총동원되다시피 대대적인 수색 작업을 펼쳤으나, 거의 한 달이 되어 가는데도 실마리로 찾지 못한 채 오리무중이다. 어린이가 있는 집에서는 너 나 할 것 없이 애들 단속에 각별히 신경을 곤두세웠다.

그런 와중에 포복절도할 소문이 떠돌았다. 옆 동네 억척스러운 과부가 저수지 수문을 개방했을 때 수로의 물길을 틀어막고 독차지하였다.

원래 윗배미 논에서는 적당량의 물을 대고 아랫배미의 논을 위해 훨씬 많은 양의 물이 내려가도록 물꼬를 조절하는 것이 관례이다. 윗옷을 벗어젖히고 물꼬를 지키고 있으니 남정네들이 감히 접근을 못한 채 가슴앓이를 하고 좌불안석했다. 그러다 한 괴짜 남자가 막걸리 몇 사발을 들이키곤 용기를 내, 웃통을 벗어 던지고 고함을 지르면서 과부를 향해 돌진했다.

"아랫배미 논 가진 놈들은 식구들 데리고 다 죽으란 말이여? 천하에 이런 경우는 없소이다."

그 여자는 윗도리도 미처 챙기지도 못한 채 황급히 줄달음을 쳐 버렸다. 두세 사람만 모이면 누구라 할 것 없이 이 이야기를 꺼내 놓고 웃음보를 터트렸으니 가뭄과 무더위에 유일한 청량제였다.

저수지도 바닥이 완전히 드러나 거북등처럼 흉하게 이리저리 갈라졌고 이제는 식수까지도 동이 날 정도였다. 사람들뿐만 아니라 논과 밭의 작물까지도 지칠 대로 지쳐 하루하루를 견뎌내기가 말할 수 없는 고역이었다. 연세가 지긋한 어르신들은 몇십 년 만에 처음 겪는 대가뭄이라고 혀를 내둘렀다.

마침내 마을회관에서 가뭄을 극복하기 위한 타개책을 모색하는 회의가 열렸다. 의례 마을 회의가 열리면 농담과 고성이 오고 가기도 하는데, 사항이 워낙 중대하다 보니 선뜻 나서지도 않고 서로 눈치만 보고 무거운 공기가 감돌았다. 어렵사리 말을 꺼낸 사람도 무척 조심스럽게 의견을 개진했다. 고갈을 해소하기 위한 뾰족한 방법이 나올 리만무하다. 회관에 모인 사람들 그 누구도 이 사실을 모를 리 없건만 워낙 답답한 심정에 모임이라도 가져 토로하고 하소연하려는 거다. 결국 예로부터 관습되어 온 기우제를 삼성산 정상에서 지내기로 결정하고 날짜와 진행 사항은 원로들께 맡겼다.

원로들 중에 부정 타지 않은 사람이 선발된 제관의 주재하에 삼성산 정상에서 엄숙하게 기우제를 지냈다. 모든 사람의 간절한 염원을 담아 정성을 다하여 진행되었고 혹여나 기우제에 초를 치지 않을까 조심스러워 말조차도 조곤조곤 했다. 마지막에 짚단을 쌓아 올려 불을 놓으니 불꽃과 함께 연기가 하늘 높이 넘실거리며 오르고 참석자들은 두 손 모아 기원했다.

기우제를 지낸 후 며칠이 지났을까, 청천 하늘에 온통 먹구름이 끼기 시작하면서 비 올 징조가 보였으나, 모두들 올해 너무 속아 봐서 기대하지는 않았다.

아침나절부터 가랑비가 내리기 시작하면서 차차 빗방울이 굵어졌다. 드디어 그렇게 기다리고 고대했던 단비가 내렸다. 그 누가 먼저라고 할 것 없이 어른, 아이 모두 밖으로 나와 하늘을 쳐다보면서 환성을 지르며 비를 맞았다. 입을 한껏 벌려 비를 받아먹기도 하고 아이들과 개들은 이리 뛰고 저리 뛰면서 벌판을 헤집고 다녔다.

이렇게 단비가 내릴 때에는 비를 온몸으로 맞아야지 우산을 쓰거나 우비를 입으면 돌팔매를 맞을 수도 있다. 농촌에서 가장 중요한 금기 사항이다. 하늘이 노해서 비를 멈춘다는 것이다.

이틀간은 빗줄기도 약하고 몇 번씩 내리고 멈추기를 반복하더니 차씀 빗줄기가 굵어졌다. 농부들은 논과 밭으로 뛰다시피 다니며 농작물 관리에 여념이 없다. 논벼의 생육을 위해선 항상 적당량의 수위를 유지해 줘야 한다. 물꼬를 상황에 따라 트기도 하고 막기도 하면서 조절해 줘야 한다. 물을 대는 것도 중요하지만 물이 범람하여 둑이 무너져 벼가 흙탕물에 수몰되기라도 하면 한 해 농사를 망치기 십상이다. 장마철에는 심지어 한밤중에도 논에 나가 봐야 한다. "하지 지나면 물꼬에 발 담그고 잔다."는 속담이 있다. 물꼬 단도리가 그만큼 농사의 근간임은 예로부터 강조되어 왔다.

사람뿐만 아니라 모든 농작물에도 생기가 감돌았다. 완전히 해갈되었다. 자연이 아사 직전에 활력을 되찾아 준 정말 고마운 비였다.

한번 내리기 시작한 비는 그칠 줄 모르고 연일 내렸고, 장마로 이어졌다. 이젠 제발 비 좀 그쳤으면 하고 모두 간절히 바랐지만 줄기차게 연일 내렸다. 나중에는 천둥번개를 동반한 장대비가 굵고 거세게 좍좍 내리쳤다.

엄청난 폭우가 이틀 동안 쉴 새 없이 쏟아졌다. 제방과 논두렁, 밭두렁이 붕괴되고 농작물은 순식간에 휩쓸려 나갔거나 물속에 잠겨 버렸다. 아름드리나무가 밑둥치째 뽑혀 나자빠지고 들녘이 파훼돼 절개지가 흉측스럽게 여기저기 드러났다. 산사태로 공동묘지의 무덤 수십 기가 파헤쳐져 형태도 알아볼 수 없을 뿐만 아니라 유골이 볼썽사납게 엉켜 나뒹굴었다. 농경지뿐만 아니라 냇가의 가옥과 축사까지도 파손되고 붕괴되었다. 냇가 인근에 사는 농가는 사람과 가축이 피난해야 될 지경이었다. 수마가 단숨에 할퀴고 간 산야는 이루 형언할 수 없을 정도로 처참하고 참혹했다. 가축들이 급류에 떠내려가도 손 쓸수가 없어 멀거니 쳐다보고만 있을 뿐 별 방도가 없었다.

이 끔찍하고 엄청난 재해 앞에서 모두가 어디서부터 손을 써야 할지 엄두도 못 내고 망연자실했다. 불행 중 다행은 다른 마을에서는 인명 피해가 있었는데 우리 마을은 인명 피해는 없고 가축만 급류에 휩쓸려 떠내려가거나 죽었다. 연세가 지긋한 어르신들은 한평생 금년 같은 큰 가뭄과 태풍은 처음이라며 하느님을 원망했다. 집이 붕괴되었거나 무너질 위험이 있는 가구는 우선 마을회관으로 피난해 숙식을 해결했는데, 누가 먼저라 할 것 없이 서로 식량 등 필수품을 제공했다. 그중 밤중에 황망하게 식구들과 빠져나오느라고 가축조차도 손볼 틈 없이 간신히 몸만 피한 경우도 몇 집 되었다.

큰 가뭄과 태풍을 번갈아 가며 겪은 사람들은 풀이 죽었고, 지치고 고달픈 하루하루를 힘겹게 버텨 나갔다. 장마 동안 강풍을 동반한 폭우는 기껏해야 대여섯 시간 남짓 내렸는데, 천지가 쑥대밭처럼 황폐화되었으니 대자연의 힘 앞에 인간이 얼마나 연약하고 티끌 같은 존재인지 새삼 절실히 느꼈다.

나는 비가 개거나 약해진 틈을 타 논과 밭을 살펴보고 물길을 손보거나 둑을 보수하곤 했다. 집은 새거나 허물어진 곳은 없었으나 뒷담이 상당히 무너져 내렸다. 날씨가 좋아지면 담장을 다시 쌓기로 하고 흙더미를 치우고 돌을 한곳으로 모아 놓았다.

저녁 무렵 마을 방송을 하는데, 잘 들리지 않았다. 방송과 함께 종이 난타되었다. 종은 마을에 위급한 상황에만 사용되는 긴급신호수단이다. 급히 마을회관으로 달려갔는데 그곳에는 이장을 비롯한 이십여 명 정도가 의아한 표정을 짓고 옹기종기 모여 있었다. 모두들 피곤하고 수척한 모습이 삶의 의욕을 상실한 군상 같았다. 잠시 후 사람들이 더 모이자 이장이 무겁게 입을 열었다.

"이렇게 모이시라고 한 것은 금정양반 내외가 아침나절에 내 건너 논에 물꼬를 보러 나갔다 오후가 돼도 돌아오지 않아, 그 집 큰집을 비롯해 온 식구들이 찾아봐도 못 찾았다고 허니 우리가 모두 나서서 찾아봅시다. 날이 곧 저물고 어두워질 테니 서두릅시다. 내 건너편에 있는 수성리 이장한테 부탁해서 그쪽에서도 찾아보기로 했응게, 우리는 이쪽 편만 보면 될 것이구만요."

금정양반네 논은 냇물을 건너 수성리에 위치한 논이지만 넉넉잡고 두어 시간 남짓 걸리는데, 이 시간까지 오지 않았다면 무슨 일일까 하고 근심스러운 표정들이었다.

노약자와 아녀자를 제외하고 모두 동원되었다. 대충 사십여 명쯤 되어 보였다. 회관 마당 모퉁이에서 눈물범벅 되어 새하얗게 겁에 질린 얼굴로 안절부절못하며 서 있는 금정양반의 맏딸 정애를 살며시 쳐다보았다. 가련한 생각과 함께 평소에는 느끼지 못했던 묘한 감정이 나를 사로잡았다. 정애와는 가끔 마주칠 때면 서로 인사 정도나 하고 지내는 서먹한 사이이지, 별로 말 상대를 하는 사이는 아니고 친한 사이는 더더욱 아니었다. 나도 모르게 얼굴이 붉어지는 것을 느끼면서 민망해 얼른 고개를 돌렸다.

징검다리는 물에 잠긴 상태였다. 일렬횡대로 늘어서서 다리에서부터 아래로 내려가면서 찾아보기로 했다. 소리를 지르고 막대기로 풀숲을 헤쳐 가면서 천천히 내려갔다. 냇가 반대편에서도 똑같은 작업을 동시에 실시했다. 물살이 세차게 흘러 소리가 잘 들리지 않았으나 고함을 지르면 서로 의사소통이 가능했다. 무슨 일이 있으면 서로 연락을 하기로 했다. 웅덩이가 깊이 파헤쳐진 곳이 군데군데 있어서 진흙탕 속에 발이 푹푹 빠지곤 했다.

서로 주고받는 말 대부분은 당연히 금정양반 내외에 대한 것이었다. 금정양반은 최씨고 정애의 아버지이다. 금정양반과 금정댁은 사십대 중반으로, 마을에서 금실 좋고 부지런하기로 둘째가라면 서러울 정도로 소문이 자자하고 평판이 좋았다. 항상 둘이 논밭으로 붙어 다니면서 새벽부터 저녁 늦게까지 개미처럼 일할 줄밖에 몰랐다. 농사꾼이라면 으레 힘든 일 끝에 막걸리 한 사발 정도는 시원하게 들이킬 법도 하건만 금정양반은 술은 한 모금도 입에 대지 않을 뿐만 아니라 담배도 입에 대지 않았다. 본인은 일절 술 담배를 삼가지만 상대방에게 농주를 잘 권하고 어울리기도 좋아할 뿐만 아니라 남을 기꺼이 잘 도와주는 정이 많은 사람이었다.

하지만 기독교인으로 신앙이 두터워 종친 간 관혼상제 때 친척들과 간혹 의견 다툼이 있고 유교 문화에 젖어 있는 마을 사람들에게 무시당하기 일쑤였다. 장난꾼들은 면전에서 희롱하기도 하지만 미소로 상대할 뿐, 인상을 찌푸리거나 화내는 법이 없었다. 이런 성격 때문에 오히려 짓궂은 사람들의 농담과 조롱이 멈추지 않았다.

오늘 장대비가 정오 무렵에 두어 시간 정도 쏟아졌다. 날씨가 좋아지기를 느긋이 기다렸다가 논에 가도 될 일이건만 부지런한 사람들이 그새를 못 참고 서둘러 물꼬를 보러 갔다가 혹여 사고를 당했나 하고 모두들 방정맞은 생각을 했다.

수색을 시작한 지 한 시간가량 경과했을 무렵 누군가 크게 외치는 소리가 나서 모두들 그쪽으로 모였는데, 삽이 풀숲 수렁에 나뒹굴고 있었다. 그렇다면 분명히 논에서 일을 마치고 내를 건너왔다는 것이 분명해졌다. 그런데 두 사람은 어디로 갔단 말인가. 애들 때문에 분명 바삐 발길을 집으로 향했을 텐데. 사람들은 그런 생각이 들었고, 불길한 공기가 감싸 돌았다.

일단은 땅거미도 지고 어두워졌으므로 옆 마을 사람들까지 고생시킬 필요가 없다고 판단돼, 고함을 질러 해산시키고 이쪽 편에서는 샅샅이 뒤지기로 하였다.

이젠 대화도 끊겼고 무거운 침묵이 감돌았다. 불길한 징조가 분명 일어났으리라고 너 나 없이 직감한 것이다. 하류로 내려가면서 전보다 더 세심하게 찾아보았으나 금정댁 내외는 보이지 않고, 가끔 물에 떠 내려온 작은 짐승의 사체라든가 나무등치 같은 온갖 잡동사니들만 눈에 띄었다.

날은 점점 어두워져 앞이 잘 안 보이고 모두가 지치고 배가 고파 더 수색하는 것은 무리니 이쯤에서 중단하고 내일 날이 밝으면 다시 수색을 하자는 측과 더 수색을 해 보자는 측으로 의견이 갈렸다. 이장이 더 찾아보자고 설득했다.

"금년처럼 가뭄과 태풍이 몰려와 숨 쉴 겨를도 없이 쑥대밭을 만들었으니 난리도 이런 큰 난리가 없지라. 아마 우리 마을 유사 이래 이런 환난은 처음일 것이요. 이참에 피해를 보지 않은 집은 한 집도 없을 것이요. 모두 각자 피해 복구들 하시느라 고달플 줄은 잘 알지만 어쩌겠소. 애간장이 타들어 가는 가족들을 위해서라도 더 수고들 해 주십사 부탁합니다. 내가 몇 사람과 함께 마을로 후닥 내려가서 횃불과 손전등이며 막걸리를 좀 가져올 테니까. 그동안 좀 쉬었다 다시 찾아보도록 헙시다."

옹기종기 모여서 담배를 피우거나 행방이 묘연한 두 사람에 대해서 이런저런 추측들을 해 보면서 담소를 나누었다. 나는 사람들이 휴식을 취하고 있는 동안에도 긴 막대로 수풀을 이리저리 휘젓고 다녀 보았으나 허사였다.

상당히 어두워졌을 무렵, 손전등과 횃불이 막걸리와 함께 도착했다. 피곤하고 허기가 진 상태라 너 나 할 것 없이 막걸리를 들이켰다. 피로와 요기를 달래는 데 막걸리만큼 좋은 게 없다. 어른들 사이에 어정쩡하게 서 있는데 누군가 권해 주는 한 사발을 대뜸 들이마셨다.

횃불과 손전등을 든 사람을 뒤따르며 수색을 시작했다. 연장이 발견된 곳에서 모두들 주의 깊게 살펴보았으나 아무것도 발견하지 못했고 혹여 아래로 떠내려갔나 하고 하류로 내려오며 수색했으나 성과가 없었다.

사고가 났다고 가정하면 어디쯤일까 하고 나름 생각해 보았다. 연장이 발견된 지점이 의심이 갔다. 손전등 하나를 차지하고 되짚어 올라왔다. 삽이 눈에 띈 지점에서부터 원을 그려 가면서 긴 막대로 풀을 세세히 헤치면서 꼼꼼히 살펴 가며 차츰차츰 넓혀 갔다.

꽤 오랜 시간을 뒤졌으나 무모한 짓 같았다. 그만 포기하고 다른 무리와 합류하기 위하여 아래쪽으로 내려갈까 했는데, 불현듯 이번 한 번만 더 해 보자는 생각이 내 발길을 잡았다.

늪지대로 발을 들여놓았다. 진흙땅에 발이 푹푹 빠지곤 했는데, 갑자기 한 발이 깊숙이 박혀 힘껏 발을 빼다가 신발이 벗겨진 채 옆으로 넘어지고 말았다. 그때였다. 전방에서 무슨 물체 같은 것이 손전등의 불빛에 희미하게 어른거렸다. 곧장 일어서서 가까이 가 보았다. 손전등을 곧바로 비춰 보는 순간, 온몸에 전율이 흐르고 오싹 소름이 끼쳤다. 진흙으로 뒤범벅이 된 두 사람이 형체도 알아볼 수 없을 정도로 처참한 꼴로 나뒹굴고 있었다.

한쪽 신발을 찾을 엄두도 내지 못하고 손전등을 휘두르고 고함을 지르면서 아래로 내달렸다. 사람들을 이끌고 왔으나 근처에서 맴돌 뿐 정확한 지점을 집어내지 못했다. 엄청난 상황을 목격한 탓에 정신이 혼미하고 겁에 질려 방향 감각을 잃어버렸다. 횃불과 손전등을 모아 근방을 샅샅이 훑고서야 겨우 찾아낼 수 있었다.

눈앞에 펼쳐진 두 사람의 꼴사납고 처참한 모습을 보자마자 모두 경악했다. 몇 시간 전만 해도 다정다감하고 마을 일에도 항상 솔선수범하는 큰 일꾼이자 유지였던 사람이 이렇게 개흙밭에 파묻혀 있으니 그 참혹한 모습을 눈 뜨고는 볼 수 없을 정도였다. 모두 넋을 잃고 안타까움에 어찌할 바를 모르고 비통해했다. 금정양반의 형이 진흙으로 뒤범벅이 된 동생을 끌어안고 목놓아 울부짖었다.

 "세상에 이런 날벼락이 어디 있단 말이냐. 야! 이놈아, 어린 새끼 놔 두고 둘이 저세상으로 가면 어떡허란 말이냐. 물속에서 얼마나 발버 둥 쳤으면 온몸이 성한 데 하나 없구나. 아이고! 에구! 이런 비참한 꼴 이 세상에 어디 있담. 새끼들 두고 가니 한이 많아 눈도 못 감았구나."

 반쯤 뜬 두 사람의 눈을 쓰다듬어 감겨 주면서 통곡했다. 모두 이내 눈시울이 붉어졌고 울음보를 터트린 이도 있었다. 징검다리부터 하류 쪽으로 꽤 거리를 둔 지점에서 두 사람은 옆으로 누워서 상대방을 바 라보면서 한쪽 팔은 상대방 쪽으로 뻗고 있었다. 두 사람은 죽는 순간 까지 손을 잡고 있던 것이 분명했다. 일을 마치고 내를 건너다 변을 당한 것이다. 아마도 연약한 금정댁이 급류에 휩쓸려 가자 금정양반 이 이를 구하려고 물살과 사투를 벌였고, 그 와중에 아래로 떠밀려 와 간신히 둑으로 올라왔으나 기진맥진해 쓰러져 다시는 일어나지 못 하고 영면했으리라.

 한밤중에 마을은 온통 벌집을 쑤셔 놓은 것 같았다. 소달구지, 들 것, 가마니 등을 급히 조달해 현장에 도착했을 때는 어두워 앞이 잘 안 보일 정도였다. 소달구지가 들어갈 수 없는 곳까지는 들것으로 실 어 나르기로 했다. 가마니로 시신을 감싸서 들것으로 옮겼다. 들것 운 반에 나도 한몫했는데 발은 펄에 푹푹 빠지고, 들것은 밑으로 처져 땀 이 비 오듯 쏟아졌다. 보통 두 사람이면 족한데 네 사람이 달려들어도 엄청 힘이 들었다.

 시신을 실은 달구지가 마을 어귀에 들어서자 눈물바다가 되었다. 금정양반 댁에 들어서자 사람들이 정애는 끔찍한 장면을 맞닥트리지 않게 피신시켰고 정애 동생들만 있었다. 정애가 큰딸이고 바로 밑에 장애를 가진 여동생을 비롯해 국민학교에 다니는 남동생과 어린 여동생이 있다. 장애가 있는 여동생과 어린 여동생은 사태를 파악 못 한 채 휘둥그런 눈으로 사람들을 번갈아 가며 쳐다볼 뿐이었다. 단지 국민학교에 다니는 사내놈만 사태를 짐작했는지 눈물을 연신 훌쩍거렸다.

안방에 시신을 안치해야 하지만 부패가 심해 서늘한 문간방에 안치했다. 더 심해지기 전에 염을 해야 한다. 촌각을 다투는 일이다. 우선 시체를 물로 세척을 한 뒤에 염 작업에 들어가야 한다. 소독약과 약솜이 필요했다. 이장이 나를 바쁘게 부르더니 대뜸 명령조로 말했다.

"어이, 약방에 가서 소독약허고 약솜 좀 사 와야 되겠네. 내가 전화로 연락할 테니 얼른 좀 갔다 오게."

이장은 매사에 제집 종놈이나 머슴 부리듯 내게 만만하게 궂은일을 당연한 것처럼 시키곤 하는데 이번엔 더욱 비위에 거슬리고 아니꼬웠다. 명령조가 아닌 부탁조로 일을 시킨다면 기분 좋으련만, 꼭 배알이 꼴리고 부아가 솟구치도록 만들었다.

고인이 된 금정양반은 생전 내겐 후덕하고 존경스러운 분이었다. 거기다 불의의 사고로 갑자기 생을 마감했기 때문에 한없이 애석한 마음에 내 힘껏 뭐든지 도움이 될 만한 일은 물불 안 가리고 할 작정이었다. 그런데 이장의 말투가 내 기분을 잡쳐 놓고 말았다.

약방은 면 소재지인 대전리에 있다. 자전거로 대낮에 빨리 달린다 해도 왕복 한 시간 정도 걸리는데, 밤 열 시가 넘은 야밤에 희미한 불빛을 의지한 채 가니 재빨리 간다 해도 꽤 시간이 걸릴 것이다.

페달을 힘껏 밟았으나 마음만 바빴지 앞은 잘 보이지 않고 울퉁불퉁한 길이라 좀처럼 속력이 붙지 않았다. 신작로에 들어서니 훨씬 나았다. 가속도가 붙기 시작했다.

약방에 도착했을 때는 땀으로 범벅이 되어 옷이 몸에 착 붙어 있을 지경이었다. 약사는 전화를 받고 날 기다리고 있던 중이었다. 평상시에는 인사를 해도 받는 둥 마는 둥 쌀쌀맞게 굴던 약방 주인이 다른 사람처럼 곰살궂게 대해 주니 천만뜻밖이었다. 나를 보자마자 반갑게 맞이하면서 준비했던 약봉지를 건네면서 안타까운 표정으로 말했다.

"망자하고 나하고는 심복지우지간이지. 그리 갈 줄 누가 알았겠나. 참 안 됐어. 좋은 일을 남몰래 참 많이 허신 분일세. 부처님 화신 같은 분인데."

인사를 하는 둥 마는 둥 하고 뒤돌아섰다. 나를 학수고대할 테니 조금이라도 지체할 수가 없었다. 안장에서 엉덩이를 들고 상반신을 굽혀 있는 힘을 다해 페달을 억세게 밟아 댔다. 종전에 약사가 했던 말이 의아해 머릿속을 맴돌았다. 금정양반 내외는 기독교 외골수 신자인데 부처님 같다 하니 이해할 수가 없었다. 시간 여유가 있었다면 직접 물어봤을 테지만 곧장 뒤돌아설 수밖에 없었으니 아쉽고 오는 동안 내내 궁금증이 나를 사로잡았다.

기진맥진해서 당도하니 모두들 반갑게 맞이하고 쑥스러울 정도로 여기저기서 이구동성으로 수고했다는 인사를 건넸다. 밤이 깊었는데도 어린애와 노인을 제외하고는 남녀 구분 없이 마을 사람이 총동원되다시피 해 일사불란하게 움직였다. 안방 쪽에서 낮고 목쉰 구슬픈 울음소리가 가냘프게 이어졌다 끊겼다 하는 지친 소리가 반복됐다. 즉각적으로 정애가 비탄의 늪에 빠져 몸부림치며 내는 울음소리라는 걸 알아차릴 수 있었다. 모두 밤을 꼬박 지새우다시피 하였다.

밤늦게 집에 돌아가 선잠을 자고 동틀 무렵 일어나 보니 하늘은 뭉게구름이 군데군데 떠 있을 뿐 맑은 청잣빛이었고 바람은 살랑거려 더할 나위 없이 쾌청하고 좋은 날씨였다. 오늘은 일찍 서둘러야 한다. 부고장을 돌려야 하기 때문이다. 이장이 부고장 몇 묶음을 주면서 잔소리를 해 댔다.

"돌려야 될 곳이 세 개 면이야. 내가 가까운 곳부터 쭉 목록을 작성했응께. 그걸 보고 하나도 빠짐없이 잘 돌려야 돼. 젤로 가까운 곳으로만 했어. 더 먼 디는 어른이 돌리기로 했어. 긍게 자네는 좀 쉬울 것이여. 아 참, 글고 부고장 돌릴 때 집 안까지 안 들어가는 것 알고 있제?"

"알다마다요. 처음 돌린 것도 아닌디. 잘 돌릴 테니 걱정 마시오."

이장은 대수롭지 않게 여기는데 부고장이 무척 많았다. 오늘 하루에 다 배포할 수 있을지 우려되었다. 해 질 녘까지 마치려면 숨 쉴 틈 없이 바삐 움직일 수밖에 없었다. 신작로는 그런대로 달릴 만한데 마을로 들어서는 길은 이번 장마에 군데군데 푹 파였고 자갈과 흙탕물이 고여 있었다.

자전거 바퀴가 미끄러지고 핸들이 흔들리는 등 앞으로 헤쳐 나가기가 무척 힘들었다. 자전거와 함께 나뒹굴기도 했다. 피해복구라든가 농사일 때문에 집에는 노약자밖에 없었다. 만약 집에 사람이 있으면 불러내 대문 앞에서 전달하고 없으면 대문에 꽂아 놓았다.

부고장을 집 안으로 가지고 들어가지 않는 금기 풍습은 언제부터 생겨났고 그 이유도 정확히 모르겠다. 아마 잡귀와 액을 집안으로 불러들이지 않겠다는 의도가 아닐까 추정해 본다.

정오가 지나자 햇볕은 점점 뜨거워지고 숨이 헉헉거렸다. 전방에서 빵을 사서 요기를 채우고 서둘렀다.

이장이 일을 시켰으면 밥값 정도는 줘야지, 이번에도 입을 싹 씻고는 나 몰라라 하니 완전 날 호구 취급을 한다. 매번 그렇게 부려먹는데 치사하게 따질 수도 없고. 어차피 도와주는 것 화끈하게 돕는 게 떳떳하다고 마음먹지만 오늘은 왠지 이장이 얄밉고 괘씸했다. 모르긴 몰라도 노랑이 이장은 결산할 때 빠짐없이 다 챙길 것이다. 중간에서 가로채는 게 뻔했다.

마지막 몇 장이 남아 있을 때는 서산에 주홍빛으로 수놓았던 해는 이미 저물었고 어스름했다. 이번에 전달할 집은 동네에서 떨어진 외딴집이었다. 길은 좁고 자갈밭인 데다 급경사라 자전거를 끌고 가야 했다. 간신히 당도하니 허름한 오두막에 사립문이 눈에 들어왔다.

"계세요? 안에 누구 없어요?"

몇 번을 불러도 인기척이 없어 부고장을 꽂아 놓고 돌아설까 했는데 "거 누구여? 뭣 땜시?"라며 허리가 굽고 기동이 불편한 연세가 지긋한 할아버지가 지팡이에 의존하며 나왔다. 귀가 어두워 큰 소리로 용건을 말하고 부고장을 주고 막 돌아서려는데 나를 불러 세웠다.

"혹시, 저 재 너머 쪼그만 절이 있는디 거기도 부고를 혔어?"

집 뒷산을 가리키며 물었다.

"거긴 부고장이 없구만요. 왜요?"

"거기 주지가 나허고는 외가 조카뻘 되는디 불쌍한 고아 서너 명을 건사허는디. 한 해 흉년이 들어서 꼼짝없이 굶어 죽게 됐는데 그 망자가 시주해서 그 해를 넘겼다지그려. 음으로 양으로 겁나게 돈을 받았다고 허네. 나헌테 망자를 생불이라고 해."

약사가 고인 보고 부처님이라고 한 것에 대해 대충 의문이 풀렸다.

뒷산을 올라가야 된다니 맥이 탁 풀렸다. 어쩔 도리가 없었다. 자전거를 세워 놓고 동산을 오르기로 했다. 삼십여 분 가쁜 숨을 몰아쉬며 오르니 할아버지가 말한 대로 초라한 작은 절이 나타났다. 주지 스님이 없어서 동자 스님에게 부고장을 주고 나오는데, 동자 스님이 감자 몇 개를 손에 쥐여주었다. 빵 하나로 점심을 때워 배고프던 차에 내 속사정 꿰뚫어 보기라도 한 듯 뜻밖에 먹을거리를 얻으니 동자 스님이 참 고마웠다.

상가에 도착했을 때는 초저녁이었다. 내가 없는 낮 동안에 몇몇 일이 있었다. 양 전도사와 김 집사를 비롯해 신도들이 몰려와 고인이 기독교인으로 소천했으니 장례를 주관하겠다고 주장했으나 임종 예배도 보지 못하게 하고 쫓아냈다. 그러나 청년들은 남아서 전기를 가설하고 교회에서 준비해 온 차일을 설치해 주고 돌아갔다.

고인이 된 금정양반의 형인 백동양반과 친척들은 "자비롭다는 하느님이 있기나 허는 거냐? 그렇게 예수밖에 모르고 밤낮없이 열심히 믿었는데 복은 주지 못헐망정 부부가 참혹하게 개죽음당했는데. 뭔 염치로 낯짝 디밀고 와서 헛소리 씨부렁거리고들 자빠졌어. 당장 꺼져 버려."라고 고함을 지르면서 노골적으로 모욕하고 비난했다는 것이다.

시신이 심하게 부패하는 것을 막기 위해 경험이 많은 염장이가 맡았다. 재차 염을 하고 입관을 마친 후 빈소를 차렸다. 두 사람이 익사했으니 망자에게도 상두꾼들에게도 빠르면 빠를수록 좋다.

짧은 시간에 많은 일이 진척되었는데, 이는 마을 사람들이 궂은일에 내 일처럼 발 벗고 나서서 합심해 협력한 결과로 참으로 경탄스러웠다.

마당 한쪽에는 연세 지긋하신 어르신들이 상여를 만드느라 여념이 없었고 한편에서는 아낙네들이 음식을 준비하느라 바삐 움직였다. 명석에 둘러앉아 음식을 들거나 대화를 나누고 있는 조문객들도 듬성듬성 있었다. 나도 한쪽에서 늦은 저녁을 해결했다.

몸이 천근만근 무겁고 잠이 쏟아져 집에 들어가 쉬고 내일 일찍 와서 일을 도와줄까 하고 망설이던 차에 월산양반이 다가왔다.

"상갓집에서 쓸 돼지를 잡아야 허는데 손이 부족허니 자네가 옆에서 쬐금만 거둘어 주게."

그 말을 듣자마자 질겁했다. 병아리 모가지조차도 비틀어 본 적 없고 우연히 짐승 잡는 걸 목격하게 되면 끔찍해서 눈 뜨고 볼 수 없었다. 못마땅했지만 완강히 거절할 수가 없었다.

돼지는 엄청날 정도로 몸집이 컸다. 우리에 있는 돼지 목에 밧줄로 올가미를 씌워 셋이서 끌어내 다리를 묶고 리어카에 싣기까지 무척 힘이 들었다. 돼지는 운명을 예견이라도 한 것처럼 결사적으로 발버둥 쳤다.

개울가 버드나무 가지에 목을 매달아 셋이서 힘껏 밧줄을 잡아당겼는데 꽥꽥 소리를 지르면서 발악하며 좀처럼 숨이 끊어지지 않았다. 두 손으로 밧줄을 잡고 끌어당기기는 했으나 그 광경을 보기가 참담해 아예 두 눈을 질끈 감아 버렸다. 월산양반이 몽둥이로 돼지머리를 수차례 가격하자 뒷발을 가늘게 떨더니 축 처지면서 이내 조용해졌다. 입은 헤벌리고 눈은 반쯤 감은 채 다리는 약간 경련을 일으켰다. 조금 전까지도 팔팔하게 살겠다고 용을 쓰던 놈이 숨이 끊긴 걸 보고 있노라니 기분이 우울하고 착잡했다. 인간이나 짐승이나 삶에 대한 애착은 다를 것이 없으며 죽음은 순간이고 허망하다는 걸 목격했다. 보지 말아야 될 것을 본의 아니게 봤다.

월산양반을 다시 보았다. 평소 말도 조곤조곤 하고 미소 짓는 얼굴하며 유연한 행동이 영락없이 여성적인 성격이었다. 그러나 좀 전의 월산양반의 행동은 믿기지 않을 정도로 평소와 딴판으로 잔인했다.

인간은 제아무리 짐승이라고 해도 무지막지하게 생명을 다룰 수 있는 권리나 힘을 부여받지는 않았을 것이다. 가축을 마치 가족처럼 보살피기도 하지만 한편 필요에 의해서는 가엾게 여기지 않고 도살이나 학대를 자행하는 경향이 있다. 아마도 짐승은 이성이 없고 인간의 소유라는 개념이 굳어져 관습화된 것 같았다.

월산양반과 철산양반이 칼을 다루는 솜씨는 능수능란했다. 각 부위별로 자르고 뼈 사이사이를 헤집고 다니면서 살코기를 분리하는 손길이 빠르고 교묘해 농악대에서 상모돌리기를 하는 것처럼 흥겹고 신이 났다. 심부름하며 옆에서 지켜보는 나는 눈이 휘둥그레지고 저절로 감탄이 나왔다.

노련한 솜씨 탓에 생각보다 훨씬 빨리 일을 끝마쳤다. 셋이 리어카에 고기를 싣고 끌고 가니 한밤중인데도 조문객들이 꽤 있었다. 마당 한가운데 모닥불이 벌겋게 타오르고 군데군데서 술판과 화투판이 벌어졌다. 한쪽에선 상여, 만장, 기타 장례용품을 만드느라 여념이 없었다. 상여 틀과 주요 장비는 초상을 대비하여 마을 어귀 호젓한 초막에 보관되어 있었다. 예전에는 장례용품을 일체 준비하다시피 하던 것에 비해 지금은 관이나 상복을 비롯해 웬만한 물품은 읍내에서 구입할 수 있어 편해졌다고는 하지만, 상여를 비롯하여 만장 등을 직접 제조해야 하니 여간 어려운 일이 아니었다.

새벽녘에 집에 돌아와 곯아떨어져 늦잠을 잤다. 오늘도 초여름 날씨 같지 않게 선선하고 쾌청했다. 상갓집으로 발걸음을 재촉했다. 일손이 부족해 쩔쩔매는 판국이니 손님 접대나 잔심부름이라도 해야 했다.

열 시쯤 되었을까? 삼산교회에서 양 전도사와 김 집사를 비롯해 신도들이 몰려왔는데 여신도들도 끼여 있었다. 어제 수모를 당하고 돌아갔는데 오늘은 아예 많은 신도들을 대동하고 당당히 나타났다. 속으로 꽤 시끄러운 일이 벌어지겠거니 했는데 웬걸 거침없이 빈소로 몰려가 이내 임종 예배를 드렸다. 예배에는 정애도 동참했다.

찬송가 소리가 밖까지 들리니 모두들 어안이 벙벙했다. 노래를 부르는 것도, 상제가 아닌 여인네들이 빈소에 출입을 하는 것도 예로부터 금기 사항이었다. 고인과 알지 못하는 여인이 빈소에 출입하는 것은 부정 탄다고 철저히 배제했는데, 남녀가 함께 예배를 보고 있으니 전통 예법상 용납될 수 없는 일이라 놀랄 만했다. 고인이 독실한 신자일 뿐만 아니라 교회의 간청도 있었고, 특히 정애가 애걸복걸하여 고인의 형 백동양반이 마지못해 예배만은 허락한 것이었다. 고인을 보고 조문을 온 손님인데 문전박대는 예의에 어긋나고 도리에 맞지 않는 점도 참작되었다.

정오쯤에는 육십대 정도로 보이는 풍채 좋은 노승이 젊은 스님과 절에서 보았던 동자승과 또 다른 동자승을 데리고 조문을 왔다. 시선이 집중되었다. 스님들의 조문이 뜻밖이라는 표정이었다. 노승의 주관하에 신주 앞에서 향을 사르고 극락왕생을 염원하는 노승의 독경과 함께 예식이 이십 분 정도 이어졌다. 백동양반을 위시해서 상제들도 당혹스러웠고 밖에 있는 사람들도 어리둥절하고 황당하기는 매한가지였다. 느닷없이 일어난 일로 상주 측에서도 제지하거나 끌어낼 겨를이 없었다. 천도의 예불을 마친 후 노스님이 백동양반과 상주에게 위로의 인사를 했다.

"졸지에 큰일을 당하셨으니 얼마나 애통하시겠습니까? 소생은 용주사에 있는데 돌아가신 분으로부터 많은 은덕을 입었습니다. 소생들은 고인을 생불이라 불렀습니다. 극락왕생하셨을 것입니다."

"제가 망자의 못난 장형됩니다. 이렇게 멀리서 오시느라 고생이 많으셨습니다. 근디 지 동생은 예수교 신자였는데 어떻게 스님과 알게 됐고 뭔 도움을 줬는지 당최 모르겠는디요."

"소승도 그 점은 잘 알고 있죠. 몇 년 전 큰 흉년이 들어 모두 아사 직전이었는데 생불님의 은덕으로 그해를 무사히 버텨 냈죠. 그 밖에 도 많은 자비를 베풀어 주었죠."

스님들이 상가를 떠나자마자 어디서 소식을 들었는지 고인의 당숙 뻘 되는 극노인이 불편한 몸을 지팡이에 의지한 채 대문 앞에 들어서 면서 고래고래 고함을 질러 댔다.

"너, 이놈, 이 괘씸한 못된 놈 같으니라고. 아니 이놈아, 니 동생 죽 고 정신이 어찌 돼 버린 거여. 예수쟁이, 중놈들이 헛짓거리허게 내비 두고 덩달아 히덕거려. 우리 가문 망신 줄라고 작정을 했냐. 야, 이놈 아, 그래 갖고 니 동생 저승길이나 지대로 가겄냔 말이여."

"당숙, 지라고 이러고 싶어서 이런 게 아니랑께. 나도 어쩔 수가 없 었시오. 간 놈이 너무 줏대 없이 사람만 좋아 가지고. 지 나름대로 여 기저기 인연을 맺어 놓은 탓 아니겄소. 지명 지대로 못 살고 안타깝게 죽었으니 자기들 나름대로 좋은 데 가라고 기원하고 조문허는디, 무지 막지스럽게 헐 수는 없지라."

화가 잔뜩 난 노인을 부축해서 안으로 모시자 좀 조용해졌다. 크든 작든 이번 장마에 모두들 피해를 보아 복구하느라 바쁠 텐데 망인이 후덕한 분이라 의외로 조문객이 많았다. 나는 삼산교회 청년들과 같이 손님 접대와 잔심부름을 하였는데 저녁 무렵에는 어깨가 뻐근하였다.

쌍상여라 상두꾼과 그밖에 일꾼들이 두 배나 필요하나 우리 마을 사람들로 충원하기는 어림도 없었다. 상여 하나에 상두꾼만 열두 명 이 필요했다. 교회의 지원자들을 보충해 겨우 숫자를 채울 수 있었다.

고인이 댁에서 머무는 마지막 밤은 점점 깊어만 갔다. 외지 조문객은 대부분 떠났고 마을 사람과 일꾼들만 남았다. 출상 전날 밤에 떠나는 영혼을 위안하고 예행연습 겸 빈 상여로 대뜨리를 하는 게 상례이다. 상두꾼들이 상여를 멜 위치를 결정하고 요령잡이의 선소리와 상두꾼의 후창 소리가 어우러지고, 발걸음을 맞춰 보는 연습을 거듭한 후 마무리했다.

긴 밤이 자나고 새날이 다가왔다. 태양은 산 자에게는 다시 떠오르지만 이제 저세상으로 가야 할 망자는 마지막 태양을 맞이했을 것이다.

지난 이틀 동안은 초여름 날씨 같지 않게 선선했는데 오늘은 아침부터 무더웠다. 상여가 집 앞 공터 한복판에 자리 잡고 관이 운구되었다. 울음바다가 되었다. 유일하게 국민학교 저학년인 아들놈이 상주랍시고 앞섰는데, 상복 따로 몸 따로 어색하기 짝이 없고 얼굴은 무덤덤했다. 지적 장애를 가진 딸과 막내딸은 심지어 히죽거렸다. 소복을 입은 정애는 그동안에 무척 얼굴이 희멀겋게 되었고 야위었다. 소복을 입은 가련한 모습이 애잔하고 청순미가 돋보였다. 정애는 눈물을 참고 있는지 울 힘조차 없는지 입을 꼭 다물고 멍한 모습이었다.

간단한 제물이 차려지고 발인 축과 함께 상주가 절한 후 두 개의 관이 상여에 안치되었다. 출상 준비가 되었다. 종구잡이가 요령을 흔들면서 두 개의 상여 주위를 몇 바퀴 맴돌고 상여를 어르는 애틋한 선창 소리와 후창 소리가 몇 번 오간 후 드디어 상여가 들어 올려졌다. 상여가 집을 향해 세 번 수그렸다. 정다운 가족과 집을 떠나는 혼령의 작별 인사였다.

　붉은 명정의 깃대가 앞장서고 이어 형형색색의 만장이 뒤따르고 상
여 바로 앞에 영여가 나갔다. 영여는 혼백과 신주를 모시는 가마로, 나
와 내 또래 친구인 최영철과 함께 멨다. 그는 벙어리로, 어렸을 때부터
소꿉동무라서 의사소통이 원할했고 나와는 절친한 사이였다. 망인하
고는 먼 친척뻘이었다. 상여 뒤로는 상주, 상제, 빈객이 뒤따르는데 빈
객 중에는 명륜당 유생을 비롯해 삼산교회 신도들뿐만 아니라 불교 신
자를 포함해 보기 드물 정도로 각계각층의 많은 사람들이 뒤따랐다.
　상여는 종구잡이의 선소리와 상두꾼의 후창 소리를 지나치는 길목
곳곳에 애잔한 여운을 길게 남기면서 천천히 움직였다. 상엿소리는
으레 이승을 떠나는 망자의 마지막 이별의 아픔과 삶의 회한을 담은
사설과 남아 있는 사람들에게 부탁하는 말로 엮이기 때문에 구슬프
기 마련인데, 지금 부르는 사설과 선율은 비장하고 구절구절 처절하게
마음을 후벼 놓았다. 종구잡이의 요령 소리와 함께 선창에 이어 상두
꾼들의 후창 소리가 은은하게 여운을 뒤로한 채 상여는 좀처럼 앞으
로 나아가지 못했다.
　“가네, 가네, 나는 가네. 북망산천 가네.”
　“어-호, 어어-호.”
　“우리 인생 한 번 가면 다시 못 오리.”
　“토끼 같은 내 새끼들 어찌하나. 발걸음이 안 떨어지네.”
　“어-호, 어어-호.”

"천지신명이시여, 동네 양반들 내 새끼들 보살펴 주십사."

"어-호, 어어-호."

상여는 마을을 벗어나 삼성산에 오르는 길목에 당도하였다. 땅이 움푹하게 들어가고 꽤 넓고 아늑해서 자치기나 공놀이를 하고 노는 아이들의 놀이터다. 삼성산 방향으로 간다면 마을을 벗어난 길목이라 이곳에서 노제를 지내곤 한다. 이곳 노제는 망인이 정든 마을과 사람들에게 마지막 인사이다. 여자 상제들은 노제까지만 참여하고 망인과의 작별을 고하고 되돌아가 제사 준비와 뒷갈망을 해야 한다.

영여가 앞에 놓이고 그 뒤로 상여가 멈춰 섰다. 정애를 비롯한 상주와 상제들은 헌작과 큰절을 제관의 지시에 따라 고분고분히 해냈다.

제사가 끝난 후 상두꾼들을 비롯해 빈객과 마을 사람들 모두 음복을 했다. 그렇게 한숨 돌리고 나서 종구잡이의 요령 소리와 함께 선창과 후창 소리가 몇 번 오가더니 상여가 높이 들어 올려졌다. 첫걸음을 떼자마자 돌연 정애가 상여 후미를 붙잡고 대성통곡했다.

"엄니, 아부지! 나는 못 살아. 도저히 살 수가 없어. 우리들 불쌍허지도 않나. 이게 무슨 날벼락인답소. 하느님도 무심허지. 세상에 이렇게 착한 부모님을 참혹허니 죽게 허다니. 어린 동생들이랑 어떻게 살아가라고. 차라리 우리들도 데려가쇼."

상여를 붙잡고 발버둥 치는 정애를 몇 사람이 다독거려 떼어 놓으려고 했으나 막무가내로 손을 놓지 않고 죽기 살기로 발을 쭉쭉 뻗으면서 상여를 붙잡았다. 상여는 한 걸음도 나가지 못하고 제자리에 맴돌 수밖에 없었다. 동생들도 정애가 통곡하는 것을 보자 서로 정애를 부여잡고 엉엉 울기 시작했다.

모두들 숙연해졌고 개중에는 덩달아 목놓아 우는 여자들도 있었다. 가슴 깊은 곳에서부터 울컥하니 치밀고 올라와 나도 모르게 눈시울이 붉어지면서 주체할 수 없이 눈물이 흘러내렸다. 상여는 앞으로 나가지 못하고 제자리에서 옆으로 흔들며 종구잡이의 선소리에 맞춰 애달픈 상엿소리를 엮어 냈다.

"문전 산이 북망산천인데 발길이 안 떨어지네."

"어-호, 어어-호."

"내 새끼들, 모진 세상 풍파 어찌 헤쳐 나갈꼬. 비나이다, 비나이다. 천지신명이시여, 보살펴 주십사."

"어-호, 어어-호."

문중 어른들이 정애를 달래고 억지로 상여 후미에서 떼어 놓았으나 이젠 아예 땅바닥에 뒹굴면서 동생들을 붙들고 울부짖었다. 결국 집안 아주머니들이 정애를 떠메다시피 해 질질 끌고 갔다.

상황이 진정되고 상여가 나아가기 시작했다. 이제 마을을 벗어났다. 고인은 평생 이 마을에서 먼 고장을 한 번도 나가 본 적 없는 본토박이였다. 그런 그가 되돌아올 수 없는, 그야말로 먼 길을 가는데, 눈에 넣어도 아프지 않을 어린 사 남매 뒤로하고 떠나는 걸음걸음이 어찌 가벼우랴.

구절구절 애절한 상엿소리는 모든 이의 안타까운 심금을 바람에 실어 보내고, 정겹던 풍경은 점점 희미하게 사라지면서 영겁의 시간이 점점 가까이 다가왔다. 고인이 평생 농사꾼으로 살며 사시사철 땔감,

소꼴, 거름풀 등을 하려고 지게를 지거나 꼴망을 메고 평생 수없이 오르내렸던 그 길을 상여가 간다.

노제를 지내고 한 시간 정도 행진했나 싶었는데, 엊그제 같으면 견딜 만한 여름 날씨였으나 오늘따라 햇볕은 쨍쨍 내리쬐고 실바람 한점 없었다. 찜통더위에 연방 구슬땀을 흘렸고 너 나 없이 옷이 흥건히 젖고 기진맥진했다. 보통 상여가 가기 힘하거나 힘든 길에 맞닥쳤다 하면 이걸 빌미로 망자의 친지 등에게 노잣돈을 받아 내는 해학 넘치는 우리네 풍습이 있다. 그러나 이번 경우는 요령잡이를 비롯해 누구 하나 선뜻 나서지 않았다. 두 사람이 고종명을 다하지 못한 돌연사인 데다 좀 전의 애통한 정애의 지극한 비통함이 뇌리에서 떠났지 않았고, 무엇보다 한시라도 빨리 매장하는 것이 급선무였기 때문이다.

영여를 메고 가는데도 숨이 막히고 힘든데 상두꾼들은 얼마나 힘들까 하는 생각이 들었다. 두 망자가 사고로 익사했으니 무더운 여름 날씨에 시신의 부패가 심하게 진행되고 수시로 악취 제거제를 상여 주위로 뿌려 댔지만 역부족이었다.

저수지까지 올라챘다. 저수지 옆으로 잿길이 산 정상까지 이어졌다. 저수지에서 잿길을 따라 오르다 우측 샛길로 오르면 공동묘지가 있고 바로 옆에 최씨 문중 묘지가 자리 잡고 있었다. 장지까지는 먼 거리가 아니라 다행이었다. 여기서부터 약 한 시간 정도 남은 셈이었다.

상여가 멈추고 마지막 노제를 지냈다. 간단한 제를 올리고 상두꾼을 비롯해 빈객들에게도 막걸리와 음식이 제공되었다. 막걸리와 음식을 상가 측에서 성의껏 신선하게 유지하려고 했겠지만 막걸리가 미지근했다. 그렇지만 모두가 군소리 없이 목을 축이고 피로를 풀기 위해 서너 잔씩 마셔 댔다. 영철이는 연거푸 두 잔을 들이켰다. 나도 한 사발을 마셨는데 맛이 영 말이 아니었다.

장지에 도착했을 때는 늦은 낮이 훨씬 지나 있었다. 지관의 지시에 따라 상제들로부터 옮겨진 관은 하관이 시작되었다. 상여는 남자가 앞섰는데 하관은 여자가 먼저 오른쪽으로 자리를 잡고 남자는 그 옆 왼쪽에 하관되었다. 관을 잘 안착시키고 명정을 관 위에 덮은 후 상주를 위시해서 상제들이 돌아가면서 고운 흙을 한 삽씩 떠 넣으면서 명복을 빌고 작별을 고했다. 다지기가 끝나고 봉분 터가 잡히면 평토제를 지냈다. 그 후에는 먼저 신주를 모신 영여가 상여가 왔던 길로 되밟아 가는데, 상주들이 곡을 하며 뒤따랐다. 나머지 사람들은 떼를 입히는 등 봉분을 완성했다.

두 사람의 혼령과 신주를 모신 영여는 나와 영철이가 메고 상가로 되돌아왔고 상주인 꼬마 놈이 혼자 뒤따라왔다. 백동양반을 비롯해 나머지 상제들은 뒷마무리 때문에 남았다. 뒤를 돌아보니 꼬마 놈이 홀쩍거리고 연신 소매로 눈물을 닦으면서 따라오고 있었다. 묘지에서는 어른들이 시키는 대로 고분고분 따라 할 뿐 전혀 슬픈 기색이 없고 무표정이었는데 지금은 울고 있으니 의외였다. 졸지에 아버지를 잃고 땅속에 묻고 오는 길이 마냥 허전했는지, 고개를 푹 숙이고 흐느끼며 자주 뒤를 돌아보곤 했다. 영여도 꼬마와 맞추느라 느릿느릿 움직였다. 대낮에는 구름 한 점 없는 폭염이었는데 뜻밖에 서늘한 바람이 불면서 무더위가 한풀 누그러졌다.

안상제들이 곡을 하며 혼백을 맞아들여 제청에 모신 후 반혼제를 지내는 동안 정애는 눈에 띄지 않았다. 기력이 다해 혼절 직전으로 드러누워 있다고 했다.

장례 후 잔일까지 도와주고 밤이 다 되어 집에 들어서니 으슥하고 썰렁했다. 어머니는 무속일로 P 섬에 간 지 한 달 가까이 됐다. 매년 한두 번 정도 섬에 다녀오곤 했는데 내가 점점 커 가면서 출타가 잦고 기간도 길어졌다. 이젠 홀로 끼니를 비롯해 집안일과 농사까지도 도맡아 잘 헤쳐 나가고 있지만, 왠지 오늘 밤은 더욱 찬바람이 감싸 돌고 고적했다.

내 방으로 들어가 곧장 잠을 청해 봤지만 몸은 피로에 지쳐 천근만근인데도 쉽게 잠들지 못하고 요 며칠 사이 일이 떠오르며 오히려 정신이 말똥말똥해졌다.

나는 금정양반을 무척 좋아했고 존경했다. 그분이 돌연사하고 알았지만 대농가도 아니고 중농 정도라 정애를 중학교에 보내고 식구들 먹고살기도 벅찼을 텐데, 삼산교회 일이라면 물심양면으로 팔을 걷어붙이고 도와주었을 뿐만 아니라 절의 고아들까지 챙겼다니 경탄스러웠다.

게다가 날 무시하지 않고 항상 진지하게 대해 주었다. 나는 말수가 적고 남에게 속내를 잘 드러내지 않지만 그분과는 흉금을 털어놓을 정도로 정겹고 믿음이 갔다. 우리 집 뙈기논이 그분의 논 옆에 딸려 있어 농사일도 배우고 품앗이도 하면서 자연스레 가까워지고 대화도 많이 나누었다. 인생 경험담과 조언도 많이 해 주었다.

갑작스럽게 생을 마감했다니 믿기지 않고 가슴 한구석이 뻥 뚫린 것처럼 허전하고 안타깝기 짝이 없었다. 오로지 평생 하느님께 헌신하고 순종한 신앙인인데 그렇게 참혹하게 죽도록 하느님은 방관했단 말인가. 그것이 신의 뜻이라면 신은 너무 가혹하지 않은가. 지금까지 죽음을 많이 봐 왔으나 이번처럼 죽음에 대해 심각하게 받아들이고 깊이 고민해 본 적이 없었다. 죽음, 신, 종교같이 너무 버거운 주제가 나를 옭아매고 죄어들었다.

금정양반은 비록 사고사였지만 많은 사람들의 깊은 애도와 함께 저세상으로 갔고 가는 길은 사치스럽지 않고 우아했으며 엄숙하고 경건했다. 나는 어떤 삶을 살다 죽음을 어떻게 맞이할까. 또 떠나는 길은 어떠할까.

마을 사람들이 모두 힘을 합쳐 장례를 무사히 치르고 일상으로 돌아왔다. 잠시 손을 멈췄던 피해 복구 작업에 비지땀을 흘렸다.

훼손되거나 무너진 지붕, 축대와 돌담은 보수하고 침수되었던 집안이나 가구는 깨끗이 씻어 내고 건조시키는 등 온 식구가 동원되었다. 집을 고쳐 쓸 수 있는 사람들은 그나마 다행이었다. 아예 손쓸 수 없을 정도인 집은 세 채였다. 한 가구는 친척 사랑방으로 이사했고, 두 가구는 덜 파손된 방에 비바람을 막을 정도로만 급히 손보아 거주했다.

논과 밭에서는 무너진 둑을 다시 쌓고 침수된 농경지는 자갈과 흙을 치웠다. 침수된 벼는 흙을 씻어 내고 일으켜 세웠다. 일련의 작업에는 모두 사람의 손길이 필요하니 할 일은 산더미 같은데 뭣부터 먼저 손봐야 할지 마음만 급하고 몸은 따라 주지 못했다.

꼭두새벽부터 밤늦게까지 논밭으로 이리 뛰고 저리 뛰어다니며 일에 파묻히다 파김치처럼 축 늘어져 집으로 돌아오곤 했다. 요사이 우리 마을 사람들의 일상이었다. 우리 집은 뒤 담장 일부만 무너졌지 피해가 별로 없었다. 신방 쪽 뒤 담이 전부터 곧 주저앉을 것 같아 돌담을 다시 쌓아야지 하며 차일피일 미루었는데 오히려 무너진 곳은 견고한 부분이었다. 그 때문에 신방은 벽이나 바닥에 누수된 자국 하나 없이 고슬고슬하고 평소처럼 깨끗하게 정리정돈이 잘 되어 있었다. 돌담이 튼튼한 쪽은 이번 태풍에 맥없이 무너졌고 무너질 것 같은 쪽은 끄떡없으니 흔히 신력이라든가 이런 게 발동하지 않았나 하는 엉뚱한 생각이 들어 고소를 금치 못했다.

석축이 서툴러서 좀처럼 진척이 없고 힘만 들었다. 기반이 남아 있으니 균형을 맞춰 가며 차근차근 쌓아 올리면 되겠지 했는데, 비뚤어지고 아귀가 맞지 않아 종전처럼 맵시가 나고 깔끔스럽지 못했다. 꼬박 이틀이 걸렸다.

아침 일찍 우리 논과 금정양반 논을 둘러보니 몇 군데 논둑이 허물어지거나 무너질 것 같았다. 흙을 단단히 다진 후 근처에서 때를 떠다가 입혀 둑을 보수했다. 일을 어느 정도 마무리하고 잠깐 쉬기 위해 근처 나무 그늘을 찾아 주저앉았다. 금정양반이 반가운 표정으로 환한 미소를 잔뜩 머금고 내게 금방 다가올 것 같았다.

정애가 갑자기 머리에 떠올랐다. 충격에서 벗어나 몸을 추스르고 원기를 회복했는지, 끼니는 잘 챙겨 먹으며 동생들이랑 잘 지내고 있는지 무척 궁금하고 걱정이 되었다. 정애는 나보다 한 살 아래, 열일곱 살인데 올해 중학교를 졸업하고 농사와 집안일을 도와 왔다.

큰댁에서 보살펴 준다 해도 하루 이틀이지 새털 같은 허구한 날 일일이 신경 써 줄 수 없을 텐데, 정애가 장애까지 있는 여동생이며 어린 두 동생들의 부모 역할을 졸지에 맡았으니 연약한 소녀 혼자 감당하기엔 너무 벅찬 일이었다. 가엾이 가련하고 애처로웠다.

면 소재지에 국민학교와 중학교가 있는데, 국민학교를 졸업하고 중학교에 입학하는 학생은 많지 않았다. 가정 형편 때문에 진학하지 못하고 농사나 가사에 전념했다. 유교 전통 가문에서는 신학 대신 한학을 중시해 서당에 보내기도 하는데, 그것도 몇몇에 불과할 따름이다. 여자애들은 으레 국민학교만 졸업하면 집안일 거들기를 당연지사로 알고, 한 마을에서 겨우 한두 사람 정도만 중학교에 다니는 행복을 누렸다. 또래 애들에게 부러움과 시샘의 대상이 되기에 충분했다. 금정 양반이 정애를 중학교까지 가르쳤으니 무척 깨친 신시대 사람이고 파격적이었다.

한편, 이번 폭풍에 여러 사람의 이해가 얽히고설킨 어려운 일이 남아 있었는데 단기간에 해결할 묘책이 없어 전전긍긍하였다.

공동묘지의 아래쪽에 위치한 십오 기 정도의 묘는 산사태로 인해 붕괴돼 깊이 파헤쳐져 흉악망측스러웠다. 유골이 이리저리 뒤엉켜 볼 꼴 사납게 어지러이 나뒹굴었다. 산소의 자손들은 확실하지도 않은 애매한 유골을 가지고 서로 선대의 유골이라고 주장하며 멱살을 부여

잡고 죽기 살기로 싸우기도 했다. 유골 소유 때문에 사상 초유의 싸움판이 벌어지니 마냥 웃어넘기고 방관할 수 없는 지경에 이르렀다.

　원로들과 자손들이 회관에 모여 수차례 회합을 가진 끝에 해결책을 마련했다. 유골을 수습하여 임시로 안치하고 빠른 시일 안에 합동 묘지를 조성해 장사를 지내고 위령제와 제사를 모시기로 합의했다. 위령제와 제사를 모시는 일에는 서로 의견이 달랐다. 유교와 불교에 가까운 문중은 전통 의례를 당연시하고 기독교를 믿는 가문에서는 이를 극구 반대했으나, 다수에 밀려 별수 없이 내키지 않는 동의를 해야 했다.

　삼성산 자락 밑과 제일 가까운 곳에 우리 마을이 자리 잡고 있었다. 삼성산은 세 개의 큰 봉우리로 이루어져 있었다. 두 개의 봉우리는 산등성이 완만하고 산마루도 평평하여 마치 어머니 젖무덤처럼 산하의 만물을 포근히 감싸 주는 듯했고, 오른쪽의 마지막 한 개의 봉우리는 제일 높기도 하거니와 산등성이 급하고 정상은 바위가 뾰족뾰족히 하늘 높이 우뚝 솟아 있었다. 산허리부터 꼭대기까지는 깎아지른 듯한 기암절벽으로, 사람의 접근이 쉽게 용납되지 않아 두려움의 대상이고 위엄스러웠다.

　멀리서 세 개의 산봉우리를 보면 전체의 능선이 세 개의 '사람 人' 자 형상이 눈에 들어왔다. 전설에 의하면 남자 산신령이 여자 산신령 둘과 함께 삼성산에서 인간 세상을 다스렸는데, 옥황상제의 부름을 받고 모두 승천하였다고 한다. 떠날 때 여자 산신령들은 초근목피로 연명하는 민초들을 위해 산중에 많은 동식물을 내려 주어 누구나 취할 수 있도록 은덕을 베푼 반면, 남자 산신령은 언젠가 다시 돌아와 인간 세상을 다스리기 위해 정상에 인간이 근접치 못하게 가파른 암벽을 만들었다고 한다.

삼성산은 세 개의 면과 여러 마을이 속해 있다. 우리 마을에서부터 삼성산까지는 마을 뒤편 산길을 따라 걸어서 삼십여 분 거리에 저수지가 있고, 그곳부터 경사지고 좁은 잿길이 정상까지 이어진다. 가는 길목에 유교 사당인 명륜당이 있고, 사당에서 한참 오르다 보면 매우 평평하고 너른 땅에 아름드리 느티나무 두 그루가 있어 나무꾼과 산행객들이 오르내릴 시 더할 나위 없이 좋은 쉼터가 되었다.

또 다른 길은 황정 동네 막다른 우리 집 옆길로 난 험난한 오솔길이다. 가파른 비탈길이 삼성산 아버지 산이라 불리는 산골짜기까지 이어졌다. 산세가 워낙 험해 사람의 왕래가 거의 없다시피 하고 돌과 자갈이 많은 척박한 땅으로 나무나 풀이 무성하지 않아 나무꾼들에게도 외면당하기 일쑤였다.

우리 마을 인촌리는 매동, 대성, 황정의 세 개 동네로 구성된 백여 호 정도 되는 큰 마을이다. 마을 앞으로는 읍내와 면 소재지를 연결하는 신작로가 있고 도로 주변에 대밭이 우거져 언뜻 마을이 커 보이지 않지만 입구에 들어서면 의외로 큰 것을 보고 놀란다.

김씨가 주를 이루고 그다음으로 최씨, 박씨 등이 오랜 세월 동안 터 잡고 살아온 집성촌이다. 부업으로 대바구니를 만드는 가구가 많다. 도로와 가까운 동네는 매동이고 마을 안을 차지하고 있는 동네는 대성이며 뒤쪽에는 황정이다. 대성 동네가 제일 크고 황정은 이십 호 정도로 제일 작다.

우리 집은 황정 동네에서도 외따로 떨어진 산기슭에 호젓하게 자리한 오래된 낡아빠진 기와집이다. 가장 가까운 이웃은 월산양반 댁인데, 우리 집에서 마을 안 대성 동네로 통하는 길을 따라 이십여 분 내려가면 산으로부터 마을 옆을 통과하는 큰 내 옆에 있다.

우리 집 옆으로 아버지 산 골짜기로 이어지는 오솔길이 나 있다. 밭농사 농번기 이외에는 하루 종일 사람 구경을 하기 힘들 정도로 사람 왕래가 거의 없는 후미지고 적막한 곳이다.

신방과 안방이 딸린 본채와 행랑채가 있었다. 행랑채에서는 내가 거주했다. 어머니가 집에 없는 동안은 본채에 안팎을 살펴보러 가끔 출입할 뿐 거의 드나들지 않았다. 농촌에서 흔히 키우는 개나 닭도 우리 집에서는 금기 사항으로 지금껏 키운 적이 없었다. 짐승의 울음소리는 귀신을 내쫓기 때문에 접신에 방해가 된다는 이유로 아예 얼씬거리지도 못했다. 옛날에는 무당일거리가 많아서 수시로 사람들이 출입하고 북적거렸으나 일거리가 없어 자연히 왕래가 끊겨 널따란 집에 어머니까지 부재중이기라도 하면 집안 분위기는 고적하고 으슥하기 짝이 없다.

피곤한 몸을 이끌고 저녁 늦게 돌아와 저녁을 때우는 둥 마는 둥 하고 방 안에 벌러덩 누워 잠을 청해 봤지만, 정신이 말똥말똥하고 온갖 생각이 머리를 어지럽혔다. 옛날 생각이 나를 사로잡았다.

질경이는 밟히고 밟혀도

다시 일어난다

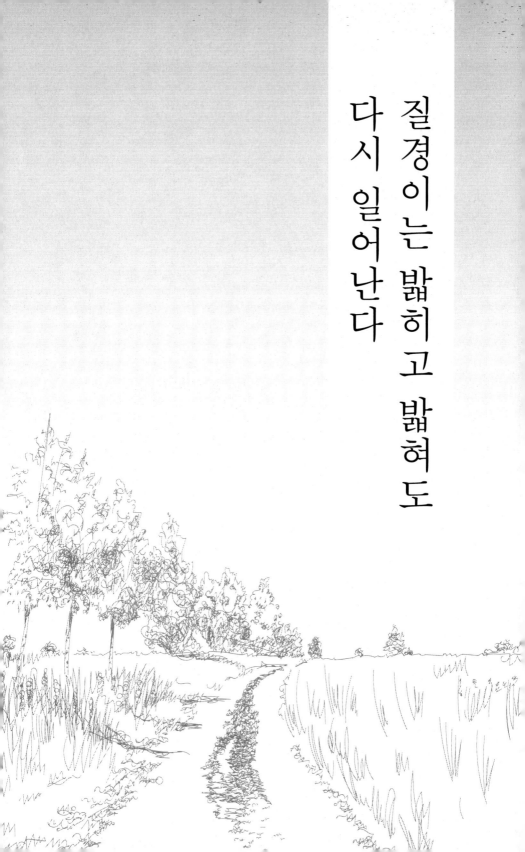

어머니가 굿을 하면서 춤을 덩실덩실 출 때는 하늘에서 선녀가 내려와 춤추는 것 같이 날렵하고 더할 나위 없이 아름다웠다.

　굿과 함께 주문이 시작되면 합장한 채 허리를 연신 굽실거리며 공손했지만, 그 누구에게나 무조건 반말을 하고 때론 호통을 쳐서 사람들이 꼼짝 못 하는 걸 봐 왔다. 세상에서 제일 높은 사람으로 보였으며 뿌듯하고 자랑스럽게 여겼는데 이는 어린애로서 어쩌면 당연한 생각이었는지도 모른다. 나도 커서 무당이 되겠다고 다짐하곤 했다. 집에는 사람들의 발길이 끊이지 않고 북적거렸으며 어머니도 내게 사랑을 베풀고 각별히 대해 주었다.

　저학년까지 무당의 자식이라는 걸 또래 애들에게 으스대고 과시했다. 나는 다른 애들보다 유난히 키가 커서 자연히 힘도 더 셌다. 대장 노릇을 했는데, 힘이 센 것도 있지만 거기에는 더 큰 다른 이유가 있었다. 집이 항상 잔칫집 분위기였고 먹을 것이 넘쳐 나 호주머니에 되는대로 잔뜩 넣어 가지고 나와 애들에게 나눠 주곤 했다. 먹을 것이 귀하다 보니 웬만해선 과일이라든가 사탕은 일 년에 한두 번 맛볼까 했으니 자연히 나를 따르고 대장으로 대해 주었다. 누가 시킨 것도 아닌데 내게 잘 보이려고 알랑거리고 서로 경쟁했으니 자연스레 떠받들어졌다. 내 책가방도 서로 번갈아 가며 메고 다녔다.

먹거리를 비롯해 다른 부분도 부족함이 없이 자랐다. 사고 싶은 거라든가 하고 싶은 것은 말만 꺼내면 이내 대부분 소원이 이루어지곤 했다. 어느 부잣집 아들보다도 풍족한 생활을 했고 어머니의 사랑을 듬뿍 받았으며 아이들에겐 대장 행세를 하는 등 더할 나위 없이 행복했다. 학교나 놀이터에서 돌아오자마자 어머니를 찾아 스스럼없이 앞가슴을 헤집고는 젖을 빨곤 했다. 커서 약간 주걱턱이 된 것도 오랫동안 젖을 빤 것이 원인이 되었을 것이다.

그러나 점점 커 가며 의식이 깨치기 시작하니 마냥 만족하고 행복한 것만 아니라는 걸 느끼기 시작했다. 다른 집 애들처럼 아버지와 형제들이 없었다. 형이나 동생이 있는 걸 부러워하며 동생을 낳으라고 투정을 부리기도 했다. 그럴 때면 어머니는 볼에 입을 맞추면서 이렇게 말했다.

"재복아, 동생이 없어 아쉬워? 동생을 갖고 싶어? 우리 요 귀여운 강아지 새끼. 근디, 동생은 어떻게 생기는디?"

얼버무리기 일쑤지만 나는 진지한 모습으로 이렇게 대답했다.

"동네 애들이 그러는디. 지 엄니들이 다리 밑에서 주워 왔다고 혔어."

이렇게 졸라 댔지만, 아주머나 애들이 동생을 다리 밑에서 주워 온다는 말은 터무니없는 생판 거짓이란 걸 알게 되기까지는 그리 오랜 시간이 걸리지 않았다. 누가 내게 콕 집어서 가르쳐 준 적은 없지만 자연스럽게 터득했다. 개들이 서로 엉켜 있는 것을 보거나 돼지를 교

미시키기 위해 어른들이 애쓰는 것을 보고는 짐승이나 사람이나 새끼가 생기고 아기가 생기는 것은 다 같을 거라고 짐작했다.

그러는 한편 다른 애들과 달리 아버지가 없는 게 무척 궁금하고 의아했다. 운동회 때 온 가족이 참석해 서로 응원하고 점심을 같이할 적에는 부럽다 못해 은근히 부아가 치밀었다. 더군다나 아버지 손을 맞잡고 하는 달리기경기에서는 더욱 울화가 치밀었다. 아버지가 참석을 하지 않았을 경우는 어머니가 대신했다. 나는 경기에 참가조차도 할 수 없었다. 학교에 입학한 후로 어머니는 단 한 번도 소풍이나 운동경기 등 학교에 얼굴을 내민 적이 없었다.

운동회는 추수 전 바쁜 날을 피해 화창한 가을날에 열리기 때문에 모처럼 가족과 함께하고 즐기는 면내 행사며 면민 대축제였다. 한쪽 구석에서 도시락을 펼쳐 놓고 혼자 밥을 먹을 때 더욱 외롭고 서러움이 복받쳐 올라와 눈물 콧물 흘려 가며 우걱우걱 퍼 넣었다. 저학년 때는 섭섭해하고 원망도 해 봤지만 차츰 커 가면서 그 이유를 알게 되고 이해하게 되었다. 본인의 성격이 내성적이기도 하지만 무당이라는 본분 때문에 함부로 나대는 것을 꺼릴 뿐만 아니라, 다른 사람들이 달갑게 여기지 않을까 해서 행사나 군중을 기피하게 되었을 것이다.

가끔 어머니께 아버지에 관한 질문을 해 봐도 늘 얼버무리고 시원스러운 답변을 듣지 못했다. 차츰 그런 질문은 어머니를 당혹스럽게 만들었고, 그로 인해 분위기가 서먹하고 냉랭해졌기에 나중에는 입도 뻥긋하지 않았다. 어머니는 금지옥지야 나를 끔찍이도 위해 주고 사랑을 듬뿍 쏟아부었다. 그런데 어느 날, 깊은 수렁에 빠져 헤어날 수 없는 커다란 앙금이 가슴에 새겨지는 사건이 벌어졌다.

　어머니는 내가 신방에 출입하거나 무속 기구를 만지는 것을 허락하지 않았고, 엄격히 통제하고 금기시했다. 흔히 조력자인 박수무당이라든가 무속인들과의 접촉을 일절 금지시켰고 심지어 그들이 사용하는 장고나 피리 등 악기를 호기심에 다루어 보고 싶어도 가까이 갈 수조차 없었다. 이를 못마땅하게 여겼고 이해하지 못했다. 어릴 때 기회가 되어 신방에 몰래 들어가 보면 수염을 길게 늘어뜨린 할아버지라든가 긴 창을 들고 서 있는 장군 같은 사람이 울긋불긋한 복장을 하고 있었다. 그들이 눈을 부릅뜨고 나를 쳐다볼라치면 기겁하고 그 자리를 쏜살같이 피하고는 했으나 차츰 익숙해져 두려움이 사라져 갔다. 우연히 굿을 하는 장면과 마주치면 구경꾼 틈바구니에서 몰래 엿보며 즐기는 버릇이 있었다. 어머니는 온 정신을 굿하는 데 신경을 쏟아부어 내가 구경하는 걸 눈치채지 못하곤 했다.

　무척 날씨가 화창한 봄날, 집에 도착하니 급한 볼일이 있어 외출한다는 쪽지와 함께 밥상이 차려져 있었다. 식사를 마친 후 무슨 일로 어디 갔을까 하고 궁금해하면서 집 안을 서성거렸다. 그때, 마루를 사이에 두고 안방과 마주하고 있는 신방이 유난히 눈에 확 들어왔다. 다가가 문틈으로 안을 들여다보았다. 어둠침침했다. 뒤돌아설까 했으나 곧 마음을 바꿔 문고리를 가만히 잡고 당겨 보았다. 삐거덕하면서 문이 열렸다. 집을 비울 때에는 문단속을 철저히 하는데 그날따라 깜박했는지 쉽게 문을 열 수 있었다.

　향냄새를 비롯해 이상야릇한 냄새가 굉장히 역겨웠다. 안으로 들어서자 으스스하고 서늘한 기운이 온몸을 휘감아 돌았다. 곧장 뛰쳐나갈까 했으나 오래전부터 무당 흉내를 내 보고 싶었던 강한 욕구가 나를 붙들어 매 놓았다. 천천히 고개를 들어 전면에 있는 할아버지를 비롯해 신들을 쳐다보다 곧바로 눈을 감아 버렸다. 눈을 부릅뜨고 호통을 치는 것 같아 무서웠다. 정면의 신을 쳐다보지 않고 뒤돌아서 북을 치기 시작했다. 북채를 잡고 가만가만 쳐 보았다. 소리가 가냘프게 울려 퍼졌다. 북채를 잡은 손에 차츰 힘을 주면서 빠르게 쳤다. 소리만 크게 날 뿐, 둔탁하고 전혀 리듬이 없었다. 잠시 멈추고 숨을 가다듬은 다음, 눈을 감고 악공이 북 치는 장면을 회상하였다. 눈에 어렴풋하게 아른거렸다. 나름대로 숨을 깊이 들이쉬고 천천히 내쉬고 강약을 맞춰 가면서 리듬을 타려고 애쓰면서 북을 쳐 나가기 시작했다.

북을 두들기는 북채와 다른 한 손의 놀림이 어우러지도록 심혈을 기울여 집중해 한참을 반복하니 처음보다는 많이 북 장단이 나아진 것 같았다. 감히 두려움에 정면을 응시하지 못했지만 신나게 북을 두드리다 보니 용기가 생겨 정면으로 돌아앉았다. 제일 가운데는 수염이 무릎까지 내려온 할아버지 신이 있었고 양옆으로는 또 다른 신이 자리하고 있었는데, 그중 할아버지에게만 겨우 눈길이 가고 다른 신은 똑바로 바라보지 못했다. 도깨비 같은 형상을 한 신보다 마을 할아버지처럼 인자하게 웃음을 띠고 있어 덜 두려웠기 때문이다.

한동안 북 놀이를 하고 나니 싫증이 나 딴생각이 떠올랐다. 무당처럼 춤을 추고 싶었다. 한쪽에 단정히 걸려 있는 무복을 입었다. 소매는 접고 치마는 어깨까지 바짝 걷어 올려 동여매니 그런대로 맴돌면서 춤사위가 나올 것 같았다. 무복을 갖추고 나니 나도 모르게 진지한 표정으로 돌변했다. 마치 무복에 신력이 깃들어 있는 것처럼. 가볍게 오른쪽 발을 사뿐히 내디디면서 왼쪽 발을 끌다시피 떼어 놓으면서 맴돌았으나 발이 엇갈리고 치맛자락을 밟는 등 마음대로 되지 않았다. 발끝을 주시하면서 수십여 차례 사뿐사뿐 원을 그리면서 연습을 거듭하였다. 아주 느리게 움직이다가 조금씩 빠르게 발놀림을 부드럽고 자연스럽게 일정한 간격을 유지하면서 맴돌이를 하니, 동작이 유연해지고 신기할 정도로 춤다운 춤이 만들어지는 듯했다. 원을 넓혀 가면서 속도를 빨리한 후, 양팔을 올리고 나비가 날갯짓을 하듯 너울너울 발에 맞추어 춤을 추었다.

이제는 정면을 똑바로 응시할 정도로 담력이 생겼고 신이 나기 시작했다. 평소 보아 왔던 굿거리를 떠올렸다.

숨 가쁘게 나자빠질 정도로 빠르게 추는가 하면 어느새 느리고 부드럽게 바뀌기도 하고 잠시 멈춰 가쁜 숨을 몰아쉬고는 호령하는가 하면 언제 그랬냐는 듯 애틋한 소리로 간구한다. 그러고는 또다시 격렬한 몸짓으로 손을 내젓기도 하고 싹싹 빌기도 하면서 지상과 천상을 향해 애타게 갈구한다. 바닥에 고꾸라질 듯 온몸을 던져서 광폭한 맴돌이를 할 때마다 방울 소리와 함께 무복에서 성낸 바람이 휘몰아쳐 주위를 압도하고 긴박감이 감돈다.

굿 장면을 상상하면서 신방이 좁다고 느낄 정도로 크게 원을 그리면서 신바람이 나서 덩실덩실 춤을 추었다. 천장이 빙빙 돌아가고 어지러워 곧 바닥에 털썩 주저앉을 듯했으나 나는 용케도 배겨 냈고, 나도 모르게 동작에 이끌리는 듯했다. 내 의지가 아닌 어떤 다른 힘이 나를 지배하고 있다는 것을 어렴풋이 느낄 수 있었다. 아이들과 갖은 놀이와 장난을 해 보았지만 이처럼 흥겹고 신이 나 본 적이 없었다. 그뿐만 아니라, 힘에 겨워 바닥에 털썩 주저앉았어야 하는데 춤을 추고 싶어 멈추지 못하는 것은 어떤 다른 힘이 나를 사로잡고 있는 것 같았다.

그때였다. 문이 덜컥 열리면서 고함 소리가 내 귀청을 사정없이 때렸다.

"네 이놈, 이 처 죽일 놈, 누가 너더러 신방에 들어와서 쓸데없는 짓 하랬느냐? 네가 못된 귀신에 씌었어도 보통 씐 게 아니구나. 이 죽일 놈!"

너무나 놀라서 바닥에 털썩 주저앉았다. 갑작스럽게 들이닥쳐 찌렁찌렁 소리를 질러 대니 몸이 사시나무 떨 듯하고 심장이 쿵쿵거리며 방망이질을 해 댔다. 겁에 질려 어머니를 쳐다보니 지금까지 보아 온 모습과는 영 딴판이었다. 얼굴이 잔뜩 일그러지고 파랗게 질려 있었다.

헉헉거리며 숨을 거칠게 몰아쉬었다. 당장 나를 어떻게 처치해 버릴 기세였다. 왈칵 겁이 나서 얼른 무릎을 꿇고 엎드려 손을 싹싹 비비며 용서를 빌었다.

"엄니, 잘못했어요. 다시는 안 그럴 테니 한 번만 용서해 주세요."

밖으로 끌어내 빗자루로 마구 후려갈겼다. 매를 피해 보려고 이리저리 날뛰면서 악을 바락바락 질러 보았으나 소용없었다. 억센 손에 몸이 붙잡혀 있어 발버둥을 쳐도 빠져나오지도 못하고 사정없이 소나기처럼 퍼붓는 매를 온몸으로 받아들여야 했다. 나 죽는다고 고래고래

악을 쓰고 울먹이며 애원해도 매는 멈추지 않았다. 온몸이 한 군데도 성한 데가 없을 정도로 멍이 들고 군데군데 살갗이 터져 피가 흐르고, 더 이상 버티지 못하고 죽을 지경이었다. 이미 반죽음이 되었을 무렵, 때리는 사람도 기력이 빠지고 지쳤는지 매질을 그쳤다.

반미치광이처럼 날뛰는 어머니의 모습이 동화에서나 나올 법한 마귀처럼 보였고 죽이고 싶도록 미웠다. 이렇게 얻어터지다가 죽겠구나 하고 왈칵 겁이 났다. 신방에서 무속인 흉내 좀 냈기로서니 오뉴월 개 패듯 하니, 너무 억울하고 서러워서 벌러덩 드러누워 발버둥 치며 목 놓아 울었다. 한참을 발버둥 치며 우는 모습을 지켜보더니 나를 일으켜 앉혔다. 고개를 조심스럽게 쳐들고 모습을 살펴보니 노기가 수그러들지 않았고 온통 눈물로 뒤범벅이 되어 있었다.

"뭣 땜시 신방에 들어가 그 난리를 꾸민 거여. 이 쳐 죽일 놈아."

"잘못했시오. 앞으론 절대 안 그럴게. 한 번만 용서해 줘요."

"내가 신방엔 얼씬도 허지 말라고 신신당부했건만 이마에 피도 안 마른 놈이 벌써부터 엄니 말을 개똥같이 알아듣고 엉뚱헌 짓을 해 대는 거여."

주먹으로 머리를 쥐어박았다. 그리 큰 잘못을 저지른 것도 아닌데 죄인 다루듯 단근질을 하니 부아가 치밀어 볼멘소리로 대들었다.

"엄니도 무당인디. 내가 숭내 좀 냈다고. 그렇게 팬다요. 뭣을 그리 큰 잘못했가니."

씩씩거리며 대들었다.

"너 아직도 정신을 못 차렸어. 똑바로 들어. 너는 공부나 열심히 허는 거지. 엉뚱한 짓거리 했다가는 돼질 중 알어. 명심히여. 아직도 정신을 못 차렸는가 본디, 더 혼 좀 나야 돼. 반성을 헐 줄 모르고 박박 대들기나 해."

억지로 질질 끌고 가 헛간에 감금했다. 날은 이미 저물었고 사방이 어둠침침해 앞이 안 보이고 한기가 엄습해 오면서 등골이 오싹했다. 성이 있는 대로 치밀어 올라 버럭버럭 악을 쓰고 문짝을 힘껏 수십 차례 박차 보았지만 끄덕도 안 했다. 악다구니를 쓰며 발버둥을 쳐도 문을 열어 줄 기미는 보이지 않고 도저히 벗어날 수가 없었다.

주위에는 어둠이 더 짙게 깔리고 퀴퀴한 냄새가 진동하고 쥐들은 캄캄해질수록 극성을 부리기 시작했다. 엄청 오랫동안 악을 쓰고 몸부림치다 보니 기진맥진해 나가곤드라졌다. 주위는 이제 칠흑같이 어두워 사물을 분간할 수조차 없었다. 전신이 옥죄어 오는 공포로 부들부들 떨렸다. 어찌나 무서웠던지 나도 모르게 바지에 오줌을 질금질금 쌌다. 오늘 밤에 꼼짝없이 죽겠구나 하는 생각이 뇌리를 스치니 왈칵 설움이 몰려와 하염없이 뜨거운 눈물이 쏟아졌다.

"어머니는 친어머니가 아닐 거야. 그렇지 않고서야 나를 죽도록 패더니 이렇게 가둘 수 있는가. 괴물이고 악마다. 악마가 아니고서야 어머니가 아들에게 이리 막무가내로 독하게 할 수는 없다."

죽이고 싶도록 미웠다. 온 집안이 떠나가도록 고래고래 갖은 욕설을 퍼부어 댔지만 아무런 반응이 없었다. 갈증, 배고픔, 추위, 두려움, 무서움으로 온몸이 부들부들 떨리고 더 이상 버틸 수 없을 정도 탈진되었다.

기력이 없었다. 암담하고 참혹했다.

그래, 차라리 눈을 감자.

울분과 공포에 휩싸인 채 깜박 졸다 깨기를 몇 차례 반복했다. 삐거덕하는 소리에 화들짝 놀라 정신이 번쩍 들었다. 어머니가 등불을 들고 서 있었다. 이내 고개를 돌려 버렸다. 살았구나 하는 안도감보다는 미움과 분노가 치밀어 올라 똑바로 쳐다보기도 싫었다.

어머니는 나를 꼭 껴안고는 통곡하기 시작했고 덩달아 나도 울음보를 터트렸다. 주저앉아 둘이서 뜨거운 눈물을 하염없이 쏟아 냈다. 한참을 울고 난 후, 나를 일으켜 세우더니 똑바로 쳐다보라고 호령했다.

"앞으론 절대 그런 장난은 허지도 말고, 헐 생각도 안 히야 된다. 알었지? 만약 그런 일이 있으면 너 죽고 나 죽는 줄 알어. 꼭 명심해. 아예 눈곱만큼도 그런 생각은 허지도 말어. 나하고 약속헐 수 있제?"

"절대 안 그럴게요. 앞으론 다시는 안 할 거구만요."

"이 담에 니가 크면 이 어미가 오늘 왜 그리 모질게 헸는지 알 거여. 너는 말썽 피우지 말고 넘헌테 욕먹는 짓거리허지 말고 공부만 열심히 허는 거여. 애미가 죽이고 싶도록 밉겠지만 나중에 알게 될 거여. 니가 오늘 헌 행동거지는 엄청나게 잘못했고 날 머리끝까지 성질나게 허고 열받게 만든 거여."

내가 용서를 빌고 다짐을 하니 화가 좀 누그러졌는지 와락 끌어안았다. 그러나 포옹은 종전같이 포근하고 기분 좋게 느껴지지 않고 서먹하고 어색했다. 내게 다시는 신방에 얼씬도 안 하고 무속 같은 것에 관심을 갖지 않겠다는 약속을 받고 수차례 강조하고서야 직성이 풀렸는지 용서해 주었다. 오늘 같은 일이 벌어지면 정말 죽을 수도 있다는 우려가 깊이 뇌리에 새겨져 절대로 두 번 다시 안 하리라 단단히 속다짐했다. 그날 일어난 일은 평생 잊히지 않을 것이다.

그날 이후로 어머니와 나 사이는 감정의 골이 깊어져 어색하고 냉랭했다.

무속일과 무당은 결코 자랑스럽고 떳떳하지 못할뿐더러 미천하게 여겨진다는 것을 어렴풋이 알게 되었다. 나이 지긋한 어른이나 호족이 내 또래의 어머니들에게는 깍듯이 대하지만 유독 어머니에게 말할 때는 '하소'나 '하게'라고 하면서 함부로 다룬다는 걸 알게 되었다.

그날 내가 닦달질을 당하고 혼구멍이 난 것도 어느 정도 이해가 되었다. 아이들도 커 가면서 점점 나를 멀리했다. 또래들에게 대장 노릇을 하며 당당했으나 언제부터인가 나도 모르게 주눅이 들고 위축되어 있었다. 또래 애들 중 친한 애들까지도 눈에 띌 정도로 이상하게 날 껄끄러워했다.

무속일도 예전 같지 않고 아예 일이 없다시피 했다. 행랑채에 박수 무당이라든가 먼 곳에서 온 손님들로 붐볐는데 요새는 사람들 발길이 끊겨 꽤 오랫동안 비어 있었다. 사내애로서 장성했으니 한방에서 같이 잠자리를 할 수 없다며 행랑채를 나의 주거 공간으로 만들어 주었다. 며칠간은 잠자리가 뒤숭숭했으나 곧 익숙해지고 편해졌다. 식사 시간을 제외하고는 어머니와 마주 대할 일이 확연히 줄어들었다. 마주 대하는 게 어색하고 민망스럽기 그지없는데 오히려 잘된 일이었다.

따돌림을 당했고 외톨이가 되었다. 매사에 자신과 열의가 없었으며 성적은 뚝 떨어졌고 열등감에 사로잡혀 의기소침하고 성격은 삐뚤어져 반항아로 변해 갔다. 나 혼자만의 세계를 형성하고 거기에 빠지기 시작했다. 집 뒤쪽으로 산 정상까지 갈 수 있는 호젓한 오솔길이 있어 산에 오르거나 거기서 노는 일이 많아졌다. 아니면 저수지나 들판, 냇가에서 시간을 보내곤 했다. 등하굣길도 혼자였고 학교에서도 상대해 주는 동급생이 별로 없어 심심하고 외로웠다. 학교생활이 지루하고 싫어졌다. 살기 위해서, 살아남기 위해서 철저히 홀로 서는 법을 스스로 터득하고 익혀야 했다.

4학년에 올라가면서 마음에 드는 담임 선생을 만났다. 우리 반 담임은 키도 헌칠하고 미남이었다. 여자 선생 못지않게 오르간 연주와 음악을 잘했고, 축구를 비롯해 못하는 운동이 없을 정도로 다재다능해 선생들 중에 제일 인기가 있었다. 전 선생들보다 그 담임은 수업도 열정적이고 특히 학생들을 편애하지 않고 공평히 대해 주어 나도 좋아하게 되었다. 선생에게 인정받고 모범생이 되기 위해 말썽부리지 않고 열심히 공부했다. 수업을 알기 쉽고 재미있게 진행하기 때문이기도 했다.

2학기 초반, 사회 교과서에서 종교와 미신이라는 주제를 보고 앞으로 이 부분을 배울 텐데 어떻게 쑥스러운 시간을 참아 내고 견뎌 낼까 하고 걱정하고 애를 태웠다.

염려했던 그 시간이 닥쳐왔다. 마지막 시간이라 교실 분위기는 어수선하고 빨리 마치고 집에 갈 궁리들만 하고 있었다. 지명된 학생이 내용을 큰 소리로 읽어 내려갔다. 얼굴이 벌겋게 달아오르면서 가슴이 두근거렸다. 어찌할 바를 몰라서 고개를 푹 숙이고 바닥만 처다보았다. 선생의 설명이 시작되었다.

"책에도 나와 있듯이 종교는 인간이 바르고 보람되게 살기 위해 신앙을 갖는 것이라면, 점을 본다거나 굿을 해야 병이 낫고 복 받는다는 어리석은 생각과 행동은 모두 미신이야. 여러분도 살아가면서 종교와 미신을 구분할 줄 알아야 되며 미신에 빠지지 않도록 해야 된다."

이 말이 끝나자마자 반 애들이 모두 나를 바라보았다. 자리를 박차고 뛰쳐나가고 싶었으나 어쩐 일인지 꼼짝달싹할 수가 없었다. 수치심에 쥐구멍이라도 들어가고 싶은 심정으로 고개를 푹 숙인 채 눈물을 주르륵 흘렸다. 교실에는 너 나 할 것 없이 무거운 침묵이 흘렀다. 그때, 선생이 침묵을 깨뜨렸다.

"여러분의 집에서도 한두 번은 점을 본다거나 정화수를 떠 놓고 빌었을 것이다. 우리 민족은 예로부터 구복적인 민간 신앙이 뿌리내려 왔기 때문에 누구나 이런 행동에서 자유롭다고 볼 수 없다. 사실상 전통이나 관습을 사리에 맞지 않는다고 다 미신이라고 몰아붙이기엔 애매한 점이 많아. 그 누구도 미신적인 행위에서 자신 있게 자유롭다고 할 수 없어. 그러니, 그 누구를 흉보거나 욕해선 절대 안 된다. 알았나?"

담임은 내가 무당집 자식이란 걸 이미 알고 어색한 분위기를 바꾸고 난처한 나를 옹호해 주었으리라. 집으로 곧장 달려와서 무당일을 당장 때려치우라고 울음보를 터뜨리면서 막 떼를 썼다.

"엄니, 그깐 무당일 당장 그만둬. 내가 오늘 학교에서 얼마나 개망신 당헌 줄 알어? 정말 죽고 싶도록 챙피혔어. 부끄러워서 학교 못 다니겠어."

그 말이 끝나자마자 얼굴빛이 시퍼레지며 악다구니를 썼다.

"어떤 연놈들이 무당헌다고 네게 욕하든 주리를 틀어 버릴 테니까. 무당이 저그들한테 밥을 달라든 술을 달라든? 나는 남을 여태까지 해코지해 본 일 없고 이 평생 넘을 도와주었으면 주었지 넘에게 잘못헌 게 없어."

"학교서 공부 시간에 무당은 미신이라고 혔어. 긍게 그깐 무당일 관 둬. 농사짓고 살면 되잖여."

"무당은 신이 내려 준 운명이고 허고 안 허고 맘대로 안 되는 거여. 무당이 억지로 끌고 와서 점보고 굿허라고 허나? 안 해. 지그 발로 다 찾아와. 다 신령님께 간곡히 빌고 기도혀서 나쁜 기운 배척허고 복 들어오고 좋은 일 있게 히 주는 게 무당이야. 니가 크면 이해헐 수가 있어. 그렇게 넘이 뭐라 허든 기죽지 말고 공부나 열심히 히여."

그날 이후 우리 두 사람의 거리는 더욱 멀어졌다. 담임이 반 애들에게 누구 할 것 없이 조롱하지 말라고 으름장을 놓았지만 그것은 오히려 날 놀림감으로 삼는 빌미가 되고 말았다. 반 애들은 물론 심지어 어릴 때부터 같이 컸던 깨복쟁이들까지 가세하여 비아냥거리고 못살게 굴었다.

쓰라린 배신감과 모욕감으로 곤혹스러웠고 사람이 싫어졌다. 학교 생활이 지겨웠고 나날이 견뎌 내기가 힘들어졌다. 점심시간이나 쉬는 시간에도 애들을 피해 홀로 시간을 때웠다. 학교 뒤 큰 느티나무의 둥치를 베고 누워서 하늘을 처다보는 게 유일한 낙이었다.

그런데 그런 나를 가만히 놔두지 않았다. 점점 못된 장난을 했고, 정도가 심해졌다. 변소에 간다거나 자리를 비운 틈을 이용해 학용품을 훔쳐 가거나 도시락 안에 개구리 등을 넣고 심지어 책과 공책에 낙서를 하기도 했다. 무당 그림을 그려 놓거나 무당 새끼하고 같은 반에서 공부한다는 것이 창피스러우니 학교를 관두거나 전학을 가라는 등 갖은 욕설을 해 댔다. 애들보다 덩치도 꽤 크고 힘도 세서 맞짱 뜨면 절대 꿀릴 게 없었으나 여럿이 합세하여 달려든다면 별수 없이 뭇매를 맞을 수밖에 없었다. 현장에서 해코지하는 놈을 발견하면 즉시 너끈히 때려 주고 싶었으나 발각되지도 않았고 누가 귀띔해 주지도 않았다. 배알이 뒤틀리고 울화통이 터졌지만 꾹꾹 삭였다. 선생께 일러바쳐 봐야 근본적으로 해결이 될 것 같지도 않을 뿐만 아니라, 고자질은 비겁한 짓으로 여기고 아예 그런 마음을 먹지도 않았다.

여름 방학이 시작되었다. 방학은 모두 신나는 일이지만 내겐 신날 뿐만 아니라 숨통이 트였다. 찌는 듯한 무더위에는 나만의 호젓한 저수지 물가에서 멱을 감으며 시간을 보내곤 했는데, 어느 날 헤엄을 끝마치고 나와 보니 옷이 감쪽같이 없어졌다.

한참을 두리번거렸을 때 멀찍한 둑에서 몇 명이 나를 바라보는 모습이 눈에 들어왔다. 간신히 옷을 찾아 부랴부랴 걸쳐 입고 한걸음에 달려갔다. 이번만큼은 참고 넘어갈 계제가 아니었다. 박형철을 포함한 동급생 서너 명을 비롯해 여럿이 모여 시시덕거리고 있었다. 형철이와 그를 따르는 놈들의 짓이란 걸 직감했다. 형철이를 향해 돌진하니 여러 놈이 한꺼번에 덤볐다. 온 힘을 다해 이리저리 허우적거려 보았지만 도저히 당해 낼 수가 없었다.

잠시 동안 뭇매를 맞아 코피가 터지고 입술이 터졌다. 그때, 형뻘 되는 애들이 나서서 뜯어말렸다. 코피와 입술의 피를 손등과 옷소매로 훔쳐 내고 몸을 추스르고 나서 두 주먹을 불끈 쥐고는 노려보았다.

"가시나들처럼 비겁허게 옷이나 감추냐? 야, 이 새끼들아, 다구리치지 말고 감정 있으면 정정당당하게 맞짱 뜨자. 누구라도 좋응께."

형뻘 애들도 내 말을 수긍하고 싸움을 은근히 부추겼다. 지금까지 기세등등했던 놈들이 쭈뼛쭈뼛거리며 망설였다. 마침내 눈치를 보다가 망신당하기 싫었던지 그중에서 힘이 제일 센 형철이 떠밀리다시피 앞으로 나왔다. 두 사람을 제외한 나머지는 모두 원을 만들고 앉아 곧 벌어질 싸움을 구경할 모양이었다.

주먹질과 발길질이 오가며 치고받고 싸움은 꽤나 치열했다. 그동안 당한 수모로 분노가 치솟아 입술을 깨물어 가며 죽기 살기로 싸웠다. 얼굴을 몇 차례 가격함과 동시에 사타구니를 걷어찼더니 맞서질 못하고 이리저리 피해 다니기 시작했다. 공중제비 차기로 앞가슴을 내려쳤더니 바닥에 나뒹굴며 울음을 터트렸다. 분풀이는 이때다 하고 올라타 주먹을 휘두를 즈음, 애들이 몰려와 내게 발길질을 해 댔다. 형들이 다시 말려서 싸움은 끝났다.

그날 저녁, 형철이 어머니가 헐레벌떡 대문을 박차고 들어서서 다짜고짜 어머니를 찾았다. 형철이와 낮에 싸운 일로 따지러 왔을 거란 예감이 들어 숨을 죽이고 내 방 안에서 바깥 동정을 살폈다.

"재복이 놈 어디 갔수?"

"무슨 일인디요. 뭔 말썽이라도 피웠는가요?"

"아니, 사람을 잡아도 유분수지. 재복이란 놈이 우리 귀한 순하디순한 형철이를 개 패듯 두들겨 패 가지고, 얼굴이 성한 디 없이 온통 멍이 들고 드러누워 끙끙 앓고 있어. 이를 어떻게 할 키여, 응?"

어머니는 방문을 화닥닥 열어젖혀 멱살을 잡아 끌어내 대빗자루로 인정사정없이 마구 후려쳤다. 도망가려고 몸부림쳐 봤지만 억센 손아귀를 벗어날 수가 없었다. 억울하고 분통이 터져 바락바락 악을 써댔다.

"형철이허고 같이 몇 놈들이 내 옷을 감추곤 먼저 쌈을 걸었어. 나만 보면 이 새끼들이 시비를 걸고 쌈을 건다구. 저 참에도 그렇고 이번에도 여럿이 날 다구리 씌웠어. 맞기로 치면 엄청 내가 더 맞았는디. 왜 나만 가지구 그러냐고."

항변해 보았지만 매질은 그치지 않았다.

"허라는 공부는 안 허고 쌈박질만 허구 다녀. 빨리 나주댁에 잘못했다고 싹싹 빌어. 그리 안 허면 너 맞아 죽을 줄 알어."

할 수 없이 매질에서 벗어나기 위해 마지못해 내키지 않는 용서를 구했다. 나주댁이 화가 좀 풀리는 듯했다.

"이번에는 없던 일로 헐 것이지만. 담번에 이런 일이 있으면 좋지 않을 것이여. 그리고 애비 없는 후레아들이란 소리 듣지 않게 자슥 좀 잘 가르쳐. 자식 농사 잘 지으라구."

이 말을 듣자마자 화가 머리끝까지 치밀어 올라 나주댁에 달려들었으나, 어머니가 즉각 내 입을 틀어막고 꼼짝 못 하게 제압했다. 화가 복받치고 분이 치밀어 올라 바닥에 주저앉아 목놓아 울었다. 나주댁에게 연신 굽실거리고 쩔쩔매며 깍듯이 사죄하는 꼴이라니. 지금 내 앞에서 펼쳐지는 모습은 차마 눈 뜨고 볼 수 없을 정도로 너무도 비굴하고 처절했다

"약값은 지가 부담허구요. 담에는 절대 이런 일이 없도록 헐께요."

"약값 같은 거 필요 없네. 자네를 봐서 이번에는 그냥 넘어가겠네. 이 동네서 발붙이고 살라면 처신을 잘히야 될 거여."

그 뒤 늦은 저녁, 어머니와 밥상을 마주하고 앉았다. 우리 둘 사이에 상당히 오랜 시간 침묵이 흘렀다. 고개를 푹 숙이고 찬밥을 꾸역꾸역 밀어넣고 있는데 나긋한 울음 섞인 목소리가 흘러나왔다.

"재복아, 니가 참고 견뎌야 헌다. 너도 들었잖아. 이 동네에서 말썽 없이 살라면 우리가 기죽고 사는 도리밖에 없잖냐."

"지그들이 뭔데 이 동네서 사니 못 사니 히여. 뭔 죄진 것도 없는디. 형철이네가 지주랍시고 행세 부리는 거여. 아니꼬와서. 긍게 무당 때려치고 농사지으며 살면 되잖히여. 왜 엄니는 넘 들이 무시허는 무당 일 못 때려치고 꿀리고 사는지 모르겠당께."

한참 동안 잠자코 나를 바라보더니 한숨을 길게 내리쉬고는 무겁게 입을 열었다.

"이 어미가 밉지. 너한테 못헐 짓을 많이 했다. 니가 크면 엄니 속내를 알 꺼여. 무당일은 숙명이여. 니가 생각허는 것처럼 간단허지 안

해."

 내 방에 들어오자마자 불도 켜지 않은 채 바닥에 벌러덩 드러누워 오늘 일을 되새기니 더할 나위 없이 억울하고 분했다. 나주댁에 그런 수모를 겪으면서도 참고 견뎌야 하는 어머니가 불쌍하고 애처로웠다. 남에게 무시당하고 모욕을 감내하고 살아야 한다니 처절하고 몹시 처참했다.

 한편, 지금은 옛날에 비해 무속일이 거의 없다시피 하는데도 신을 모셔 놓고 지극정성으로 받드니 황당하고 이해할 수가 없었다. 출생을 비롯한 가정 내력과 어머니가 하시는 일에 대해서는 보아도 못 본 체 들어도 못 들은 체하기로 했다.

 책 읽기를 좋아하고 공부도 반에서 잘하는 편이었는데 요즈음은 등한시해서 성적이 형편없이 떨어졌다. 성적을 올려서 공부 쪽으로 인정을 받고 있어도 없는 듯이 처신하고, 참다 참다 더 이상 참을 수 없을 한계에 다다라 도저히 안 되겠다 싶으면 그때 나서자. 싸움을 피하되 부득이 싸워야 할 때는 한 놈이건 여러 놈이건 죽기 살기로 싸워 본때를 보여 주자. 두어 번 정도 형철이 패거리와 싸운 뒤 요령이 생겨 일방적으로 안 당할 자신이 생겼다. 붙잡히지 않도록 바깥으로 이리저리 피해 다니며 전열이 흐트러지게 교란시키며 틈틈이 잽싸게 치고 빠진다. 성깔이 있지, 그 누구에게도 비겁하게 굴종하지 않으리라. 떳떳이 당당하게 살아가리라.

 이렇게 결심을 하고 다짐을 하니 생기가 나고 용기가 솟아났다.

5학년으로 진급했는데, 4학년 때는 같은 반이었던 형철이를 비롯해 우리 마을 몇몇 학생이 다른 반으로 갈라졌고 내 담임은 4학년 때 선생 그대로였다.

형철이와 그 졸개들 몇몇과 마주 대할 일이 별로 없어 조롱이나 시비, 싸움이 놀랄 만큼 줄었다. 질 나쁜 애들이 괴롭히지만 종전에 비하면 아무것도 아니었다.

웬만하면 그냥 지나치고 참을 만큼 참다가 도저히 참을 수 없을 지경에 이르면 차근하게 따졌다. 조용한 장소로 불러내 시시비비를 가려 대개 사과를 받아 냈지만, 상대가 수긍하지 않거나 도전하면 결국엔 맞짱을 뜰 수밖에 없었다. 싸움은 언제나 내가 이겼다. 상대에게는 싸움이었지만 나에게는 살아남기 위한 버둥질이었다.

모처럼 수업에 전념할 수 있었다. 집에 돌아와서도 딱히 함께 놀 애들이 없으니 공부할 시간이 많아졌고 또한 공부를 하다 보니 재미가 붙고 성적이 오르니 차츰 열심히 하게 되었다. 학교생활이 즐거웠다. 그러던 중 추석 무렵 우리 선생님이 전근을 가게 되었고 다른 여선생이 담임으로 왔다. 젊고 예뻤다. 교장 선생의 소개와 함께 선생이 가볍게 인사하자 누구라고 할 것 없이 모두 박수를 치고 환호했다. 곱고 산뜻해 마음도 비단결처럼 아름다울 것 같았다.

그런 내 생각이 잘못되었음을 깨닫기까지는 그리 오랜 시간이 필요하지 않았다. 마음 씀씀이가 생김새와는 영 딴판이었다. 먼저 한 일은 애들을 파악하여 구별하는 것이었다. 부자나 호족 같은 유력층과 나를 비롯해 가난하거나 비천한 출신으로 나누어 노골적으로 차별 대우를 했다. 호감층에 드는 학생들은 어깨를 으쓱거리며 한층 눈에 띄도록 알랑거리고 엉너리를 쳤으며 물량 공세도 서슴지 않았다. 멸시층에 드는 학생들은 풀이 죽어 기를 펴지 못하고 억눌러 지내야 했다.

차별은 심각했다. 변소 청소는 눈 밖에 난 학생들 몫이었고, 교실 청소나 운동장 잡초 뽑기 등 작업에도 고된 일은 도맡아야 했다. 대청소를 실시할 때도 바닥 청소는 난놈들이 했고 유리창은 으레 못난 놈들이 했다.

얼마 안 가서 계층이 생겼다. 상위, 중간, 하위로 나누어져 있고 수업도 상층을 위주로 진행했다. 손을 들어도 지명받는 자는 상층이고 하층에겐 기회조차 돌아오지 않았다. 방과 후에는 중학교 입학 예정자 중 형편이 좋은 학생들을 대상으로 과외비를 받고 특별 지도까지 해 위화감을 더욱 조장했다. 좌석 배치에서도 뒤로 밀려났고 나중에는 아예 손을 들지 않았다. 놀 때도 끼리끼리 어울렸다. 상층 애들은 신바람이 나서 덩달아 선생이나 된 것처럼 나머지 애들을 지배하고 군림하려고 했다. 그중 못된 놈들은 동급생을 골려 주고 못살게 하거나 심지어 물건을 빼앗기도 했다.

마침내 패싸움으로 발단되었다. 교실 청소를 할 때 특수층 애들이 빈둥거리고 나머지 학생들에게 떠맡기려고 하였다. 티격태격하다 큰 싸움이 되었다. 빗자루와 양동이가 이리저리 나뒹굴고 바닥엔 물이 흥건했으며, 대소동으로 교실은 아수라장이 되었다. 선생이 황급히 나타나 지휘봉을 사정없이 내두르고 휘두르며 소리를 빽빽 내질렀다. 싸움을 진정시키고 따져 묻더니 원인을 제공한 놈들은 가벼운 벌로 다스리고 나머지는 냉혹하게 벌을 내렸다. 그 이유는 특수층 애들이 많이 얻어맞았고 나머지 애들이 작당해서 그들을 두들겨 팼다는 것이었다. 그 뒤로 우리는 선생을 '마귀할망구'라고 불렀다.

처음에는 나를 무시하는 듯했으나 이내 드러내 놓고 차별하고 경멸했다. 한번은 무심코 복도를 지나가는데 몇 놈이 지나치기를 기다렸다 발을 걸어, 바닥에 사정없이 넘어져서 무릎이 까졌다. 순식간에 대판 주먹다짐이 벌어졌다. 선생은 싸움을 추궁하더니 무조건 내 잘못으로 몰아가고 가장 싫어하는 말을 거리낌 없이 퍼부어 대며 지시봉으로 내 머리를 가격했다. 더군다나 나하고 싸웠던 놈들에게는 질책 한마디 하지 않았다. 날 빤히 쳐다보며 약 올리며 히죽히죽 웃는대도 그냥 본체만체하였다. 떼로 몰려들어 온통 얼굴이 멍이 들 정도로 된통 맞았는데도 나만 닦달하고 매질을 해 댔다.

"너는 왜 그렇게 사고뭉치니? 제아무리 무당 아들로 가정 교육이 형편없기로서니 너 같은 애는 처음 본다. 너는 엄청 버릇없고 말썽꾸러기라더니 어떻게 너 같은 놈이 내 반이 돼서 말썽만 피우냔 말이야. 네가 얌전하면 애들허고 쌈박질할 일이 없을 거 아니야."

애들이 먼저 내 발을 걸어 넘어지면서 무릎이 까졌고, 먼저 못된 장난을 친 애들이 잘못이라고 거듭 항변했으나 막무가내로 매를 때렸다. 선생을 떠밀쳐 버리고 도망갈까 하는 생각이 불현듯 들었으나 오기가 발동해 꼼작 않고 매를 받아들였다. 잘못했다고 싹싹 빌면 이 위기를 벗어날 수 있고 또 그러길 바라는 눈치였지만 없는 잘못을 만들어 모면하고 싶지 않았다.

그래, 무당의 아들이니까 만만하냐. 두들겨 패라. 설마 맞아 죽기야 하겠어. 그런 생각으로 입술을 꼭 깨물고 참았다. 꼼작하지 않고 꼿꼿하게 서 있으니까 약이 올랐는지 더욱 힘이 가해졌다. 나중에는 지쳤던지 중단하고 복도에서 무릎 꿇고 있으라고 하고는 수업을 진행했다. 그 후로 선생을 비롯해 특수층 애들이 꼴 보기 싫고 미워졌다. 선생은 정말 마귀할멈이라고 단정했다.

학교 다니기가 죽을 맛이었다. 꾀병을 부리거나 땡땡이를 치는 빈도가 늘어났다. 나도 모르게 성격도 거칠고 우악스럽게 변해 가고 모든 것이 차츰 싫어졌다. 마을 애들의 고자질로 결국 땡땡이를 부린 게 탄로 나 어머니에게 반죽음이 되도록 맹장질을 당했고, 그 후로는 수시로 등하교를 점검하였다.

별도리 없이 소가 도살장 끌려가는 기분으로 꼬박꼬박 출석했다. 유일한 희망은 두 달 정도면 겨울 방학이 시작되고, 개학하고 달포가량 참으면 6학년으로 진급하는 것이었다.

6학년이 되면 지긋지긋한 선생과도 확실히 작별하게 된다. 6학년 담임은 여선생이 맡지 않았다. 중학교 입학시험과 진학 지도를 위해서 경력이 풍부한 남선생이 맡게 되어 있었다.

그러던 어느 날, 반에서 절도 사건이 일어났다. 한 학생이 말하기를, 가방 속의 사친회비가 감쪽같이 사라졌다는 것이다. 선생은 모두 눈을 감도록 하고 돈을 가져갔거나 가져간 사람을 알고 있으면 조용히 손을 들라고 했으나 아무도 손을 든 사람이 없자, 쪽지를 나누어 주고 평소 도벽이 있거나 의심이 될 만한 사람을 적어 내라고 했다.

방과 후 교실에 선생과 나, 두 사람만 남게 되었다. 너무 황당하고 어이가 없었다. 청천 하늘에 날벼락 같은 소리였다. 아예 나를 도둑으로 단정하고 자백을 강요했다.

"여기에는 너와 선생님 단둘밖에 없어. 이번만은 나만 알고 절대 비밀로 하고 용서해 줄 테니, 돈을 순순히 내놓고 잘못을 빌어."

눈물이 왈칵 쏟아지려고 했으나 어금니를 꽉 깨물고 똑바로 쳐다보며 당당히 맞섰다.

"선생님, 어이가 없고만요. 도둑질 같은 것 해 본 적도 없어요. 절대 지가 하지 안 했시오."

"그러면 애들이 모두 너를 지목허니? 전에도 애들 물건을 손대거나 했으니까 너라고 모두 의심허는 것 아니겠어?"

"지금까지 도둑질은 안 했어유. 쌈도 애들이 못살게 굴고 시비를 건께 허게 됐지 먼저 건 적은 없어요."

동급생들에게 중상모략을 당했다는 배신감에 분하고 억울해서 눈물이 하염없이 주르륵 흘러내렸다.

"무당집인 것이 말없이 부끄럽지만요. 엄니에게 때려치우라고 했지만 꿈쩍도 안 허니. 나라고 어쩔 도리가 없는디. 애들이 놀려 대고 약 올리고. 선생님도 날 무시하고 미워하고 뭔 일이 있으면 나만 뭐라고 하는데, 억울해요. 도둑질은 정말 안 했어요."

선생은 내 몸과 가방을 샅샅이 뒤져 본 후 놔주었다. 함정에 몰아넣은 놈들이 누구인지 짐작이 갔고, 그들에게 앙갚음을 할 겸 먼저 선수를 치는 것이 내가 당하지 않는 방책이라고 판단했다.

제기차기, 자치기, 딱지치기, 구슬치기, 공놀이 등을 비롯해 각종 놀이에 유령처럼 나타나 훼방을 놓았고, 한두 놈을 등하굣길이나 으슥한 곳에서 마주쳤을 때 싸움을 걸어 패 주었다. 한두 사람 정도는 너끈히 해 볼 수 있을 정도였다. 세 사람 이상이면 당해 낼 수 없었으나 나중에는 대적할 정도로 요령이 생겼다. 갑작스럽게 달려들어 잽싸게 몇 차례 주먹을 날리고 줄달음쳤다. 얼마 가지 않아 싸움꾼과 심술쟁이 악동으로 자자해졌고, 동년배 애들뿐만 아니라 상급생도 나를 함부로 대하지 못했다.

반면에 학교에서는 가장 골치 아픈 문제아로 낙인찍혔다. 담임뿐만 아니라 훈육 선생에게까지 끌려가 치도곤을 당하곤 했다. 그동안 모지락스레 학대를 받았어도 일절 입 밖에 내지 않고 홀로 삭였는데, 비겁하게 조르르 달려가 시시콜콜 일러바친 놈들이 가증스러웠다. 그토록 의기양양하지 않았던가. 나에게 정정당당히 따지고 맞서야 될 것 아닌가. 가혹한 징벌을 받을수록 오히려 망나니짓은 더욱 심해졌다.

그러던 어느 날, 우연히 교무실을 지나치다 담임 선생 앞에서 연신 허리를 굽실거리며 쩔쩔매고 있는 어머니를 목격했다. 사태를 직감했다. 어머니가 요사이 퇴학당하지 않고 졸업을 하려면 제발 말썽 좀 피우지 말라고 바짝 윽박질렀기 때문이다.

책가방을 챙겨 급히 학교를 빠져나왔다. 산과 저수지를 배회하며 날이 어두워지기를 기다렸다. 잠든 틈을 타 살며시 내 방에 들어가기 위해서였다. 매 시간 좀이 쑤시고 마냥 길고 지루했다. 배에서 쪼르륵거릴 정도로 심한 시장기가 덮쳐 왔다.

어둠침침할 무렵, 집으로 들어가 숨소리 죽여 가며 방 안으로 들어서는데 갑작스럽게 덜미를 잡힌 채 안으로 끌려갔다. 이번에도 초주검 당하려니 했는데 의외로 어머니는 나를 꿇어 앉히더니 애절한 목소리로 사정조로 조곤조곤 얘기했다.

"오늘 이 어미가 너 땜에 십년감수허고 개망신을 당했서. 내가 사람들 앞에 웬만허면 나서지 않는디 젊은 여선생한테 손이 발 되도록 빌었다. 널 도대체 못 가르쳐 먹겠대. 자퇴허라는 거여. 그리 안 하면 지들이 퇴학시킨대. 그 많은 선상들이 날 비웃는 것 같고 정말 이 애미가 얼마나 부끄러웠는지 알어. 정말 쥐구멍이라도 들어가고 싶었다. 지발 속 좀 차려라. 국민학교도 졸업 못 하고 뭐 할 거여. 반거충이 무지렁이밖에 더 되겠냐, 이 쳐죽일 놈아."

그러고는 방바닥을 치면서 아이고, 내 팔자야. 서방 덕 없는 년은 자식 복도 없다더니 내가 그 꼬라지네, 하고 대성통곡했다. 욕설을 퍼붓기도 하고 달래기도 하는 모습이 애처롭고 죄송스러웠다. 붙들고 함께 펑펑 울었다. 문제 일으키지 않고 어떤 일이 있어도 학교는 졸업하겠다고 맹세하며 싹싹 빌었다.

창문을 통해 들어온 달빛에 반사된 어슴푸레한 얼굴은 늙고 수척해 보였으며 내게 여태껏 강인해 보였던 모습은 전혀 아니었다.

그다음 날, 어머니에게 끌려가다시피 등교했다. 학생들이 힐끔힐끔 쳐다볼 때마다 얼굴이 화끈거렸다. 교무실에 들어서니 선생들의 시선이 집중되었고 잔뜩 못마땅한 표정이었다. 하루 만에 반이 바뀌어 있었다. 교무 회의에서 5학년 담임 선생들 모두 날 맡기를 꺼렸는데, 자의 반 타의 반으로 결국 한 선생이 총대를 메게 되었다. 새로운 담임은 3학년 때 담임 선생이기도 했다.

"날 따라오너라. 나와 조용히 얘기 좀 하자."

크게 야단맞을 일이 겁이 나 주눅이 들어 고개를 푹 숙이고 뒤따랐다. 학교 뒤쪽에 족히 몇십 년은 될까 하는 큰 느티나무가 있었는데, 그 나무 밑으로 가 의자에 앉더니 나도 그 옆에 앉도록 했다.

"너는 내가 담임을 맡았던 3학년 때는 공부도 썩 잘하고 모범생이었는데 왜 그리 변해 가지고 말썽만 피우고 애들을 괴롭히는 거냐?"

윽박지르며 다그칠 줄 알고 두려웠는데 부드럽게 대해 주니 울컥했다. 울먹이면서 나름대로 억울하게 당했던 점과 반항적으로 행동했던 것을 털어놓았다. 울먹이는 소리로 조리 없이 횡설수설 속내를 한참 털어놓았는데 중간에 말을 끊지 않고 끝까지 조용히 들어 주었다.

"지금 모든 상황이 나쁘다고 해서 앞으로도 계속 나쁘게 흘러간다고 볼 수 없다. 네 운명을 네가 노력하고 개척해 가면 반드시 좋은 일이 있을 거야. 사람마다 각자의 삶이 있는 법이야. 네 어머니도 나름대로 어떤 피치 못할 상황이라든가 사정이 있을 거야. 주어진 생의 굴레 같은 거 말이야. 어떻게 딱 부러지게 설명할 수는 없지만 말이야. 그분의 삶이려니, 이해하렴. 애들하고도 같이 허면 똑같은 사람이 되는 것 아니냐. 힘들겠지만 네가 먼저 손 내밀고 가까이하려고 해 봐. 분위기도 바뀔 줄 겸 축구부에 추천해 줄 테니까 같이 운동도 하고 어울리면서 차츰 동료들허고 잘 지내도록 해."

그러면서 내 어깨를 감싸 주었다. 난생처음으로 선생님한테 어른 남자의 정감을 흠뻑 느꼈다. 가슴속에는 아버지란 바로 이런 포용과 의연함을 가진 존재가 아닐까 하는 생각이 들었다. 선생님에게 아버지 같은 친밀감이 들었고 그분이 존경스러웠다.

겨울 방학이 끝나고 등교일이 다가왔다. 축구부에 들어가게끔 해 준다고 말했으나 그 뒤로 감감무소식이라 선생께 졸랐더니, 겨울 방학이 끝나면 입단을 고려해 보자는 권약이 있어 개학 날을 기다렸고 등굣길이 신바람 났다.

축구부는 5~6학년으로 짜였고 코치는 고등학교 때 축구 선수였던 청년이었으며, 운영과 관리는 담임 선생이 맡았다. 축구는 사내애들이라면 동네 공터에서 새끼로 뭉쳐 만든 공을 가지고 어렸을 때부터 다들 즐겨하는 놀이고, 나도 무척 좋아했다. 축구공이나 운동화를 제대로 갖추고 놀 형편도 아니었으며 더군다나 격식이나 규범을 갖추고 할 리 만무하고 새끼로 뭉쳐 만든 공을 차고 놀거나 시합을 하기도 했다. 새끼공 대신 고무공을 사용하기까지는 많은 세월이 걸릴 정도로 모두 가난했지만, 다른 놀이보다 공놀이가 특히 모두 즐겁고 행복한 시간이었다.

손꼽아 기다리다 안달이 나서 하굣길에 선생님을 붙잡고 애원했다.

"코치란 젊은 친구가 네가 끼는 걸 한사코 반대허는 거야. 또 다른 애들도 팀을 망친다고 너를 달갑게 여기지 않는다는 거지. 그런데 꼭 축구를 해야 되겠어?"

"예, 선생님 꼭 허고 싶네요. 선생님이 저한테 뭐라고 하신 이후론 쌈도 안 하고 공부만 열심히 했잖아요. 축구부에 들어가서도 절대 쌈 허지 않고 열심히 헐 테니까요. 지발 좀 넣어 주세요."

애걸복걸하니 날 빤히 바라본 후 긍정적인 답변을 주었다.

"곧 6학년이 되면 중학교 입학 시험공부 때문에 빠지는 선수가 있을 거여. 그때 코치를 설득히서 너를 넣어 줄게. 그런데 너도 입학시험 준비히야 되는 것 아니여?"

중학교 입학시험 말이 나오니 가슴이 뜨끔했지만 재빨리 둘러댔다.

"우선 축구부에 들어가면 신이 나서 공부가 더 잘될 것 같아요."

약속한 바 있으니 국민학교는 기필코 졸업을 하지만 중학교는 절대 가지 않기로 오래전부터 단단히 마음을 굳혔다. 조직의 속박과 얽매임, 인간과의 갈등과 환멸에서 벗어나 자유로움을 만끽하고 싶기 때문이었다. 공부가 절대 싫은 것은 아니었다. 보고 싶은 책도 읽고 나름대로 학습은 꾸준히 하기로 했다.

6학년으로 진급했는데 운 좋게도 5학년 담임 선생이 새로 맡은 6학년 반이 되었다. 선생님은 약속을 잊지 않고 입시 때문에 빠진 선수 대신 나를 축구부에 추천해 주었다.

방과 후 책가방을 챙겨 운동장으로 달려 나갔다. 선수들이 원을 이루고는 공을 주고받으며 연습을 하고 있었고, 코치는 옆에서 그들을 지켜보고 있었다.

쉬는 시간에 코치에게 다가가 공손히 인사를 했다.

"저, 선생님이 가 보라고 히서 왔는데요."

못마땅하고 시답잖은 표정으로 얼굴이 잔뜩 찌푸려졌다.

"축구는 개나 걸이나 아무나 하는 것인 줄 알어. 이 똘만아, 넌 애들 허고 쌈박질할 줄밖에 모르잖여. 선생이 하도 시켜 보라고 해서 일단은 지켜보기로 했으니까 그리 알어. 말썽부렸단 그땐 끝장이여. 알았냐? 그러고 축구는 혼자 하는 것 아닌 줄 너도 잘 알지? 선수들끼리 호흡이 잘 맞아야 되는 거 말이야. 다 니보다 선배니께 깍듯이 잘히여, 알았어?"

"예, 말썽 안 부리고 시키는 대로 뭐든 열심히 헐께요. 감사합니다. 고맙습니다."

그날 이후로 수업이 끝나면 부푼 기대로 운동장으로 뛰쳐나갔으나 연습에 끼지도 못하고 심지어 공을 발로 찰 수도 없었다. 공이 연습권 내에서 벗어나 멀리 튕겨 나가면 재빨리 쫓아가 붙잡아서 손으로 정확하게 던져 주어야 했다. 그 밖에 내가 하는 일은 운동장을 정리한다거나 물 주전자 나르는 등 잔심부름에 불과했다. 풋내기 졸병이니까 당분간 눈 딱 감고 고생하면 마음껏 공을 다룰 수 있는 날이 오겠지 하면서 군소리 없이 꾀부리지 않고 열심히 뒷바라지를 했다.

그러나 거의 한 달이 다 되어 가는데도 당최 끼워 줄 기미가 없었다. 코치에게 통사정을 해 봤지만 시큰둥하니 가타부타 한마디 없이 훑어보고는 딴전을 부렸다. 배알이 꼴리고 불끈 성깔머리가 났지만 꾹꾹 억눌렀다. 코치는 내가 제풀에 지쳐 나가떨어지거나 아니면 성질을 부렸다면 트집 잡아 쫓아내려는 속셈을 가지고 있었던 것 같다.

여느 날처럼 연습이 끝나고 뒷정리를 한 후 정문을 나와 맥없이 집을 향해 걸어가고 있는데, 뒤에서 누가 나를 부르고 있었다. 선수들 중에 나이가 제일 많고 축구와 공부도 꽤 잘하는 편인 학생이었다. 학교를 늦게 들어와서 동급생들보다 두 살 정도 위였고 어른처럼 덩치와 키가 상당히 컸다. 축구부에선 모두 그를 형이라고 불렀고 행동이 의젓해 애늙은이 같았다.

"축구부에 들어와서 헐만 해? 힘들제."

"힘들 거야 없지만서도 공 차는 것은 근처도 못 가 보고 치닥거리만 허니 환장할 지경이지."

"코치헌테 공 좀 차겠다고 사정이나 히 봤어?"

"허구 말구. 아무리 사정히도 꿀 먹은 벙어리여."

"축구를 하다 보면 반칙이 있잖아, 너도 알겠지만. 반칙은 말 그대로 허지 말라는 것 아니겠어. 근디, 경기를 하다 보면 나도 모르게 허는 것도 있지만 이기기 위해서 일부러 허는 경우도 있잖아. 이 숙맥아, 정 안 되면 다른 방법을 써야지."

반칙 운운하며 뚱딴지처럼 난데없는 소리를 하니 다소 어안이 벙벙했다. 어리둥절해 있는데 한참 뜸을 들이고는 다시 말을 이어 갔다.

"약을 쓰란 말이여, 이 멍텅구리야. 그래도 깜박이냐? 손에 쥐여줘야 되겠냐."

"약? 뭔 약. 빙빙 돌리지 말고 갈쳐 줘 봐."

"코치가 뭘 바라고 있는 것 같은 눈치가 들지 않던? 이를테면 좀 짭짤한 선물을 한다거나 돈을 준다거나 히서 코치를 구워삶을 생각이 눈꼽만큼이라도 들지 않드냐 말이여."

어처구니가 없었다. 코치가 은근히 시킨 것인지 날 안타깝게 여겨 그가 만든 묘책인지 알 수 없으나 어이없고 황당하지 않을 수 없었다. 면내 유력자의 협찬으로 겨우 운영되고 코치의 보수도 충분치 않아 코치와 선수들 간 알게 모르게 훈련비 명목으로 뒷거래가 있다는 걸 곧 알게 되었다. 학교 측에서는 운영의 협찬 이외 별도 부담은 일체 금지했으나 공공연한 비밀이 되어 버렸다. 상대방에게 감사의 표시로 조그만 성의를 표시한다면 모를까 조건부로 소위 뇌물을 준다는 것은 낯간지러웠으나 절대 축구를 포기할 수는 없으니 돈을 마련해 보기로 작정했다.

그러나 뾰족한 방법이 없었다. 사친회비도 몇 달씩 밀려 조르고 떼를 써야 겨우 한 달분 정도를 타 내는데 더더구나 축구비는 어림 반 푼어치도 없었다. 어른들이 곡식을 장에 내다 팔아 현금화하듯이 몰래 쌀을 팔기로 했다. 며칠 집을 비운 틈을 타 쌀을 훔쳐 팔았다.

뇌물을 바친다거나 도둑질을 한다는 것은 지금까지 눈곱만큼도 생각해 본 적이 없었다. 너무 부끄럽고 죄의식으로 얼굴이 화끈거렸다. 너무 쉽게 부정을 저지르고 세간의 부조리에 발을 들여놓은 것이다. 의도한 바를 이루기 위해서는 경우에 따라서 어쩔 수 없이 정도를 벗어나 부득이 세상과 타협해야 하는 경우도 있다고 자위해 보기도 했다. 한편, 아직 국민학생으로 더없이 순진무구해야 함에도 벌써 세상의 편법이나 배워 엉뚱한 행동을 했으니 죄책감에 마음이 괴로웠다.

연습이 끝난 후, 느티나무 밑에서 코치와 단둘이 마주했다. 그루터 기에 걸터앉아 나를 못마땅한 표정으로 쳐다봤다.

"나한테 할 말이 있다면서? 뭔 일이냐, 어서 해 봐."

"코치님, 제발 나 좀 축구부에 끼워 줘요."

"야, 임마 너 지금 축구부잖여."

"글지만 여태 공 한번 차 보지도 못 했잖이요."

"이 새끼 기지도 못헌 넘이 날려고 허네. 니 하는 꼴을 봐서 공을 차 도 차게 헐 것 아니여."

미적미적거리다 주머니에서 봉투를 꺼내 그에게 건네면서 울먹이며 사정했다.

"코치님이 시키는 대로 뭣이든 할 테니 제발 축구 좀 허게 해 주세 요."

"좋아, 니 성의로 봐서 지켜본 후 정식으로 넣어 줄게."

고맙다고 연신 고개를 조아리고는 냅다 줄행랑을 쳤다. 하굣길의 발걸음이 무척 가벼웠고, 매일 보는 풍경이지만 오늘따라 유난히 신작 로의 가로수와 들꽃이 예뻐 보였다.

다음 날부터 코치 눈에 잘 들기 위해 엉너리를 떨었다. 하루는 코치 가 우물가에서 운동복을 빠는 것을 보고는 대신 빨았다. 몸으로 때우 기로 했다. 그 뒤 운동복을 비롯해 자질구레한 빨랫감은 으레 내 차 지가 되었다.

며칠이 지났을 무렵, 결국 공을 차는 것을 허락하였으나 실전 연습 에는 끼지를 못했다. 그동안 코치가 지도하는 것과 연습하는 것을 눈

여겨 익혀 왔고 집에서도 혼자서 연습을 쭉 해 왔기 때문에 체력면이
나 기술면에서 다른 선수들 못지않게 잘할 수 있었다.

시합에서는 선수로 선발되지 못하고 공잡이 역할이었으나 다른 연
습 과정에는 낄 수 있어 다행으로 여기고 만족해야 했다. 축구 규칙이
라든가 용어도 깜깜무식으로 공놀이를 즐겼다면 이젠 제법 축구에
대한 상식과 기술이 익숙해져 가니 기특하고 뿌듯했다.

축구부원 중에 중학교 입학시험을 준비하기 위해 두 명이 자진 탈퇴
하였다. 더할 나위 없이 좋은 기회였다. 숫자가 모자라 별수 없었던
것인지 그동안 뒷바라지 해 준 보답인지 주전 선수로 선발해 주기 시
작했다.

축구를 하는 시간만큼은 정말 행복했다. 오직 축구에만 온 신경을
집중하게 돼 모든 잡념이 없어졌고, 애들과의 다툼이나 충돌이 전에
비해 거의 없다시피 했다. 연습 게임을 할 때가 제일 즐거웠다. 주로 수
비를 담당했으나 차츰 공격에도 가담하는 위치로까지 올라섰다. 갑작
스럽게 실력이 향상되고 공격수를 맡으니까 다른 선수들이 질투하고
시기하면서 집중적으로 공략하는 대상이 되었다. 시합 때는 일부러
발을 걸어 넘어뜨리거나 옆구리를 가격하는 등 갖은 치사한 방법을 동
원해 반칙을 다반사로 했지만 코치는 모른 체했고, 반면 나의 사소한
반칙은 그냥 넘어가지 않았다. 계속 당하고만 있을 수 없어 코치가 한
눈을 판 순간에 고의가 아닌 척 가벼운 반칙으로 응징하곤 했다.

자빠져 까지고 터지거나 발목이 삐기도 하며 피멍이 들고 상처가 가
실 날 없이 온몸이 결리고 쑤셨지만 하루도 거르지 않고 열심히 했다.

경기를 할 때는 온 힘을 다해 싸웠으며 골을 넣거나 시합에 이겼을 적에는 가슴이 벅차오르는 희열이 솟아올랐다.

축구를 하면서 많은 걸 느끼고 배우게 되었다. 특히 한팀의 결속과 협력이 승패를 가르는 데 얼마나 중요한가를 몸소 체험했으며, 독불장군은 되어서도 있어서도 안 된다는 것을 절실히 느꼈다.

축구를 지속하려면 따돌림받고 배척당하지 말아야 했다. 어울림은 세상사의 필수 불가결 요소이다. 사람과 사람의 어울림에서 가장 중요한 것은 예절과 배려이다. 한없이 굽히고 겸손하며 먼저 손 내밀고 다가가자. 내 성깔을 죽이고 져 주자. 상대를 이해하자. 시작 전에 먼저 나가 준비했고 끝마쳤을 때는 제일 늦게까지 남아 마무리를 하였다. 시합 중에 선수가 넘어졌을 때는 얼른 달려가 일으켜 세워 주고 상처를 보살펴 주는 등 성심성의를 다했다. 고의로 반칙을 해 와도 그냥 웃어넘기고 너그럽게 대했다. 차츰 이방인에서 벗어났고, 그들 무리 속으로 받아들여지기 시작했다.

한편, 팀에서 공격수로 두각을 나타내고 으뜸이 되기 위해서 남보다 더 열심히 뛰었고 각고의 노력을 다하였다. 방과 후나 휴일에도 벌판에서 홀로 연습하며 기술을 연마했고 심지어 잠자리에서도 그날의 연습이나 시합에 대해 나름대로 평가하였다. 천장을 축구장으로 상상하고 그날에 실수했던 것이나 아쉬웠던 장면을 회상하고 앞으로 어떻게 보완하고 대처할 것인가를 궁리하였다.

그동안 몇 번 다른 학교 축구부와 친선 게임을 제외하고는 큰 대회에 출전해 보지 못했는데 가을에 도내 체육대회에 참가하게 되었다.

그 대회에서 우리 축구팀이 놀랍게도 2등을 했다. 시골 학교에서 번번한 지원과 지도도 없이 내로라하는 유수 학교를 제치고 입상함으로써 학교는 물론 면내가 떠들썩한 경축 분위기가 되었다. 가는 곳마다 사람들이 우리 선수들에게 찬사를 아끼지 않았고, 어깨가 절로 으쓱해졌다.

그러나 기쁨도 잠시였다. 후원자 가운데 중학교 입학시험 때문에 축구를 포기한 두 선수의 부모들이 후원 중단을 선언해 축구부가 곧 해체될 운명이라는 소문이 파다하게 퍼졌다. 이번 도내 체육대회도 감독 선생이 면내 유지를 비롯해 선생들을 붙들고 통사정해서 겨우 경비를 모금해 출전할 수 있었다는 것이다.

선수들도 예전 같지 않고 어수선했으며 풀이 죽었다. 맥이 풀리고 신바람이 나지 않았다. 6학년 선수들을 포함해 학생들은 삼삼오오 모이면 졸업 후의 진로가 화젯거리였다. 나도 중학교 입학 문제로 어머니와 대판 싸움이 여러 번 벌어졌고 더 이상 학창 생활을 강요한다면 죽어 버리거나 집을 나가겠다고 엄포를 놓고 왕고집을 써서 간신히 항복하게 만들었다. 처음으로 내가 이겼다.

똥구멍이 째지게 가난한 집 아이들은 학교 문턱도 못 밟아 보고 생활 전선에 뛰어들어야 하는 것에 비하면 국민학교만 졸업해도 감지덕지해야 한다. 6학년 학생 중에서 대다수는 중학교에 진학하지 못했다. 특히 여자애들은 손에 꼽을 정도로 중학교에 입학했다. 선택받은 애들을 제외한 나머지 학생들은 졸업과 동시에 농사나 가사일을 도와야 했다. 그중에서도 끼니를 걱정할 정도로 가난한 집안의 아이들은 입하나라도 덜기 위해 새끼머슴이나 애기담사리로 고용살이를 한다.

다른 애들은 중학교를 못 가서 애달파하는데, 가라고 성화를 해도 거역하는 내 행동거지가 호강에 겨워 요강에 똥 싸는 격으로 무척 민망하고 자괴감이 들었다. 그러나 더 이상 야유와 조롱의 대상이 되고 싶지 않았다. 중학교는 면에 하나 있는데 아예 면 소재 중학교에 입학하려고 하는 자는 걱정을 할 필요가 없었다. 시험이 형식에 불과하기 때문이었다. 군이나 도시의 소재 중학교에 입학하려는 자는 소위 일류 학교를 비롯하여 여타 학교도 준비를 꽤 해야 했다. 시답잖은 놈들은 미역국을 먹기 때문이었다.

추석 명절이 지나고 며칠 후에 학교 운동회가 열렸다. 6학년은 마지막 운동회였다. 으레 그렇듯이 운동회는 애나 어른 할 것 없이 들뜨고 즐거운 하루이며 온 마을 사람이 참가하는 면내 큰 잔치이다.

종전과 달리 끝나기 직전 전·후반 합쳐 한 시간으로 선수들이 두 팀으로 나뉘어 축구 시합을 가졌다. 지난번 도내 입상이 영향을 미쳤을 것이다. 코치가 팀을 구성했는데 한쪽은 후원자를 비롯해 유력자의 자식들과 꽤 실력이 있는 선수들로, 다른 한쪽은 나를 비롯해 그 나머지 선수들로 구성되었다.

모든 사람의 관심이 집중되는 가운데 경기가 시작되었다. 우리 편의 선수들은 낌새를 눈치챘지만 일단 열심히 경기에 임하기로 했다. 코치는 노골적으로 편파적인 심판을 보았다.

상대팀은 숨 쉴 틈 없이 몰아붙였다. 우리 팀은 공격다운 공격 한번 못 해 보고 수비에 급급해서 진땀을 뻘뻘 흘렸다. 운이 좋았는지 몇 번 결정적인 슛을 잘 막아 냈다. 상대팀은 경기가 잘 풀리지 않아 안달이 나고 우리 팀은 시간이 더디게 흘러갔다. 득점 없이 지루하게 전반전이 끝났다.

후반전이 시작되고 십여 분이 지났을 무렵, 공격에 급급한 나머지 수비가 허술한 상태였는데 상대편이 패스를 잘못해 우리 편 선수가 공을 잡았다. 선수 한 명이 오른쪽 코너에서 쏜살같이 공을 몰고 상대 진영으로 내달렸다. 나는 재빨리 좋은 기회임을 직감하고 그보다 앞서 골대를 향해 전속력으로 달리면서 우리 선수에게 연신 신호를 보냈다. 나에게 패스해 주었는데 공이 약간 떴다. 공을 가슴으로 받아 내고 수비 한 명을 제치면서 왼쪽 골대를 향해 슛을 날렸다.

공은 보기 좋게 왼쪽 골대로 빨려들어가 망이 철렁했다. 골인이었다. 공을 넘겨받아 수비를 제치고 슛을 하기까지의 일련의 행동은 전광석화처럼 재빠른 동작이었다. 순식간에 관중들이 약속이나 한 듯 운동장이 떠나갈 듯 고함을 질러 대며 환호했다.

그러나 그것도 잠시, 코치가 휘슬을 길게 불어 대면서 무효 골로 선언했다. 핸들링 반칙이라는 것이다. 분명 뜬공을 가슴으로 받아 냈는데 핸들링 반칙을 선언한 것이다. 사람들이 여기저기서 야유조로 항의했으나 코치는 아랑곳하지 않고 경기를 진행시켰다. 우리 편은 모두 맥이 빠져 경기다운 경기를 하지 못했다. 결과는 상대편이 2 대 0으로 승리했고, 시상과 함께 운동회는 성황리에 끝을 맺었다.

운동회 이후에도 축구는 지속되었으나 좀처럼 활기가 살아나지 않았다. 코치는 운동회 때도 후원자들의 마음을 돌려볼까 해서 짜 맞춘 경기를 하는 등 백방으로 애를 썼지만 보람도 없이 해단 쪽으로 결론이 났다.

코치와 함께 우리 부원들은 방과 후 짜장면집에서 조촐한 송별식을 가졌다. 코치는 마지막 인사를 하면서 억지로 울음을 참는 모습이었으나, 결국엔 눈물을 주르르 흐르는 모습을 보이고 말았다. 우리들은 좀처럼 맛보기 힘든 짜장면을 앞에 두고 고개 숙인 채 누구 하나 먼저 먹을 생각을 안 했다. 모두 침통한 얼굴이었고 분위기는 사뭇 숙연했다. 평소 보아 왔던 코치가 아니었다. 한없이 나약했다.

식당을 나와 일일이 악수를 하고는 황급히 자전거에 오르더니 휑하니 달아났다. 그는 타지 사람이라 다시 만날 일이 없을 것이다. 그의 떠나는 뒷모습을 멍하니 바라보았다. 울컥 가슴에 치미는 애틋한 슬픔 같은 것을 느끼며 한동안 그의 뒷모습이 신작로에서 사라질 때까지 서 있었다.

마지막 겨울 방학은 참으로 길고 지루했다. 개학 첫날 운동장에는 정문에서 교무실까지만 눈이 치워져 있었고 그대로 눈이 쌓여 있었다. 개학을 맞아 아이들이 신바람이 나서 눈싸움을 하거나 눈사람을 만드는 모습이 곳곳에서 눈에 띄었다.

교실에 들어서니 여기저기 모여서 시시덕거리고 있었다. 진학할 학생들은 그들끼리 모여 있었고 진학 못 하는 학생들은 따로 어우러져 있었다. 진학반 애들은 앞으로의 학창 생활에 대한 기대에 부풀어 있었으나 진학 못 하는 애들은 다들 의기소침해 구석으로 밀려나 생기가 없고 어깨가 축 처져 있었다.

그들을 둘러보고 조용히 창가로 가서 운동장을 바라보았다. 오늘처럼 학교 전경을 보는 것도 얼마 남지 않았다고 생각하니 감회가 새로웠다. 졸업을 할 수 있게 된 것은 어머니의 불 같은 성화도 있지만 제일 큰 덕택은 담임 선생님의 배려와 지도 그리고 축구였다.

담임은 조례와 함께 몇 마디 덕담을 한 후 진학 학생들만 따로 교실을 이동시켰다. 상급학교 생활 지도와 알파벳 학습을 비롯해 교과 예습을 한다는 이유였다. 촌에서 알파벳 배우기가 여간 쉽지 않은데 같이 가르쳐 주면 좋으련만 아에 제쳐 놓으니 울화가 끓어올랐다. 생전두더지처럼 땅이나 파다가 죽을 놈들에게 영어라니 가당치도 않다고 여긴 것이다. 여기저기서 웅성대고 불평들을 했지만 이내 제풀에 지쳐 누그러졌다.

우리는 새내기 선생으로 담당이 바뀌어 졸업까지 함께했으며 주로 자습 위주로 시간을 때웠다. 시끌벅적 요란스러운 아수라장 같은 분위기가 이어졌고 모두 졸업 날만 손꼽아 기다렸다.

마침내 지긋지긋한 코뚜레가 벗겨지는 날이 왔다. 교장 선생과 면장을 위시해 내로라하는 면내 인사들의 축사도 많거니와 또 내용은 왜 그리도 긴지 귀에 들어오지도 않고 지루해서 연신 하품만 나왔다.

마지막으로 재학생 대표의 송별사와 졸업생 대표의 답사가 있었다. 구절구절 애틋하게 읽어 내려가는 송사에서는 여학생들이 훌쩍훌쩍

울기 시작하더니 강당이 울음바다로 변했다. 남학생들도 훌쩍거렸고, 여학생들은 아예 펑펑 우는 애들도 있었다. 답사는 여학생이 했는데, 내내 울음 섞인 목소리라 무슨 말인지 도무지 알아들을 수 없었다. 가슴이 쩡했지만 이별이 무척 안타깝거나 서운하거나 아쉽지 않았다.

6년은 기쁨, 즐거움보다 슬픔, 괴로움이 더 많은 나날이었다. 학교생활 전 과정을 통해서 누가 뭐라 해도 평등, 포용보다는 차별, 부조리가 밑바닥 깊숙이 깔려 있다고 느꼈다. 나란히 앉은 졸업생들을 살펴보았다. 중학 문턱을 밟지 못하는 놈들은 너 나 없이 꾀죄죄하고 기쁨보다는 불안감이 감돌아 맥없어 보였다.

졸업식을 마치고 사람들 틈에 끼어 교문을 나섰다. 무심코 교문을 힐끔 뒤돌아보았다. 장날처럼 먹거리와 잡화 노점상들이 즐비하게 늘어섰고 사람들로 붐볐다. 매일 지나다시피 한 거리였다. 익숙하고 친근했다. 오늘은 무척 새삼스러웠다. 걸음을 빨리해 한적한 신작로에 들어섰다. 괜스레 심술이 나서 돌멩이를 힘껏 발로 찼다. 뒤돌아서 학교를 바라보았다. 아련히 학교가 보였고 태극기가 바람에 휘날리고 있었다.

나에게 학교란 도대체 무엇이었을까.

풋사랑

오랫동안 가뭄으로 사람들을 피폐하게 만들더니 엄청난 폭우로 산과 들을 사정없이 할퀴고 지나간 자리는 어디서부터 손을 써야 할지 아연실색할 따름이었는데, 모두들 팔을 걷어붙이고 구슬땀을 흘린 보람으로 마을은 예전의 모습을 되찾아 갔다.

　폭우 때 졸지에 금정양반을 잃고 온 마을이 비통에 잠겼으나 모두 열 일 제쳐 놓고 우선 힘을 합해 장례를 치른 지도 두어 달이 지나갔다. 마을 사람들은 복구에 바쁜 나날을 보냈고 이젠 일상으로 돌아가 금정양반을 잊은 듯했다.

　나는 남들처럼 쉽게 금정양반이 잊히지 않았다. 국민학교를 졸업하고는 곧장 농사에 본격적으로 뛰어들었고, 그분으로부터 수년 동안 농사를 비롯해 많은 것을 배웠다. 백여 평정도 우리 뙈기논이 그분의 논과 인접해 있었다. 물꼬를 본다거나 할 일이 있어 논에 가게 되면 예전같이 금정양반이 논일하다 말고 허리를 펴면서 그 큰 손을 흔드는 것 같았다. 한번은 나도 모르게 꾸벅 인사한 적이 있었는데 어이없고 허망했었다. 언제나 나를 살갑게 대했고, 성난 얼굴을 본 적이 없었다. 그분의 인격이 존경스럽고 행동 하나하나가 본받을 만했다.

　예년같이 벼농사가 풍작은 아니지만 엄청난 자연의 심술에도 불구

하고 이에 맞서 투쟁한 노력의 결실인지 꽤 기대 이상의 수확을 앞두고 있었다.

졸업을 한 후로는 더욱 외톨이가 되었다. 나와 같이 졸업했던 마을 또래들은 대부분 고등학생이 되었고 마주칠 일도 별로 없을 뿐 아니라 그들끼리 어울리고 또래의 농사꾼이나 머슴은 은근히 무시하고 상대하지 않으려 했다.

비슷한 연령대로 벙어리인 영철이를 비롯해 몇몇 농사꾼과 사귀지만 농사일이 각자 바쁘다 보니 놀 수 있는 기회가 별로 없었다.

집 뒷동산으로 난 산길을 타고 올라가 나무나 꼴을 했다. 능선의 경사가 심하고 칼바위로 이루어져 산세가 무척 험난해 나무꾼들이 거의 이용하지 않았다. 유독 남들이 기피하는 험한 산길과 나무나 풀이 무성하지 않은 척박한 곳을 찾는 것은 집과 산길이 연결된 탓도 있지만 호젓하기 때문이었다.

사람의 발길이 뜸한 이곳 삼성산 골짜기와 능선은 어릴 때부터 나의 일터이자 놀이터라 훤히 꿰뚫을 수 있어 나무나 꼴을 할 만한 곳을 잘 알고 있었다.

어디서 계절이 바뀌고 끝나는지도 정확히 알게 되었다. 산골짜기부터 시작된 개울물이 냇가에 다다를 때 졸졸 흐르는 물은 마치 어린아이들이 흥겹게 봄 소풍을 가면서 조잘거리는 듯했다. 겨울 내내 활개 쳤던 동장군이 서서히 꺾일 즈음 개울은 겨울의 찌꺼기를 냇가로 실어 나르느라 바쁘게 움직였다.

얼었던 대지가 녹으면 땅이 질퍽거리고 무르다. 개울물은 얼음 쪼가리들이 떠돌아다닌다. 개울물이 거의 바닥이 날 무렵, 어느새 얼음덩어리는 오간 데 없고 땅은 굳고 산은 생기가 돋기 시작한다.

그때쯤 되면 기다렸다는 듯 냇가의 버들강아지들이 꽃망울을 맺기 시작하고 햇살은 다스하고 볼을 간지럽힌다. 버들강아지가 만개해 봄의 서곡이 울려 퍼지면 제일 처음 낮은 언덕의 양지바른 곳 개나리꽃부터 시작해 온갖 꽃들이 다투어 피기 시작한다. 이즈음 마을 아녀자들이 이른 봄 냉이를 비롯해서 쑥 같은 늦은 봄나물을 캐느라 들판을 헤집고 다니는 모습이 흔히 눈에 띈다. 완연한 봄이다. 만물은 생동하고 멧부리마다 한껏 푸르러 진달래를 비롯해 산꽃들이 만개해 온 산을 울긋불긋 수놓으며 자태를 뽐내고 있다.

초여름으로 접어들면 나무꾼과 초동들이 산을 오르락내리락하는 횟수가 부쩍 늘어난다. 산나물이나 약초를 캐러 산을 오르는 사람도 상당히 많고 개중 대부분은 아낙네들이다. 고사리, 버섯, 취나물, 곰취 등 산나물을 언제쯤 어디서 채취할 수 있는지 어느 정도는 알고 있다. 산나물은 대체로 군락을 이루어 서식하기 때문에 매년 똑같은 장소에서 캐거나 뜯을 수 있다.

봄이 모두에게 날씨처럼 온화하고 화창함을 안겨 주는 것은 아니다. 혹독한 굶주림과 싸워야 하는 극빈자들은 긴긴 하루를 버티기가 너무 힘들다. 보릿고개를 넘기기 위해서는 모든 방법과 수단을 동원한다. 애, 늙은이 할 것 없이 산과 들로 먹거리를 찾아 허기진 배를 움켜쥐고 헤매고 다닌다. 나물을 비롯해 잎, 꽃, 뿌리, 소나무 껍질 등 먹을 수 있는 것은 모두 채취해 초근목피로 하루하루를 연명한다. 고지나 봉창고지품을 팔아 마련한 곡식으로 나물 등과 함께 죽을 쑤어 끼니를 해결하며 근근이 버텨 낸다. 그마저도 세끼를 배불리 먹으면 천만다행이다.

젖먹이나 어린애가 몹시 보채거나 굶주림 끝에 울음보를 터트리면 차마 눈 뜨고 볼 수 없을 성도로 처참하기 짝이 없다. 예부터 가난은 나라 상감도 구제 못 한다는 속담이 있을 정도로 조상 대대로 빈궁했고 이는 특히 보릿고개에 더 심했다. 보릿고개를 못 견디고 죽어 나간 사람들이 부지기수일 것이다. '진지 자셨습니까?'가 인사로 내려올 정도니 참혹상을 침량하기 어렵지 않다.

우리 집과 제일 가깝고 나에게 다정했던 월산양반이 곧 수확 철임에도 불구하고 땅과 집을 모두 처분해 떠났고, 그 집터는 도시의 돈 많은 의사가 사서 별장을 짓기 시작했다.

월산양반은 이 마을에서 농사를 천직으로 삼고 조상 대대로 살아온 정든 땅을 쉽게 등지고 홀쩍 떠났다니 엄청 허전하고 섭섭했다. 월산양반은 평소 성격이 상냥하고 부드러운데, 지난번 상사 시 돼지 잡을 때 뜻밖에 우악스런 행동을 보고 놀란 적이 있었다. 그의 모습이 눈에 아른거렸다. 지난번 수해를 겪고 얼마나 지긋지긋했으면 농사를 때려치우고 마을을 떠났겠나 하는 생각이 들어 안타깝고 애석했다.

별장 건설은 기존 뼈대는 놔둔 채 대부분의 자재를 사전 규격 맞춤으로 제작해 현지에서 조립하는 공법이었다. 오가며 공사를 지켜보았는데 진척이 굉장히 빨랐다. 벽체가 세워졌다고 했는데 어느새 지붕이 완성되고 내부 공사도 두어 달 정도밖에 안 걸릴 것 같았다. 이렇게 집을 빨리 짓는 공법이 있었다니 마을 사람들이 혀를 내두를 정도였다.

청기와에 빨간 벽돌집이었다. 실내에는 조리 시설과 수세식 화장실을 설치하고 한옥식으로 단장해 겨울에는 따뜻하고 여름에는 시원한 한·양옥의 장점을 살린다니, 예쁘고 실용적인 현대식 건물이 우리 마을에 올해 안에 처음으로 세워질 것 같았다.

가을걷이가 거의 끝날 무렵, 삼산교회에 다니기 시작했다. 교회는 약 오 리 정도 떨어진 옆 마을 한적한 곳에 초라하게 서 있었다. 유일하게 나를 이해해 주고 정답게 대해 주었던 두 어른 중 한 분은 돌아가시고 한 분은 이사했으니 허전하고 쓸쓸해 교회에 나가기 시작했다.

농한기에 흔히 일부 못된 어른들이 노름을 한다거나 주색잡기에 탐닉하나, 그 두 분은 허튼짓은 꿈도 꾸지 않는 올바른 길만을 걷는 근면 성실한 모범 가장으로 칭송이 자자했었다.

그 두 분을 마음의 사표로 삼아 왔다. 또한 김 집사가 선물한 성경을 숨겨 두고 틈틈이 읽어 온 터라 나름대로 기독교 지식도 어느 정도 축적되었고 믿음이 싹트기 시작했다. 가을에는 부지깽이도 덤벙인다는 바쁜 나날이기도 하지만, 사람들 눈에 띌까 봐 일요일 낮은 엄두도 못 내고 수요일 저녁에 갔다.

김 집사가 제일 반가워할 뿐만 아니라 전도사도 내 손을 꼭 잡고 기도해 주면서 기뻐했다. 남녀 좌석이 다르고 마루에 방석을 깔고 앉아

예배를 드렸다. 백열전구가 띄엄띄엄 매달려 있었고 설교단만 조금 환할 뿐 대부분 어두웠고 참석자도 몇 명 되지 않았다.

김 집사의 설교가 있었는데 나 혼자만을 위한 것처럼 들렸고 깊은 감명을 받았다.

"우리가 어떤 부모 자식이 되느냐는 우리 인간 의지로, 마음대로 되는 것이 아닙니다. 부귀하고 신분이 높은 부모의 자식으로 태어나 잘 배워 떵떵거리고 살기를 원치 않는 사람이 어디 있겠습니까? 가난하고 비천한 집에서 태어나 허리가 휠 정도로 일해야 세끼 목구멍에 풀칠할 정도로 비참한 삶을 사는 걸 그 누구도 바라지 않을 것입니다. 비천하고 가난하기 때문에 남에게 부림을 받고 멸시받는다면 더할 나위 없이 세상이 원망스럽고 신세 한탄 하지 않을 수 없겠지요."

신도들과 눈길을 주고받기라도 하듯 주위를 천천히 둘러보고는 졸고 있는 사람들을 번쩍 깨울 듯이 높은 소리로 고규하며 다음 설교를 이어 나갔다.

"출생은 인간의 의지와는 무관하고 선택의 여지가 없습니다. 그러나 하나님을 믿음으로써 하나님의 고귀한 자녀가 되어 구원받고 거듭남은 누구에게나 공평하게 선택할 의지를 부여하였습니다.

탄생은 곧 두 가지가 있습니다. 하나는 본인의 의지와 관계없는 탄생이고, 두 번째는 본인의 의지에 따라 하나님을 믿고 고귀한 자녀로 거듭나 구원을 받는 탄생입니다. 하나님 앞에서는 모두가 평등하고 고귀한 자녀입니다. 하나님을 받아들이고 믿음으로써 구원받으십시오. 하나님은 인간의 의지에 따라 거듭남을 선택할 수 있도록 하셨습니다. 예수 믿고 구원받아 영생을 얻읍시다."

설교는 일상적인 사투리 한마디 없이 표준어로 적시 적절하게 강약을 조절했고, 호소력이 강해 잔잔한 감동으로 다가왔다.

수요일 저녁 예배가 거듭될 때마다 기독교를 이해하고 친숙해져 갔으나 두터운 신앙은 솟아나지 않았다. 맨 뒤 구석에 앉았다가 예배가 끝나면 곧장 집으로 줄달음치곤 하였다.

대명절 한가위가 지나고 나면 자연도 사람도 겨울맞이를 준비한다. 삼성산은 정상에서부터 또 한 번 서서히 울긋불긋 색동옷으로 갈아입기 시작했다. 짙푸른 산은 오색 단풍으로 물들어 청잣빛 드높은 하늘과 어우러져 더할 나위 없이 아름다웠다. 주로 소나무를 비롯해 참나무와 관목이 많고 단풍나무는 별로 없지만 손색이 없을 정도로 산은 곱고 흠뻑 정감이 갔다. 초겨울까지도 단풍의 정취를 은은히 풍겨주었다. 낙엽을 밟으며 한적한 산길을 따라 홀로 마냥 걸으면서 감상에 사로잡혀 우수에 젖어들었다.

농부들은 마음껏 가을을 즐기고 감상할 충분한 여유가 허용되지 않는다. 가을걷이와 보리 파종으로 논밭을 이리 뛰고 저리 뛰다 보면 벌써 가을은 저만치 가 있고 싸늘한 바람이 옷깃에 스며든다 싶으면 삭풍과 함께 동장군이 성큼 다가와 있다. 월동용 땔감과 김장도 단단히 준비해야 기나긴 겨울을 아무 탈 없이 보낼 수 있다.

사시사철 산과 동고동락하며 산을 가장 사랑하게 되고 사랑받게 되었다. 땔감이라든가 특별한 일이 없어도 자주 산을 올랐다. 즐거울 때나 슬플 때나 산을 찾는 버릇이 생겼고 나이가 들수록 그 횟수가 많아지고 산에서 보내는 시간이 부쩍 늘어났다. 답답하고 우울하거나 부아가 잔뜩 치밀어 올랐을 때 정상에서 풍치를 바라보면서 심호흡으로 해소했다. 주체 못 할 정도로 슬픔이 복받쳤을 때는 한적한 시냇가에서 물 흘러가는 소리를 들으며 마음을 달랬다. 그럴 때마다 산은 내 어깨를 감싸 주고 다독거려 수었다.

숲은 깊고 깊은 적막감에 불안과 두려움으로 떨게 만들지만 털어내고 극복하면 경외감과 희열을 느꼈다. 눈으로 보는 것보다는 귀로 듣는 것이 더 익숙하고 친숙해져 갔다. 산짐승들의 움직임, 풀벌레들의 합창, 개울물 소리, 심지어 미풍이나 미세한 소리까지도 놓치지 않았다. 낮보다 밤이 더 고요하고 섬세했다. 발길을 멈추고 숲에서 들려주는 소리를 음미하면 태곳적부터 간직해 온 숲의 비밀을 속삭여 주는 듯하고 은은한 경음악 듣는 것 같았다. 그러나 숲은 항상 평화롭지 않다. 때론 성난 우레나 폭풍우가 엄습하거나 마녀들이 축제를 하는 것처럼 음산스럽고 공포스러운 분위기를 조성하기도 한다. 둥지에서 잠들었던 새가 나의 발길에 놀랄까 봐 아름드리 참나무 옆을 지나칠 적에는 조심스럽게 발길을 떼어 놓는다. 이 산, 숲의 진정한 주인은 들짐승과 날짐승들, 온갖 벌레들, 초목이다.

산은 어마어마한 만물을 가슴에 보듬어 키워 내고 가진 것을 아낌없이 내준다. 참으로 경이롭고 그저 감사할 따름이었다. 정상의 깎아지른 듯한 기암절벽의 희미한 형체는 마치 중세의 요새 성벽 같았다.

날씨가 쾌청하고 휘영청 밝은 달밤에 시원한 바람을 쐬며 하늘의 무수한 별을 헤아리며 걷는 것도 즐겁지만 특히 늦가을과 초거울의 산책은 상념에 잠기고 우수에 젖어 들어 그 나름대로 좋았다.

올해 벼 수확은 예년에 비해 떨어지지만 엄청난 재난을 겪은 것을 감안하면 그런대로 괜찮은 편이었다.

수확이 끝나고 가을이 무르익을 무렵 위령제 날짜가 잡혔다. 위령제 며칠 전부터 마을은 벌집을 쑤셔 놓은 것처럼 야단법석이었다. 아낙네들은 음식 준비를 하고 남정네들은 장을 보고 행사를 준비하느라 총동원되었다.

그날 굿에서 조무무당을 거느리고 본무당 역을 맡은 어머니는 모처럼 얼굴에 화색이 만연하고 신바람이 나서 여기저기 연락을 취하고 뛰어다니는 등 눈코 뜰 새 없이 바빴다. 굿을 진행할 악공을 비롯해 무속인들이 우리 집에 모여들면서 시끌벅적하니 오랜만에 사람 사는 집 같았다.

위령제 날은 전형적인 늦가을 날씨로, 구름이 약간 끼어 있으나 화창해 행사 진행에 더할 나위 없이 좋았다. 행사장에 나가 보니 시작하려면 한 시간 정도 남았는데도 벌써 많은 사람이 모여 있었다.

합동 묘지는 다른 일반 묘보다 완만한 평평한 땅에 양지바른 곳이었고, 묘는 방추형으로 축조된 방형분으로 상당히 크고 넓었다. 주변 잔디와 둘레에는 반송과 측백나무를 심어 아늑했고 상석, 비석, 추모비가 우람스럽고 으리으리했다.

추모비에는 합동 묘지 조성 경위와 안장된 분들의 성함과 간략한

이력 및 자손 대표의 성명이 새겨져 있었다. 평지에는 차일이 여러 개 쳐져 있고 내빈용 접의자도 몇십 개 놓여 있었다. 상석 옆에는 제물과 제기들이 가지런히 쌓여 있었다.

굿꾼들은 최종 점검을 하고 진행 요원들은 각자 맡은 일들을 하느라 분주히 오갔다. 우리 마을뿐 아니라 인근 마을에서도 사람들이 몰려왔고, 심지어 줄지어 오고 있었다.

오늘 위령제의 제관은 삼성산 유교 사당을 관할하고 유학자로서 존경받는 분이 맡았다. 옛날에 서당 선생님이었기에 모두 훈장님으로 존칭하고 마을의 큰일을 주재하여 왔다. 연세가 지긋하면서 풍채가 수려하고 흰 구레나룻와 긴 수염은 흡사 신선의 모습을 연상시켰다.

이장의 안내를 받으며 훈장님이 도착하자 본격적으로 행사 준비에 들어갔다. 곧바로 진설하기 시작했다. 진설을 비롯해 만반의 준비를 갖추었으나 예정 시각인 열 시가 훨씬 지났음에도 이장을 비롯해 유지들이 고개를 길게 빼고는 초입 길만 뚫어져라 쳐다볼 뿐 도통 시작할 기미가 없었다. 군수를 비롯해 면장을 눈알이 빠지도록 학수고대하고 있는 것이다.

삼십여 분이 지나자, 군수와 면장이 수행원들을 대동하고 나타났다. 이장과 박형철의 아버지 나주양반을 비롯해 힘깨나 있는 소위 유지란 자들이 우르르 몰려가 앞다퉈 조아렸다. 이장과 나주양반은 아예 드러내고 연신 허리를 굽실거리며 알랑대고 앞장서 안내했다. 그 꼬락서니를 보자니 배알이 꼴렸다. 각종 모임이나 행사에 소위 높으신 분들은 늦게 얼굴을 내밀어도 누구 하나 불평 한마디 없이 그걸 당연한 것으로 알고, 높은 분들은 의당 그렇게 해야 위엄을 내세우는 걸로 의식이 굳어졌다. 오늘도 군중들은 모두 하나같이 당연지사로 받아들이고 불평하는 사람은 없었다.

군수의 짧은 인사가 있은 후 제관의 주도하에 제사를 지냈다. 헌작, 유족들의 배상, 축문 등으로 제사를 마친 후 이어 굿을 준비했다. 사실상 오늘 행사의 주안점은 씻김굿이었다. 멀리서 많은 사람들이 몰려온 이유도 근래에 보기 드문 굿을 구경하기 위해서였다.

우리나라는 고대로부터 인간이 죽어 명부의 세계에 들어서면 이승에서 지은 선업과 악업에 대해 심판을 받는데, 열 명의 신격인 십대왕이 이를 관장한다. 염라대왕을 비롯해 십대왕은 망자가 사망한 날을 기준으로 날짜가 경과할 때마다 망자를 다스리는데, 왕마다 각각 관장하는 지옥이 있다.

따라서 무신도 중에는 십대왕을 그린 무신도가 제일 많다. 무속에서는 죽은 자가 죄를 면하기 위해서는 일곱 차례의 7일, 곧 사후 49일이 지나기 전에 무속적 죽음제를 통해 빌면 죄를 면 할 수 있다고 믿는 데서 유래되어 여러 형태로 전래돼 왔다. 무속적 죽음제는 죽은 자의 혼을 극락으로 천도하기 위한 제의로, 엄숙하고 진지하게 행해지며 진혼굿이라고 한다.

진혼굿은 각 지방마다 진오기굿, 시왕굿, 망무기굿, 해원풀이굿 등으로 불리며 그 지방의 유래와 풍속에 따라 각각 발전되어 독특함을 지니고 있다.

전라도에서는 씻김굿이라고 한다. 씻김굿은 죽은 자의 혼이 얽매여 있는 원한을 풀고 씻김으로 극락세계로 보내려는 자손들의 강한 열망이 무당을 통해 춤과 노래로 표출해 내는 것이다. 씻김굿도 굿의 목적에 따라 상가에서 하는 곽머리 씻김굿, 날을 받아서 하는 날받이 씻김굿, 혼건지기 씻김굿 등이 있고 방법과 규모에 따라 약간씩 차이가 있다.

전통 굿은 원래 날밤을 새기 때문에 장시간이 소요되며 순서는 초가망석, 손굿쳐올리기, 제석굿, 넋올리기, 희설, 씻김, 고풀이, 길닦음, 액막음으로 진행된다. 시대의 변천에 따라 굿도 시간이 단축되고 간략해지는 추세이다.

오늘 행해지는 씻김굿도 간결하게 이루어질 것이다. 굿판은 멍석을 여러 장 이어 깔아 평평하고 꽤 넓어 보였다. 피리와 대금, 해금, 장고, 징 등으로 구성된 재비는 규모가 큰 악단이었다. 중앙에 서 있는 본무당의 위풍당당하고 단정하게 차려입은 무복 차림에서 단아한 기풍이 감돌았다.

굿은 조상께 굿하는 것을 고하는 안땅으로 시작해 죽은 사람의 혼을 불러들이는 초가망석으로 이어졌다. 굿거리장단에 맞추어 춤을 추기 시작했다. 사뿐사뿐 가볍게 발을 내디디며 발동작에 맞춰 양팔을 너울거리며 하늘하늘 춤을 추거나 때로는 빠르게 덩실덩실 추기도 했다. 마치 대지를 품 안에 보듬고 하늘을 향해 간곡히 기원하듯, 화를 풀어 주고 노여움을 달래 주듯, 표정은 애절하고 춤사위는 동작 하나하나가 간곡함이 깃들어 있어 멋있고 우아했다. 학이 막 날개를 활짝 펴고 드넓은 창공을 향해 비상하는 자태라고 할까, 나비가 번데기 껍질을 벗은 환희의 날갯짓이라고나 할까.

어렸을 적에 곁눈질로 본 춤사위가 아니었다. 오늘 보는 춤은 이승에서의 회한과 한을 벗어 버리고 가련하고 애석한 가족, 친지들을 뒤로한 채 이제 저승길로 접어들어야 하는 애달픈 망자의 심사를 재연해 더없이 애틋하게 심금을 울려 주었다.

이어 육자배기조 창이 확성기에서 애잔하게 울려 퍼졌다.

신이로구나 신이로 허어어어어 어허어어로구나

마이장서 어나리구나 애애 애해 해애

나야 시러 애해 애해 이야

등잔 가세 등잔을 가세 불쌍하신 만자님이 넋 빌러 가자

등잔을 가세 불쌍하신 하느님 전에 등잔을 가세

나 보소사 불쌍하신 망자님 씻김받자 나오소사

상탕에 목욕하고 중탕에 머리 감고 하탕에 수족 씻고

가자서라 씻김받자 가자서라 꽃 꺾고 머리 꽂고

좌상부처 품에 안고 염불로 양석 쌓고 세왕 가자 나오소사

춘하추동 사시절 염불로 양석 쌓고 세왕 가자 나오소사

극락 가고 세왕 가자 가자서라 가자서라

창을 하다 춤을 추기도 하고 동시에 가무를 하면서 굿을 이어 나갔다. 무당은 구경꾼들의 시선을 휘어잡아 놓치지 않고 희비애환으로 몰

아넣기도 하고 때로는 호령하기도 하면서 분위기를 조성했다. 마을 사람들은 시답잖게 생각한 것과 달라 의외라는 듯 눈을 휘둥그레 뜨고 놀란 기색이 역력했고 타지에서 온 사람들은 유명한 무당을 초빙한 걸로 지레짐작하는 것 같았다.

오후 늦게 굿이 끝나면서 모든 행사를 성황리에 마쳤다. 마을회관에서 사람들이 몰려 앉아 뒤풀이를 했는데, 오늘 치른 굿이 화젯거리였다. 연세 많은 분들은 평소에는 어머니를 당골네라고 호칭했지만 오늘은 깍듯이 만신님이라고 높여 부르며 칭찬을 아끼지 않았다.

매년 항용 그래 왔듯이 어머니는 이튿날 굿꾼들과 함께 P섬 신어머니 댁으로 줄행랑쳤다. 이번 굿 패거리 대부분은 섬의 대무와 인연이 있는 무속인들이었다.

무당을 크게 강신무와 세습무로 구분하는데, 세습무는 신들림이 없이 혈연관계 등에 의해서 전수되고 강신무는 신이 들려서 무당이 된 경우이다. 강신무의 경우 내림굿을 해 주고 지도해 준 분을 신어머니로 모시고 유대를 두터이 한다.

며칠 동안 집안이 왁자지껄했으나 곧 썰물이 빠져나간 것처럼 다시 고요하고 쓸쓸해졌다.

수확한 벼를 궂은날이나 쥐 등으로부터 안전하게 보관하기 위해 마당에 노적가리를 쌓아 놓은 후 가을걷이가 끝나고 덜 바쁠 때 탈곡을 한다. 주로 대농가는 추수가 끝나자마자 타작을 서두른다. 발탈곡기는 두 사람이 직접 발로 가동시켜 벼를 털며 두 사람이 서로 호흡이 잘 맞고 발놀림이 능숙해야 한다.

오늘 탈곡 품팔이를 하고 집에 돌아오니 집안은 썰렁했다. 혼자 지내는 것이 몸에 배고 익숙해졌지만 왠지 오늘따라 허전했다. 때로 몰려왔다 한꺼번에 몰려갔기 때문일 것이다.

몸은 노곤했지만 정신은 말똥말똥하고 적적했다. 라디오를 듣다 불현듯 바람을 쐬고 싶어 밖으로 나왔다.

구름 한 점 없는 밤하늘에는 별이 총총 빛나고 있었고 바람도 잠잠했으나 음력 그믐께라 달이 없어 초저녁인데도 어스름했다. 갈림길에서 항상 오르내리던 산길을 택하지 않고 저수지 쪽으로 방향을 잡았다.

저수지까지는 느릿한 걸음으로도 삼십여 분이 채 걸리지 않았다. 저수지를 끼고 삼성산으로 오르는 산길이 이어졌다. 느릿느릿 걸으면서 주변 풍광과 무수한 별들을 바라보며 걷노라니 어느새 솔밭에 도착했다. 솔밭에서 불어오는 바람은 제법 쌀쌀했다.

솔밭을 지나 사당에 다다르니 많이 어두워졌다. 사당은 전기가 없는 탓인지 주위는 음산했고 희미한 불빛만 깜박거렸다. 유교 사당은 역사가 매우 깊다. 한때는 고매한 학자의 유학 강론이 끊이지 않는 유교 강론과 학술의 장으로, 각지에서 모인 유생들로 항상 들끓었다.

지금은 명맥만 유지한 채 일 년에 한 번 지내는 제사와 유림들의 친목계 모임이 있을 때만 사람들이 모일 뿐 한적했다. 가끔 고시 공부차 장기 숙박을 하는 수험생이나 방학 동안 공부하기 위해 잠시 체류하는 몇몇 학생들 외에는 사람의 왕래가 거의 없었다. 주위 풍경이 뛰어나고 조용해 학문 수련과 심신 단련에 좋은 여건이었다. 모처럼 이쪽 방향으로 산책 나왔으니 사당에서 조금 더 올라가 느티나무 쉼터까지 가고 싶었으나 어두워져 아쉽게 발길을 돌려야 했다.

발길을 빨리했다. 저수지까지 왔을 때 야산 묘지 쪽에서 어떤 소리가 어렴풋이 들려왔다. 그냥 지나칠까 했으나 무슨 소리인지 궁금해서 몇 번 망설이다 용기를 내서 소리 나는 방향으로 야산을 올랐다.

나지막한 소리는 이어졌다 끊어졌다 했는데 점점 크게 들리고 가냘팠다. 숨을 죽이고 귀 기울여 자세히 들어 보니 묘지 방향에서 나는 여자의 흐느낌 소리였다. 순간 모골이 송연해지고 등골이 오싹했다. 밤낮을 가리지 않고 산에서 살다시피 해서 담력 하나는 누구 못지않게 담대하다고 자부했지만 겁에 질리지 않을 수 없었다. 또한, 절대 귀신 같은 것은 없다고 굳게 믿어 온 터였다. 순간 삼십육계 줄달음이 섬광처럼 떠올랐으나 어쩐 일인지 발걸음이 떨어지지 않았다. 묘한 호기심과 평소의 나답지 않은 비겁한 행동을 할 수 없다는 오기가 발동했기 때문이다.

몸을 낮추고 발자국 소리를 죽여 가며 소리가 나는 방향 정면을 피해 옆쪽으로 살금살금 다가갔다. 어느 정도 가까이 갔을 무렵, 몸을 숨긴 채 주위를 살펴보았다. 희미해서 뚜렷하게 잘 보이지 않으나 집중해서 살펴보니 분명 금년 수해로 돌아가신 금정양반의 무덤이었다. 여러 무덤 중에서 묘를 조성한 지 얼마 되지 않아 봉분의 잔디가 무성하지 않아 흙이 듬성듬성 드러나 구별되었다.

엉금엉금 기어가 더 가까이서 숨죽여 살펴보았다. 무덤에서 엎어져 여자가 울고 있었다. 어두운 밤중에 여자가 무덤에서 울고 있다니 소름이 돋고 섬뜩했다. 귀신인가, 요괴인가. 기이한 일이었다. 귀신이 존재한다는 것은 허무맹랑하고 황당무계한 소리라는 것이 평소 나의 지론이다. 귀신이 아니라면 서럽게 흐느끼고 있는 여자는 금정양반의 맏딸 정애가 틀림없다.

한참을 망설이다가 정애가 놀라지 않게 인기척을 냈다. 정애는 놀라서 휙 돌아보더니 벌떡 일어서서 달아나려고 했다. 순간 정애를 안심시키기 위해 낮은 소리로 말했다.

"나 재복이야. 김재복이. 놀라지 마."

상대를 진정시키며 천천히 다가섰다. 정애는 뒤로 물러서면서 엉거주춤했다.

"산책 나와서 지나는 길에 뭔 소리가 나서 와 본 거여. 이 밤중에 무슨 일이여? 무섭지도 않아?"

정애도 내가 갑자기 나타난 것이 의외라는 듯 놀란 표정이었다. 살펴보니 어두웠지만 어렴풋이 정애의 윤곽이 잡혔다. 쑥대머리에 얼굴은 퉁퉁 부어올라 몰골이 이루 말할 수 없이 처참했다.

"더 어두워지기 전에 그만 내려가자고. 조금 있으면 캄캄해서 앞도 안 보일 꺼여."

정애는 아무 말이 없었다. 나는 앞서서 천천히 내려갔다. 돌아보니 뒤따라오고 있었다.

길까지 내려와서 풀밭에 먼저 앉고 앉기를 권하니 조금 떨어져 자리를 잡고 앉았다.

"아버지, 엄니가 돌아가셔서 고생이 많겠어."

정애는 대답하지 않은 채 한 손으로 풀을 쥐어뜯으면서 멍하니 저수지를 바라보고 있었다. 나도 저수지를 바라보았다. 저녁 바람이 제법 쌀쌀했는데, 지금은 잠잠하고 저수지 물결도 잔잔한지 물결 소리가 아득하고 은연히 들려왔다. 둘이서 한참을 말없이 앉아 있다가 망설인 끝에 조심스럽게 말을 꺼냈다.

"밤중에 무섭지도 않냐? 귀신이라도 나옴 어찌려구 그래. 산소에 올라치면 훤헌 대낮에 오지 그래."

정애는 울먹이며 처음으로 입을 열었다.

"차라리 귀신한테 잡혀가 죽었으면 좋겠구만. 죽는 게 무섭지 않응께 두려울 것이 없어. 사는 게 힘들어 제발 귀신이 있다면 나 좀 잡어 갔으면 히여. 악이 박쳐 봐, 시상 무서울 게 있나."

정애는 티 없이 밝고 명랑했었는데, 부모님을 창졸에 잃어 동생들과 살아가자니 그동안 마음고생이 심하고 고된 하루하루였겠구나, 하고 헤아리니 무척 안타까웠다. 제아무리 비단결 같은 위로의 말을 한들 아무 소용이 없을 것이었다. 침묵하고 있는데 갑자기 정애가 한탄했다.

"사는 게 무척이나 힘들어. 내 동생년 때문에 못 살겠어. 걔가 죽든지 내가 꽉 죽어 버리든지 히야지 넘들 부끄러워 못 살겠어."

"왜, 뭔 일이여?"

"병신 같은 년이 온 동네 놀림감이여. 나쁜 연놈들이 애를 욕하고 쥐어박고 심지어 치마를 들추고 빤스를 내리고 장난을 쳐도, 히히덕거리고 같이 놀고 싶어 줄줄 따라다니니. 모자라도 그리 모자르니. 그렇다고 하루 종일 가둬 놓거나 묶어 놓을 수도 없고. 걔 때문에 환장하겠다니까."

둘이서 마을로 내려오며 이야기를 나누었는데 주로 정애의 신세타령이었다. 내가 도움을 줄 수 있는 일은 없었다. 위로의 말도 전혀 도움이 될 수 없을 것이었다. 그녀의 말을 그저 들어 주었을 뿐 별도리가 없었다.

그녀의 말은 대강 이러했다.

금년 수확은 큰집에서 해 주었고 앞으로 큰집에서 농사는 도맡아 지어 주기로 했으나 일상적인 가사는 전적으로 정애의 몫인데, 큰 골칫거리는 바로 밑의 여동생이 14세라 하루가 다르게 성장하는데 몸을 추스르지 못해 이만저만 힘든 게 아니었다. 정애를 비롯해 동생들이 뒤따라 다니며 돌봐 주지만 잠깐이라도 혼자 있게 되면 놀림감이 되니 낯부끄럽고 여간 속상한 일이 아니었다.

가던 길을 멈추더니 나를 빤히 쳐다보며 질문했다.

"오빠는 하느님이 계신다고 믿어?"

"왜? 갑자기 엉뚱허게 그런 걸 물어봐?"

"난 말이여, 부모님이 열심히 교회 다녔고 나도 어릴 적부터 열심히 다녔는디, 이번 일로는 하느님이 원망스러워. 전지전능하고 살아 계시는 하느님이라면서 믿음이 둘째가라면 서러울 정도로 오직 두 분은 지극정성으로 하느님을 섬겼는디 그리도 비참허게 가게 허다니."

금정양반 부부가 비참하게 생을 마감하였을 때 기독교에 대한 회의로 혼란스러웠는데, 정애도 똑같은 고민을 하면서 세상을 비관하고 애통해했다니 측은하고 연민의 정이 갔다.

"나도 니처럼 같은 생각을 혔어. 지금도 신은 있는지, 있으면 기독교만이로 하나인지 여럿인지 성경도 보고 책도 봤지만 모르겠어. 내 능력으로는 어쩔 수 없어. 능력 밖이야. 근디, 이것만큼은 너한테 말해주고 싶구먼. 부모님 생각을 허면 맴이 아프겠지만 참혹하게 세상을 떠난 사람도 많고, 세상에 태어나자마자 죽는 애들도 있고, 억울하게 가는 사람도 많고, 안타까운 죽음이 부지기수잖여. 어차피 태어나면 정도의 차이는 있지만 다 죽는다는 것은 똑같잖아."

"오빠는 확 죽어 버리고 싶다는 생각 안 히 봤어?"

"왜 그런 못된 생각을 히여. 동생들이 너만 믿고 살구 하늘나라에서 부모님도 열심히 잘 살기를 바랄 틴디. 행여 꿈이라도 그런 생각허면 못써. 나라구 그런 생각 안 히 봤겠어? 근디 지나고 나면 못난 생각이었다고 결론이 나. 옛말에 개똥밭에 굴러도 이승이 낫다고 히잖이여. 지금은 힘들지만 열심히 살면 좋은날이 올 거여. 교회는 나가? 나는 수요일 밤에 나가는디. 마음도 가라앉힐 겸 교회 나가 봐."

"한동안 안 나갔어. 근디 전도사와 김 집사님이 자주 심방 와서 예배도 봐 주면서 날 위로하고 교회에 나오라고 성화를 해 대서 일요일에만 가. 매주는 못 가고."

정애를 위로한답시고 주제넘게 여러 말을 해 주었지만 새겨듣지 않았을 것이며 오히려 더 심란하게 만들었는지도 모른다. 정애를 집까지 바래다주고 작별 인사로 자주 만나서 서로 이야기나 나누자고 말했으나 정애는 들은 척 만 척 안으로 들어갔다.

꽤 밤이 깊어 불 켜진 집이 별로 없고 마을은 정적에 잠겨 있었다.

집까지 천천히 걸으면서 정애를 비롯해 여러 가지 생각이 머리에 떠오르면서 만감이 교차하고 감회에 젖었다.

큰 도움은 안 되겠지만 우리 논에 들릴 때면 금정양반 논 물꼬도 계속 봐 주어야 되겠다고 다짐했다. 그날 이후 나와 정애는 급속도로 가까워졌다.

가을 끝 무렵 날씨답지 않게 아침부터 가랑비가 내리고 있었다. 오늘은 새집이 공정보다 빨리 완공되어 K시에서 이사 오는 날이었다. 우리 집하고 약간 떨어져 있지만 제일 가까운 이웃이었다. 시냇가 근처이고 산을 관망할 수 있어 집터가 좋은데 빨간 벽돌집이 예쁘고 아담하게 자리 잡고 있으니 더할 나위 없이 좋았다. 이 마을에서 가장 현대식에다 미관이 좋은 집이 들어선 것이었다.

점심이 가까워졌을 무렵, 두 대의 트럭이 도착해 나를 비롯해 몇몇 마을 사람과 인부들이 두 시간 정도 하역 작업을 했다. 일을 마친 후 차와 함께 인부는 떠나고 나머지 사람들이 짐을 운반해야 했다.

안주인이 장롱이라든가 책장 등 가구 놓을 자리를 지정해 주곤 했는데 상당히 기품이 있어 보였다. 그 집 아들과 딸도 같이 짐을 날랐는데, 사내는 나보다 두 살쯤 위일 것 같았고 여자애는 나와 엇비슷해 보였다. 여자애는 키가 크고 날씬한 몸매에 갸름하고 새하얀 얼굴로 특출나지는 않지만 시골에서 보기 힘든 예쁜 미모로 멋이 있었다. 시선이 자꾸 그 애한테 쏠렸다. 너무 시선을 뺏겨 한눈팔다 하마터면 그만 짐과 함께 고꾸라질 뻔했다.

가구를 비롯해 힘쓸 만한 짐이 정리되자 새참이 나왔다. 나를 비롯해 넷이서 한 상에 앉아 음식을 먹는데 누가 술을 따라 주며 권했다. 막걸리 마시듯 한 컵을 대뜸 단숨에 들이켰다. 입안이 얼얼하고 불이 붙는 것 같았다. 막걸리를 준비하지 못해 대신 양주가 나왔고, 어른들이 장난삼아 술을 권한 것인데 무척 독한 술인 줄 모르고 들이켰으니 팔팔 뛸 수밖에 없지 않은가. 연신 캑캑거리며 기침이 멈추지 않아 창피스럽고 당황했는데 여자애가 냉수 한 사발을 건넸다.

여자애의 뜻밖의 친절에 민망하기도 하고 희고 고운 손을 닿지 않도록 조심한다는 것이 그만 바닥에 떨어뜨리고 말았다. 모두 한바탕 웃음바다가 되었다. 처음 만난 그 여자를 비롯해 사람들 앞에서 톡톡히 망신을 당하고 몸 둘 바를 몰라 얼굴은 홍당무가 되었다.

일을 마치고 돌아가려는데 내일 책 정리를 부탁하기에 특별한 계획이 없어 쾌히 승낙했다.

다음 날, 아주머니는 세간 살림을 정리했고 서재 정리는 나와 여자애 둘이서 했다. 여자애 오빠는 여자애에게 작업을 지시하고 조금 도와주는 척하더니 학교 핑계를 대고 K시로 떠나 버렸다. 서재는 어림잡아 이십여 평은 되어 보이고 입구 쪽 벽을 제외하고는 삼면이 서가로 꾸며져 있었다. 바닥에서 거의 천장에 맞닿을 정도의 수많은 서가를 채우려면 엄청난 책이 필요할 텐데 수를 헤아려 볼 엄두가 나지 않았다.

골판지 상자에는 서가 배치와 번호가 매겨져 있어 책을 꺼내 해당 서가의 칸에 책을 꽂도록 사전 준비가 철저히 되어 있었다. 여자애가 책을 나르고 의자에 올라가 책을 서가에 정리하는 역할을 주로 맡았다. 서재에서 단둘이 일을 하자니 쑥스럽고 계면쩍었다. 그러나 그녀는 전혀 개의치 않는 기색이었다. 오히려 어색한 분위기를 깨뜨리고 먼저 말을 꺼냈고, 오랫동안 사겨 온 사이처럼 나를 허물없이 대했다.

"나는 윤미숙인데, 그쪽은 어떻게 돼요?"

"나? 김재복이여."

"몇 살이에요?"

"그냥 나이로 열여덟 살."

"우리 나이로 열여덟, 나하고 똑같다. 동갑내기이니 말 트고 지내."

미숙은 내가 알고 있는 우리 마을 여자애들과 확연히 달랐다. 스스럼없이 먼저 말을 꺼낼 뿐 아니라 수줍음을 전혀 타지 않았고, 사내 앞에서 꿀리지 않고 당당한 것이 이상야릇해 놀라웠다. 자기 집이라는 걸 감안하더라도 그래도 무척 의외의 태도였다. 서먹서먹한 분위기인데 그렇게 하는 편이 내겐 아주 편하고 정감이 갔다.

미숙은 왈가닥이거나 아니면 시원스럽게 확 트인 개방적인 성격인 것 같았다. 자신은 몸이 좋지 않아 일 년 휴학을 하고 어머니와 이곳에서 지내며 아버지와 오빠는 K시 집에서 거처하고 주말이면 들른다고 했다. 그리고는 이 마을 어디쯤 누구하고 살며 뭘 하느냐고 물어서 적당히 얼버무렸다.

우리 집과 이 집은 마을에서 두 집만이 외떨어져 산기슭에 위치한다고 하니 이웃사촌이라면서 앞으로 친구처럼 잘 지내자고 내게 손을 내밀어 악수를 청했다. 쑥스러워 머뭇거리면서 악수하자 사내놈이 참 숫기도 없다는 듯 빙그레 웃었다. 오른쪽 입가에 보조개를 띄면서 살 포시 웃는 모습이 참으로 예뻤다.

미숙은 음악 감상과 그림 그리기가 취미이고 소질도 있는데, 부모님 은 예능계보다는 다른 쪽으로 대학을 가기를 강요해 갈등이 심하다는 등 신변을 비롯해 학교에서 재미있었던 일을 이야기해 주었다. 편하고 재미있게 해 주는 상대이다 보니 같이 일하는 것이 신바람이 났다. 만 난 지 얼마 안 되고 같이 있는 시간이 몇 시간도 채 되지 않았는데 마 치 깨복쟁이 친구나 다정한 오누이같이 느껴졌다. 그러다 가끔 나의 장래 희망이라든가 가정에 대해 질문을 하면 당황하지 않을 수 없었 다. 현재는 농사를 짓고 장래 뚜렷한 목표는 정하지 못했노라고 적당 히 둘러대었다. 무당집이라는 것은 차마 내 입으로 밝힐 수 없었다. 얼마 지나지 않아 알게 될 텐데 지금 당장 쪽팔리고 싶지는 않았다.

저녁 무렵 일이 끝났다. 식사를 하고 가라고 붙잡았지만 멋쩍어 뿌리 치고 나오는데, 아주머니가 굳이 선물을 손에 쥐여주었다. 양과자였다.

낮에 있었던 일이 머릿속을 맴돌아 쉽게 잠을 이룰 수 없었다. 지역 상 가장 가까운 이웃이지만 생활 환경이나 신분은 가장 먼 이웃으로 느껴졌다.

헌책방에서 진열해 놓은 책을 제외하고 오늘처럼 개인이 많은 책을 소장하고 있는 것을 본 적이 없었다. 책을 많이 소장하고 읽고 싶을 때 마음껏 읽을 수 있는 삶의 여유를 가진다는 것은 아무나 누릴 수 없는 특권이라는 생각이 들자 저들이 부러웠고 상대적으로 한없이 초라한 느낌이 들었다. 저 많은 책들 중에는 분명 내가 보고 싶은 책들도 널려 있을 것이다. 책을 빌려줄 수 있냐고 그녀한테 물어보고 싶었으나 몇 번 망설였을 뿐 결국 말을 꺼내지 못했다. 만일 거절당하면 무안하고 앞으로 그 집 식구들 볼 낯이 없기 때문이었다.

벌러덩 드러누운 채 천장을 바라보는데 그녀의 유난히 희고 가냘픈 얼굴이 아른거렸다. 입꼬리를 살며시 올리고 묘한 웃음을 짓는데, 웃는지 비웃는지 분간할 수가 없고 눈을 가느다랗게 뜨고서 나를 내려다보았다. 첫 만남부터 행동거지가 촌놈 아니랄까 봐 어리석고 서투른 짓만 해 댔으니 틀림없이 꺼벙이로 각인되었을 것이다.

그녀를 처음 보았을 때 전신에 짜릿한 전율이 흘렀고, 그녀는 지금껏 보아 온 여자애들과는 딴판으로 신비함과 황홀감이 감싸 돌았다. 요사이 정애와 가까워져 가끔 만나고 대화도 했지만 정애와는 또 다른 남자로서의 본능적인 감정이 잠재의식에서 깨어나 용솟음치는 듯했다.

정애는 여동생처럼 여겼는데 금정양반 장례식 때 정애의 상복을 입은 모습을 본 후로는 연민의 정이 더해져 좋아하게 되었다. 그러나 미숙을 보자마자 느낀 애정은 정애한테 느꼈던 감정과는 다르고 유별났다. 형언할 수 없는 신비스러운 매력이 엄습해 와 머리끝에서 발끝까지 나를 사로잡고 있었다.

어른으로 성장하기 위한 과정에서 겪는 성장통인지 상사병인지 알 수가 없었다. 나도 모르게 어느 때부터 깨어 있는 시간부터 잠자는 시간까지 머릿속은 온통 그녀가 차지했고 완전 포로가 되어 있었다.

뒤척거리다 노루잠을 자게 되면 심지어 꿈속에도 나타나 괴롭혔다. 가끔은 가위에 눌려 잠을 깨기도 했다. 선잠을 자는 날이 늘어나고 그 다음 날은 몸이 찌뿌둥하니 가뿐하지가 않았다. 꿈에 그녀가 나타나 눈웃음치거나 환하게 웃으면서 손짓해 쫓아가면 일정한 거리를 두고 달아나기를 반복했다. 결국 뒤쫓다 지쳐 쓰러지거나 낭떠러지에 곤두 박질하기가 일쑤였는데, 그때마다 고소하다는 듯 낄낄거렸다. 가끔 그 녀와 성교를 하는 꿈을 꾸다 몽정을 하기도 했다. 할 수만 있다면 머릿 속에서 그녀의 기억을 깨끗이 지워 버리고 싶은 생각이 간절했다.

낮에는 일을 찾다시피 하면서 바삐 움직였고 저녁에는 늦게까지 성 경이나 책을 읽으면서 매일 몸을 혹사시켰으나 쓸데없었다. 나도 모르 게 불현듯 생각이 떠오르곤 해 떨쳐 버리려 애를 써도 아무 소용이 없 었다. 밤이면 둘만의 짜릿하고 달콤한 사랑을 상상하면서 자위를 하 곤 했다.

속담에 올라가지 못할 나무는 쳐다보지도 말라는 말이 있듯이 감 히 그 애를 넘겨보는 것 자체가 주제넘은 짓이란 걸 뻔히 알면서도 도 저히 단념할 수가 없었다. 윤미숙에게 홀딱 빠져 헤어나오지 못하는 나 자신이 바보스럽고 한없이 미웠다. 혹여 마주칠 수 있을까 하는 막 연한 기대로 그녀 집 주위를 서성거려 보았으나 인기척 하나 없이 조 용하기만 했다.

혼란스러운 나날을 보내던 중에 겨울로 접어들 무렵, 수요 저녁 예배를 마치고 귀가하는데 뜻밖에 정애를 만났다. 누가 뒤따라오는 느낌이 들어 뒤돌아보니 십여 보 정도 떨어진 곳에서 검은 물체가 보였다.

정애가 터벅터벅 걸어오고 있었다. 늦가을 초저녁 달밤에 마을 어귀에서 정애를 만나 꽤 긴 시간 담소를 나눈 후로 그동안 만나지 못했다. 남녀 좌석이 다르다지만 조그만 교회 안에서 정애를 보지 못한 것이 이상했다.

"웬일이여? 일요일만 교회 간다고 혔잖이여. 근디 수요 예배 나온 거여? 그런디 교회에서 너를 못 봤는디. 오래간만이여. 그동안 잘 지냈어?"

"난 교회서 오빠 봤는디. 고개 푹 숙이고 뭔 생각을 그리히여. 하도 심란해서 바람 좀 쐬고 할 겸 한번 와 봤지."

나와 정애는 아무 말 없이 신작로를 걸어오다 마을 입구에 들어서서 누가 먼저라고 할 것 없이 잔디밭에 앉았다. 우리 두 사람은 서로 앞만 바라보며 무거운 침묵의 시간을 보냈다.

어둠이 대지를 감싸 안아 점점 캄캄해져 갔다. 추수를 끝낸 들녘은 을씨년스럽게 황량했다. 어둠이 너울너울 펼쳐지고 들판 끝자락 마을에서는 희미한 불빛이 깜박거렸다. 광활한 밤하늘의 은하가 대지 위에 내려앉아 있는지, 드넓은 검은 대륙이 하늘을 품고 있는지, 고요하다 못해 적막함 속에서 별빛과 불빛만 서로 어슴푸레 빛나고 있었다. 밤하늘의 별들을 수없이 쳐다보고 관찰해 봐서 별에 대해선 조금 아는 편이었다.

가을이 끝나고 겨울 문턱에 설 즈음엔 쾌청한 날이 지속되고 하늬

바람이 마지막 용트림인지 작별의 아쉬움인지 신선함을 잔뜩 안겨 주었다.

요사이 밤하늘은 은가루를 뿌려 놓은 듯이 은하를 비롯해 무수한 별들이 내뿜는 빛이 어우러져 춤추었다. 또 다른 세계를 바라보노라면 우주의 신비에 절로 경탄하지 않을 수 없었다. 한밤중과 여명이 오기 두어 시간 전에 별빛은 너욱 밝다. 조금 흐린 날이라 북쪽 하늘을 목이 뻐근할 정도로 바라본 후에 겨우 카시오페이아자리를 찾았다. 가을에는 북쪽 은하수 한가운데 있는 페르세우스자리 바로 위에 있는데, 지금은 페르세우스자리가 북쪽으로 약간 이동했고 카시오페이아자리가 바로 밑에 반갑게 반짝이고 있었다.

일상생활에 대한 대화는 서로가 답답하고 짜증 날 것 같아서 대신 별에 관한 이야기를 하기로 했다.

"너도 북극성에 대해선 많이 알지?"

"북극성이 북쪽에 뜬다는 것만 알지. 중학교 때 별자리에 대해 배웠지만 관심 없고 해서 다 까먹었어."

"옛날부터 북극성을 중심으로 방향을 잡았을 뿐만 아니라 카시오페이아와 큰곰자리의 위치를 보고 시간을 추측했고, 별을 관측하고 연구해 운세, 한 해의 풍·흉년, 날씨 등을 예측했다고 해."

"별에 대해서 관심이 많은 모양이네. 많이 알아?"

"조금, 국민학교 6학년 담임이 천문학에 조예가 깊어 별자리와 별에 얽힌 신화를 많이 가르쳐 주었어. 그 뒤로 흥미를 갖고 공부도 하고 관찰허고 그랬어. 다 그것도 혼자 있는 시간이 많아 외로움을 달래기 위한 거지."

어둠이 짙어지자 그만 돌아가기로 작정하고 마을을 향해 천천히 걸으면서 대화했다. 정애의 어깨를 감싸고 걸으면서 작고 탄력 있는 유방을 부드럽게 만졌다. 내 손을 뿌리치지 않았다.

"별자리 신화 하나만 들려줘."

"그리스 신화에 안드로메다 공주를 구한 페르세우스 왕자는 오른손에는 긴 칼을 들고 왼손에는 메두사라는 마귀 머리를 치켜들고 있다는 거야. 한편 안드로메다는 에티오피아 공주였는데 바다의 신에게 벌을 받아 양팔이 벌려진 채 쇠사슬로 묶여 산다는 거야. 실제로 둘 다 양팔이 벌려져 있는 것 같대. 카시오페이아는 에티오피아의 왕비이자 안드로메다의 어머니인데, 어머니도 딸과 마찬가지로 바다의 신에게 미움을 받아 걸상에 걸터앉아 양손을 벌린 채 하루에 한 번 북극성을 중심으로 큰곰자리와 작은곰자리처럼 북쪽 하늘을 돌아야 할 운명이래."

"와, 대단하다. 오빠 왜 그렇게 아는 게 많아?"

"뭐, 별로야. 내 나름대로 강의록이나 다른 책도 보면서 공부해. 정식으로 학교는 다니지 않지만 그 대신."

마을 입구에 있는 동쪽 정자에 도착했다. 정자가 두 군데인데 동쪽 정자는 초입에 있고 서쪽 정자는 안쪽에 자리 잡고 있었다. 겨울을 제외하고 주로 남자 어른들의 휴식처인데, 오늘은 싸늘해서 그런지 사람이 없었다.

정자에서 쉬었다 가기로 했다. 정애를 감싸 안은 자세로 손을 살며시 가슴에 넣고 젖무덤을 만졌다. 나도 모르게 젖을 만진 손에 힘이 들어갔고 세게 주물렀다. 정애의 숨소리, 따스한 체온과 함께 풋풋한 냄새가 나를 자극하고 흥분시켰다. 숨을 깊이 들이쉬고 침착하려고 했지만 전신에 짜릿한 전류가 흐르고 숨이 가빠지며 들뜬 황홀감에 빠졌다.

그 순간 정애가 자세를 바르게 하고 몸을 곧추세웠다. 만일 정애가 몸을 곧추세우지 않았다면 힘껏 껴안았을지도 모른다. 아쉽고 멋쩍었다. 다시 껴안고 싶었으나 용기가 나지 않았다. 정애가 먼저 살포시 안겼으면 하고 내심 바랐으나, 꼿꼿이 앉아 있는 자세를 유지했다.

어색한 분위기를 깨트리고 싶었는지 정애가 말을 꺼냈다.

"우리 동네에 새로 이사 온 집 소문 들어 봤어?"

"뭔데, 무슨 소문?"

"굉장한 부자래. 그리고 그 집 안주인은 거만해서 동네 사람들허고 사귀지도 않고 시건방지다고 여자들 입방아에 올랐어. 또 그 집 딸도 마찬가지고. 얼굴은 희멀거니 이쁘대. 총각들이 홀딱 반해 갖고 몸살들을 앓는대. 혹시 오빠도 그 여시헌테 혼 나간 건 아녀?"

미숙을 비롯해 그 집 식구들을 두 번 대해 봤지만 잘난 체하지 않고 오히려 다정하던데, 남 말 좋아하는 부녀자들이 그 집이 부자라서 샘이 나 나쁜 소문을 퍼뜨렸을 거라 여겨졌다. 총각들이 미숙한테 반했다는 말은 족집게로 나를 꼭 집어 낸 것 같아 얼굴이 화끈거렸으나 시치미를 뚝 뗐다.

"어떤 놈들이 그 애한테 반했다는 기여?"

"누구긴 누구겠어? 우리 마을에 돈 있고 힘깨나 쓰는 자식들, 껄렁패들이지. 웃기는 것은 지그들끼리 서로 지가 먼저 찍었다고 다툰다는 거여. 학교 안 가는 날은 서로 그 집 주변을 맴돌이헌대."

내 이름이 튀어나올까 봐 조마조마했는데 빠져 있어 한숨 놓았다. 만일 내가 포함되었다면 민망해서 정애를 볼 낯이 없었을 것이다. 형철이를 포함해 그 똘마니들이 미숙을 어떻게 해 보겠다고 깝죽거린다니 의외였다. 앞으로 행동을 여간 조심하고 경거망동하지 말아야겠다고 다짐하였다.

"새로 이사 온 그 가시내 어떻게 생각해? 혹시 다른 사내애들처럼 좋아하는 거 아니여?"

똑바로 솔직하게 대답을 해 줄 수가 없어서 적당히 얼버무렸다.

"이삿짐 들어온 날 그 집에 가서 도와주었어. 그날 처음 보고 그 뒤로는 그 애 그림자도 못 봤어."

"그게 아니라, 그 앨 봤다면서. 그러고 나서 속으로 좋아허는거 아니여?"

나는 당황했다. 정애가 왜 미숙에게 관심이 많고 집착하는지, 또 내게 무슨 답변을 듣고 싶어서 그러는지 도통 영문을 알 수 없었다.

"왜 그렇게 개한테 관심이 많어. 난 니가 더 이상허다. 개망나니들이 상사병이 나서 그 앨 좋아허던 뭐 허던 너허고는 상관없는 일이잖이여."

"난 그깐 놈들이 뭘 허든 신경 안 쓰지만, 오빠가 그 년을 좋아하는지 알고 싶은 거여. 나한테는 중요하다고."

"그려, 니가 알고 싶다니 솔직히 얘기할게. 그날 첨 봐서 잘 모르지만 니가 말한 대로 나쁘지 않았어. 아주머니를 비롯해 친절하더라구. 그 애도 그냥 좋게 보였어. 그것뿐이여. 그 이상도 이하도 아니여."

"그려. 정말이지? 믿어도 되지? 그럼 나는 어떻게 생각해, 좋아해?"

평소답지 않게 오늘따라 당돌하고 직설적으로 생뚱맞은 질문을 해 대니 몹시 어리둥절하고 당황했다.

"내가 니를 좋아허기 때문에 만나는 것 아니여. 새삼스럽긴. 꼭 듣고 싶다면 말해 줄게. 너는 예쁘고 부지런하기로 칭찬이 자자하지. 나도 그중 하나여. 근디 장례식 날 너 상복 입은 모습 보고 더 좋아하게 됐지. 뭐랄까, 말로 설명헐 수가 없는데 가련하면서 청순해 보였어."

"칫, 시시해. 상복 입은 날 좋아했다니. 여하튼 됐어. 안심이야. 그 계집을 안 좋아헌다니. 나도 오빠에게 별로 맘이 없었는데 만나서 얘기해 보니까 점점 맘에 들어."

그렇게 말한 후 다른 여자애들은 거들떠보지 않고 오직 자기만 좋아할 수 있냐고 다짐을 받으려 했다. 대수롭지 않게 그렇게 하겠다고 약속하였으나 어쩐지 꺼림칙하였다.

정애와 만나는 횟수가 많을수록 정이 깊어 가고 갈수록 육체적 접촉이 대담해지고 빈번해졌다. 신앙을 비롯해 논쟁을 하게 되면 일목요연하게 소신을 밝혔고, 자기주장이 강하고 고집이 있는 반면 영리하고 심성이 착했다. 기분이 상했거나 비위에 거슬린다 치면 토라져 달래는 데 영 애를 먹었다. 그때마다 기분을 전환시키는 데 전전긍긍했고 진땀이 났다.

정애와의 만남이 지속되면서도 미숙의 생각을 떨쳐 버릴 수가 없었다. 마을 녀석들이 너 나 할 것 없이 침을 흘리고 꼬드긴다고 하지만, 나는 한심스러울 정도로 그녀에게 푹 빠져 허우적거리는 꼴이 몹시 혐오스러웠다.

형철이를 비롯해 녀석들은 마을에서 내로라하는 집안 귀공자들이고 고등학교에 재학 중으로, 미숙과 견주어도 별로 꿀릴 게 없는데, 내세울 거라곤 개뿔도 없는 놈이 언감생심 넘겨보다니. 한창 주제 파악을 못 하는 짓이었다.

내 나름대로 단념하려고 무던히 노력을 해 봤지만 도저히 생각의 고리를 끊을 수 없었다. 누에는 뽕잎을, 송충이는 솔잎을 먹고 산다. 너 자신을 직시하라. 너 처지에 맞게 배속 편히 살아라. 그런 주문으로 자기 최면을 수시로 걸었다.

차츰 안정을 되찾아 갈 무렵, 뜻밖에 미숙과 가까워질 기회가 우연히 찾아왔다. 십일월 중순 어느 날, 점심을 먹고 방에서 뒹굴거리다 그동안 미뤄 왔던 울타리 보수를 하기로 작정했다. 완연한 초겨울로 접어들어 날씨는 점점 추워지고 있었으나 그날은 겨울 날씨답지 않게 따스하고 쾌청했다.

울타리 보수용 삭정이와 내년에 쓸 고추 지지대를 마련하려고 지게를 짊어지고 산을 올랐다. 삭정이와 잔가지를 하려면 높이 오를 필요 없이 아카시아 군락지로 가면 되고 그곳을 잘 알고 있었다.

한참 산을 오르다 정상으로 가는 험하고 가파른 길목에서 잠시 숨을 돌리고 옆길 아카시아 군락지로 들어설 무렵, 위쪽에서 비명이 들렸다.

지게를 벗어 놓고 소리가 나는 방향으로 급히 올라갔다. 누군가 쪼그리고 앉아 있었다. 가까이 가 보니 뜻밖에 옆집 미숙이었다. 귀공녀가 홀로 산에 오른다는 것은 상상할 수도 없는데 더구나 지금 내 앞에 쪼그리고 앉아 있으니 믿기 어렵고 혼란스러웠다.

"이게 누구여, 미숙이 아니여? 어찌 된 일이여, 왜 그래?"

"다리를 다치고 발목을 삐었어."

"어쩌다 그랬어?"

"사생화하고 내려오다 발을 헛디뎌 다쳤어."

두 손으로 오른발을 움켜쥐고는 잔뜩 찌푸리면서 응답했다.

"어디 한번 보자구."

다친 오른발을 살펴보았다. 발잔등이 까져서 핏발이 서고 시퍼렇게 멍이 든 채 부어 있었다. 국민학교에서 축구할 때 응급조치를 하던 대로 발을 주무르고 지압했으나 별 소용이 없었다. 부축해서 일으켜 세워도 걷지를 못했다. 한 발자국을 떼는 것도 고통스러워했다. 어떻게 해야 할지 난감했다. 동네까지 업고 가거나 부축해서 가기엔 너무 멀고, 더구나 평평한 길이 아닌 울퉁불퉁한 산길이라 엄두가 나지 않았다.

그 자리에 꼼짝 말라고 하고 급히 지게를 가지고 왔다. 지게를 타고 내려가자고 청하니 나를 빤히 쳐다보면서 황당하다는 표정이었다. 그리고 본인의 집에 달려가 사고를 당했다고 알려 주기만 해 달라고 부탁했다.

그러나 발이 삐었으니 빨리 대처하지 않으면 더 악화될 수가 있고 치료받을 수 있는 면 소재지 한의원까지는 상당히 먼 거리이기 때문에 서둘러야 했다.

"이래 봬도 지게가 얼마나 편한데. 다들 애들이나 노인들 지게 많이 타. 일단 산은 내려가야 되잖아. 일단 한번 타 보고 정 아니다 싶으면 그땐 내려. 그땐 니 말대로 헐게."

조금 망설이다 어쩔 수 없다는 안색으로 동의했고, 조심스럽게 지게에 앉았다. 사생화 도구를 챙겨 한 손으로 들고 한 손은 지게 새고자리를 꼭 잡게 한 후 조심스럽게 산을 내려왔다.

지게에 사람을 태워 나르는 것은 난생처음이었다. 더구나 운신을 못하는 사람을 운반하니 여간 신경 쓰이는 게 아니었다. 체중이 얼마 나가는지는 몰라도 다행히 별로 무겁지 않아 산을 내려갈 만했다. 균형을 맞추면서 작대기로 한 발 한 발 짚어 가며 발걸음을 재촉할 수밖에 없었다. 지게질만큼은 그 누구 못지않게 단련되고 자신 있으나 다친 귀공녀를 태우고 가자니 여간 조심스럽지 않았다.

무거운 것보다는 혹여 넘어질까 봐 신중을 기하다 보니 온몸이 땀으로 미역을 감는 듯했다.

"아픈 디는 좀 어때?"

"더… 점점 쑤시고 후끈거려."

"근디 웬일이여. 여자가 혼자 산에 올라가다니. 간뎅이가 부어도 엄청 부었구먼."

"몰래 가만히 나왔어. 금방 끝내고 내려가려고 했는데 운이 없었어."

"면 소재지 한의원이 있는디. 침도 잘 놓고 용하다고 히여. 어머니하고 다녀와. 내가 자전거로 신작로 버스 정거장까지 데려다주고 막차에 맞추어 마중 나가 데려올 테니."

동네 입구 평탄한 길에 도착해서 그녀를 내려놓고, 집으로 달려가서 자전거를 꺼내 타고 가 그녀의 어머니에게 사태를 알렸다. 다시 산 입구로 돌아와 자전거로 그녀를 태우고 마을 앞 정거장까지 가서 버스를 기다렸다.

미숙 어머니도 정거장으로 달려왔다. 먼저 미숙의 몸 상태를 살펴보고 불행 중 다행이라는 듯 안도와 함께 무척 화난 모습으로 안절부절 못했으나 옆에 있는 나를 의식해서인지 화를 꾹 참는 표정이 역력했다.

그녀를 자전거에 태우고 며칠간 정거장까지 왕래를 반복하였다. 처음에는 부축을 받으면서 지팡이를 짚고 발을 끌다시피 떼어 놓았는데 며칠 치료를 받더니 혼자서 천천히 걸을 정도로 많이 호전되었다.

미숙의 부친이 주말에 집에 와, 발의 상태가 어떤지 사진을 찍어 봐야 하고 후유증 없이 나으려면 큰 병원에서 제대로 치료를 받아야 한다고 미숙을 K시 병원에 입원시켰다고 들었다.

촌사람들은 그보다 더한 부상도 치료비가 없거나 아까워 몸으로 극복하고 버텨 내는데, 한의원 치료로 거의 완치된 미숙을 호들갑 떨면서 그깟 일로 입원시켰다니 도저히 납득이 안 되고 있는 사람의 허세로밖에 여겨지지 않았다.

그동안 정애의 소식이 궁금했다. 일부러 시간을 내 일요일 예배에 참석했으나 보이지 않았고 수요일 저녁 예배에도 역시 모습을 볼 수가 없었다.

겨울 땔감 나무를 해 가지고 온 후, 저녁 무렵이어서 식사를 준비하는데 문밖에서 인기척이 있어 나가 보니 미숙이 환하게 웃고 있었다.

반가웠다. 가지런히 곱게 빗은 긴 머리가 바람에 나달대었고 오늘따라 더 갸름하고 하얀 얼굴이 석양빛과 어우러져 예뻐 보였다. 분홍색 스웨터에 청바지 차림은 늘씬하고 키도 훨씬 커 보였다. 그녀를 본 순간, 얼굴이 붉어지고 상기되었다. 뭐라고 말을 해야 되는데, 하면서도 입이 떨어지지 않아 멍하니 쳐다만 보았다.

"고마웠어. 덕택에 발은 다 나았어. 어머니가 저녁 식사를 같이 하자고 해 데리러 왔으니 지금 같이 가."

귀족풍과 같이 있는 것도 부담이 되는데 더구나 어울려 식사를 한다는 것은 무척 껄끄러워 망설였다. 쭈뼛쭈뼛하고 있는 사이 내 팔을 끌어당겨 별수 없이 따라나섰다.

주말이라 그런지 식구들이 다 있었다. 그녀 아버지는 인사를 받고 이내 자리를 피했고 그녀의 오빠와 단둘이 겸상을 했다. 그녀의 오빠는 인사치레만 하고 나의 신상에 대해 관심이 없는지 이미 들어 알고 있는지 일체 질문을 하지 않아 안심이 되었다. 무척 조심스러웠고 식사 내내 가시방석에 앉아 있는 것 같았다.

식사가 끝난 후 아주머니를 비롯해 나와 미숙이 셋이서 차를 마시면서 담소했다. 아주머니는 내가 긴장을 풀고 편하게 대화할 수 있도록 분위기를 부드럽게 만들어 주었다. 나긋나긋 조용히 말하고 부드럽고 온화한 태도로 대해 주니 마음이 끌리고 호감이 갔다. 예사 아낙네들처럼 억세거나 요란스럽지 않고 잔잔한 호수처럼 평온함을 느끼게 하는 어떤 매력이 있었다.

그간 주저하고 망설였던 책 대출에 대해 어렵사리 운을 뗄 수 있었다. 아주머니는 의외라는 듯 약간 놀란 표정을 지으면서 독서를 좋아하냐고 물으면서 어떤 책을 읽었고 어떤 분야의 책을 읽을 것인지 물어왔다. 약간 당혹스러웠지만 솔직히 답변했다.

"독서는 평소 좋아해 시간이 나면 책을 읽는데, 여긴 책을 많이 접할 수 없어 닥치는 대로 읽고 정기적으로는 강의록을 구독합니다."

뜻밖이라는 표정을 지으며 아주머니는 칭찬과 함께 격려해 주었다. 의사의 전문 서적과 아들의 책을 제외하고는 일반 책은 언제든지 빌려 가라고 승낙했다. 나는 뛸 듯이 기뻤다.

그날 이후로 그 집과 꽤 가까워졌다. 사소하게 잔손이 갈 일은 기꺼이 나서서 했고, 장날 일용품을 대신 구입해 주는 등 가사나 심부름을 흔쾌히 해 주었다. 그때마다 극구 사양해도 아주머니는 꼭 식료품이라든가 군것질로 보답했다.

농한기라 책 읽기 좋은 계절이었다. 우선 종교 서적부터 읽기로 했는데, 종교와 교양으로 분류된 책만 해도 엄청났다. 무엇을 선택해야 될지 어찌할 바를 모르고 한참 망설였다.

한 번에 서너 권씩 가져다 밤을 샐 정도로 탐닉했다. 난해한 용어와 내용이 주를 이루는 서적은 이해하기 힘들었지만 포기하지 않고 끝까지 읽어 나갔다. 인내심을 가지고 읽어 나가면 전반적인 윤곽을 파악할 수도 있었으나 도저히 이해가 안 가는 부분도 있었다.

처음에는 무작정 책을 골라 읽곤 했으나 점점 독서량이 늘어나면서 읽고 싶은 책을 선택하는 방법도 터득해 갔다. 종교 이외에 교양과 고전 명작 소설로도 범위를 차츰 넓혀 갔다. 하루 종일 독서만 했으면 하는 욕심이 났으나 형편상 낮에는 일을 하지 않을 수 없었고 자연 밤을 새우다시피 책에 몰입하였다. 아침에 일어나 세수하면서 코피를 흘린 적도 있었다. 아침에 일어나 날씨를 보고 궂은날은 즐거웠다. 종일 맘껏 책을 읽을 수 있기 때문이었다.

독서를 통해서 내가 얼마나 무식한지 알았고, 하루하루를 그저 생각 없이 살아온 하찮은 밥벌레에 우물 안 개구리였다는 것을 느꼈다. 지금까지 나의 장래라든가 종교, 삶에 대해서 나름대로 생각을 해 봤으나 진지하게 고민하고 해답을 찾고자 몰두하거나 골몰하지 않았다. 장차 무엇 때문에 무엇을 해야 하며 그 무엇을 성취하기 위해 오늘을 살며 노력하고 있노라고, 자신에게조차도 명쾌한 답변을 할 수 없었다. 그런 참삶과 희망이 설정되어 있지 않았다.

꿈을 잃은 것보다는 꿈을 갖기를 아예 포기하지 않았나 하는 자괴감에 사로잡히기도 했다. 꿈을 갖는다는 자체가 두렵고 사치스럽다고 단언하고 주어진 숙명에 안주하려는 소극적이고 종속적인 정신 구조가 형성되어 왔음을 자인하지 않을 수 없었다. 살아온 환경과 여건이 스스로를 비하하여 노예의 근성이 은연중 마음의 밑바닥에서부터 자라나 나를 휘어 감고 있다고 판단했다.

지식의 폭을 넓히고 살아가는 지혜를 함양하여 삶의 이정표를 찾기로 했다. 일을 하거나 길을 걸을 때도 읽었던 책의 내용이나 작가의 사상 등 수시로 생각하며 곱씹었다. 좋은 책은 무한한 감명과 환희에 젖어 들어 전율에 휩싸였다.

　서재에서 미숙과 대화를 나눌 수 있는 기회가 가끔 있었고 그녀는 주로 음악과 미술에 대해서 내게 이야기해 주었다. 내가 보기로는 예술 방면에 놀랄 만한 지식을 소유하고 있었다. 나는 음악만 해도 라디오에서 흘러나오는 대중가요를 듣고 흥얼거리는 수준인데 그녀는 고전, 근대파 음악의 특징과 유명한 음악가와 일화를 말해 주곤 했는데 이해가 안 되는 부분이 많았다. 하루는 교향곡을 설명하더니 내게 물어봤다.

　"교향곡 들어 본 적 있어?"
　"아니."
　"그럼, 베토벤이란 음악가는 알겠지?"
　"그거야 알고말고."
　"그럼 한번 직접 들어 볼래?"
　"물론. 나야 그렇게 해 주면 정말 좋지."
　음반 보관 상자에서 뒤적거리더니 음반 하나를 골라 전축 판에 올려놓았다.
　"이 곡은 베토벤이 작곡한 6번 교향곡 전원인데 총 5악장으로 구성되어 있어. 1악장은 처음 시골에 도착했을 때의 즐거움이고, 2악장은 시냇가의 풍경을 표현했는데 전반적으로 시골의 평화롭고 자연의 아름다움을 표현한 목가적인 전원생활의 낭만을 묘사했다는 곡이야."
　이어서 감상하는 방법을 알려 주었다.

"리듬과 선율이 흐르는 대로 집중해서 몸을 맡겨 봐. 시골의 정경, 즉 시냇물, 흙내음, 바람과 새소리 등을 연상해. 너는 시골에서 자랐고 자연을 사랑허니 이해하고 자주 듣다 보면 그 맛을 알 거야."

장황하게 늘어놓더니 음악을 틀기 시작했다. 난생처음 말로만 들었던 베토벤의 교향곡을 접해 보았다. 몸을 의자에 깊숙이 파묻은 채 눈을 감고 음악을 들었다. 오후의 따스한 햇살이 방 안에 가득한 채 고요한 가운데 음악 소리만 은은하게 울려 퍼졌다.

오후의 아늑한 숲 한가운데 나를 가져다 놓았다. 숲의 정령이 일어나 가볍게 춤추는 듯 정다움과 포근함이 스며들어 느슨하고 편안해졌다. 음악을 들으면서 지난번 굿을 할 적에 보았던 춤사위와 악사들의 연주가 떠올랐다. 진혼곡은 애절하고 애잔하게 여운이 감돌고 교향곡은 경쾌하고 평온하게 마음을 가라앉혀 준다.

굿을 할 때 대체로 가락과 장단이 가볍고 경쾌하게 전개되는 부분은 지금 듣고 있는 교향곡의 낮고 느린 부분의 선율과 흡사하다는 느낌이 들었다. 처음 교향곡을 듣고 진혼굿과 흐름이 엇비슷한 부분이 있다고 단언하는 것은 무지의 소치일지 몰라도 그런 느낌을 지울 수 없었다. 햇볕이 따스한 날 숲속 오솔길을 걷고 싶다거나 걷는 것 같은 감흥에 빠져들었다.

미숙은 그림을 그리기 위해서 나의 도움을 받아 산에 오르는 일이 있었다. 오르기 위태롭긴 하나 급경사 바위나 정상에서 풍치를 굽어볼 수 있는 지점이라든가, 산마루가 한눈에 들어오고 시냇물이 굽이

처 흐르는 모습을 볼 수 있는 산자락을 안내했다.

그런데 그녀는 장소를 선정하는 데 무척 까다로워서 여간 고역이 아니었다. 내가 오르기에도 힘들고 위험한 절벽이나 바위도 아랑곳하지 않고 그림을 위해서는 고집을 피우고 몸을 사리지 않았다. 그녀가 원하는 곳을 가기 위해 칼바위를 올라가야 할 적에는 앞에서 맞잡은 작대기를 끌어 올리거나 손을 잡아 이끄는 것은 여간 신경 쓰이고 힘이 드는 일이 아니었다.

둘이 땀을 뻘뻘 흘리고서야 올라섰으나 마음에 들지 않아 다른 장소를 물색해야 될 경우는 맥이 확 풀렸다. 그럴 경우엔 살포시 미소 지으며 볼에 입맞춤해 주면서 나를 달랬다.

그녀가 웃을 때는 쌍꺼풀인 큰 눈이 가느다랗게 떠져 귀여웠고 화가 스르르 풀렸다. 정애는 신체 접촉을 꺼리고 수동적인 편이나 그녀는 내가 당황할 정도로 당당하고 능동적이었다.

마음에 맞는 장소를 찾았다 하면 다른 사람인 듯 놀라보게 심각한 표정으로 온 심혈을 기울여 그리기에 열중했다. 느리게 움직이는가 하면 어느새 빠르게 움직였고 순간순간 동작이 바뀌었다. 연필을 든 손놀림이 놀라웠고 그 모습을 흥미롭게 바라보았다.

밑그림이 완성되면 다음에는 채색작업이 이루어졌다. 처음에는 옅게, 차차 진하게 한 폭의 수채화가 완성되어 갔고 마지막 작업은 그녀의 화실에서 마무리했다.

작품이 완성되면 나에게 먼저 보여 주었다. 그간의 노고를 자축하고 작품 완성의 뿌듯함에 서로 부둥켜안고 입맞춤했다. 그때마다 황홀한 도취에 빠졌으나 누가 먼저라 할 것 없이 적당한 순간에 서로 떨어졌다. 순간의 황홀경에서 헤어나기 위해선 엄청난 자제력을 발휘해야 했다.

처음에 풍경화를 보고 실제와 다른 것을 보고 의문이 들었다.

"실제하고는 조금 다른데."

"실제와 같이 그리기도 하지. 옛날에는 똑같이 그렸지만 지금은 달라. 작가의 의식이나 관점에서 그려. 무엇을 그렸는지 영 알아볼 수 없는 그림도 수두룩하고 그런 작가도 부지기수지."

"나야 이쪽 방면에선 무식헌게 잘 모르지. 그런디, 실제로 그리고, 오랫동안 그 풍광을 기리는 것도 좋을 것 같은디."

내 의견을 말한 후 다시 질문을 했다.

"근디, 왜 똑같이 그리지도 않을라면서 장소 선택에 그리 까다롭게 굴었어?"

"소재를 찾고 구도를 잡기 위해서지. 전혀 다르다고 느낄지 몰라도 화면 전체의 짜임새는 실제와 거의 같아."

"이해가 잘 안 돼. 실제 풍경을 그렸다면 지금 그림보다 더 나을 수도 있다는 생각이 들거든."

"맞아, 바로 그 점이야. 사람마다 다 생각이 다르듯 다른 관점을 가질 수 있어. 미술이나 음악도 어떤 형식, 양식이 정답이라고 말 못 해. 우리가 고전 명곡보다 대중음악을 가볍게 여길 수 없듯이 말이야."

미숙을 알지 못했다면 서양 고전 음악이나 회화는 난사람이나 든사람들이 한가하게 즐기는 사치스러운 예술이라는 편견에서 벗어나지 못했을 것이다.

그녀와 가까이할수록 그녀가 더욱 사랑스러웠고 종일 같이 있고 싶고 또 종일 함께한다 해도 지루하지 않을 것 같았다. 어떻게든 핑계를 만들어 드나드는 횟수가 늘어났지만 그렇다고 몰염치하게 하릴없이 들락거릴 수는 없었다.

그녀에게 반해 짝사랑이 심할 정도인데 그녀는 눈치 못 챘는지 알고도 모른 체하는지 전혀 내색을 하지 않았다. 나에 대한 그녀의 솔직한 생각을 알고 싶어 안달이었으나 감히 물어볼 수 없었다. 어렵게 말을 꺼내 실망스러운 답변을 들으면 허탈하고 괴로울 것이며, 운을 뗀 것을 무척 후회할 것이기 때문이다. 차라리 긁어 부스럼 만들지 말고 잠자코 있자.

이른 점심을 먹고 삭정이를 하기 위해 지게를 짊어지고 산을 오르는데 입구에서 서성이는 미숙을 보았다. 검정 바지에 비싸고 따뜻해 보이는 옅은 청색 점퍼를 목까지 올려 입었고 머리는 갈색 목도리로 감싸 맸지만 뺨이 불그레해 추워 보였다. 정애를 비롯해 대부분 마을 여자애들은 단발머리인데 유독 그녀의 머리는 긴 머리카락을 단정하게 미장하여 옆에 가면 기분 좋은 냄새가 풍겼다.

"어머니가 산에 가는 걸 알아? 추운디 찬 바람 쐬고 다니다 감기라도 걸리면 어쩌려구 그래."

"어머니는 몰라. 그냥 답답해서 나왔어. 너는 나무하고 나는 밑그림을 그릴게."

산 밑 너럭바위에 앉아 그림을 그리도록 하고 나는 산 중턱쯤에서 나무를 했다.

부지런히 삭정이 작업을 마무리해서 지게를 짊어지고 하산해, 지게를 받쳐 놓고 너럭바위에 가 보았다. 그녀는 보이지 않았고 사방을 둘러보아도 행방이 묘연했다. 큰 소리로 미숙아, 하면서 사방을 헤집고 이리저리 찾아보았지만 인기척이 없었다. 수차례 오르락내리락하면서 목이 터져라 고함질을 해 댔지만 메아리만 고즈넉한 늦은 오후의 산야에 가득할 뿐 개미 새끼 하나 볼 수 없이 적막했다.

숨이 점점 가쁘고 진땀이 나면서 겁이 나고 두려워지기 시작했다. 혹시 먼저 산을 내려갔나 하는 생각도 들었지만 무슨 사고라도 당하지 않았나 하는 방정맞은 생각이 앞섰다. 불안과 당혹스러움에 목이 타들어 가고 몸이 후끈거렸으나 달리 뾰족한 방법이 없어 기진맥진해 고개를 푹 숙이고 있었는데, 갑자기 내 등짝을 치는 소리에 놀라 돌아보니 그녀가 만면에 장난기 가득한 웃음을 띠고 서 있었다. 약이 빨끈 오르고 화가 치밀어 올랐지만 안도감에 부아가 누그러지고 덩달아 웃음이 나왔다.

"여태 어디 있었어? 장난치곤 너무 심한 것 아녀. 사람이 똥줄 타게 찾아다니면 얼른 나와야 허잖이여."

"저쪽 나무 뒤에 숨어 있었지. 첨에는 장난을 쪼끔 치고 나갈려구 했지. 그런디, 니가 얼굴이 새하얗게 질려 가지고 이리저리 허둥대는 꼬라지가 재미있어서."

"산은 낮엔 마왕이 지배하고 밤에는 요정에게 자리를 내줘. 그들이 장난을 치기 때문에 바짝 정신 차리고 다녀야 해. 특히나 너처럼 심술

꾸러기한테는 혼내 주려고 잘 달라붙는다구."

"왜 귀신이라고 허지 마왕이니 요정이라고 해? 애들헌테나 통헐 소리 허시네."

같이 산을 내려오다 마을이 가까워졌을 무렵, 풀밭에 나란히 앉아 한숨 돌리고 있는데 그녀가 말을 꺼냈다.

"오랫동안 생각헌 건데 너한테 부탁이 있어. 들어줄래?"

"뭔데? 들어줄 수 있으면 들어주지만, 니 표정 보니 쉬운 부탁은 아닌 것 같은디."

"왜, 성경에 나오는 다윗이 골리앗과 맞서 돌을 던져 이겼다고 했잖아. 그 장면을 유명한 조각가가 조각했어. 고등학교 미술 시간에 그 조각의 그림을 본 후로는 문득 한 생각이 떠올랐어. 씨름 선수가 상대를 고꾸라트리고 두 팔을 번쩍 들고 기쁨에 넘쳐 하는 장면을 묘사하고 싶어. 너는 체격이 좋으니 모델이 되어 줬으면 해."

"그 말 허려고 그런 거야? 그냥 모델 해 달라고 허면 되지. 여태도 몇 번 혔잖이여."

"근디 사실은… 아, 가만있자. 혹시 너 그림이나 조각 같은 거 본 적 있어?"

"아니, 그냥 성경에서 읽고 예배 시간에 들어서 내용은 알고 있으나 그림 같은 건 본 적은 없어. 내가 해 주겠는디 그림을 보고 안 보고가 뭐가 상관이여."

내 얼굴을 빤히 쳐다보면서 잠깐 망설이다 말문을 떼었다.

"원래의 조각이나 그림은 모두 실오라기 하나 걸치지 않은 발가벗은 거야."

"그럼, 니 앞에서 발가벗고 있으란 말이여? 말도 안 되는 소리 허지마. 설령 그렇다 치자. 너는 아무러치도 않게 그림이나 그릴 수 있겠어?"

"날 위해서 좀 해 줘. 부탁이야. 너무 어렵게 생각허니까 그렇지. 우리 모두 벌거숭이로 태어났잖아. 너도 알다시피 태초의 인간도 발가벗고 살았잖아."

어이가 없고 황당했다. 그녀는 내 옆으로 바짝 다가와 갑자기 목을 끌어안고 입맞춤을 시작했다. 지금까지 해 오던 가벼운 입맞춤과 포옹이 아니었다. 그녀의 촉촉한 입술에 천천히 밀착시키면서 심한 갈증을 해소하기라도 하듯 양팔로 힘껏 껴안고 차츰차츰 강하고 세차게 빨아 댔다. 달콤하고 희열에 넘쳐 전신이 짜릿했고 무아지경 속으로 빠져들었다. 남자로서의 이성에 대한 성적 욕구와 생리적 본능이 발발한 강렬한 입맞춤이었다.

"근디, 옷은 홀라당 못 벗고 빤스만 입고 허지. 그럼 그리는 너도 편할 거여. 그리고 내 얼굴은 지대로 그리지 마."

"니 얼굴은 지대로 안 그려. 몸도 굉장히 근육질로 그릴 거고. 사내가 왜 그리 쫀쫀해? 잠시 발가벗는 걸 가지고. 더구나 너와 나, 단둘뿐이잖아."

자세에 대해선 날짜를 잡은 후에 상의하기로 하고 헤어졌다.

그날 저녁, 낮에 있었던 일을 반추했다. 미숙은 개방적이고 활달하다고 볼 수 있으나 나쁘게 말하면 마음 내키는 대로 행동하는 버릇없고 야한 여자다. 그녀는 내가 모질게 거절하지 못하리라는 약삭빠른 계산을 했고, 나를 얕잡아 보고 만만히 본 것이다. 그녀의 오만한 성격이나 방자한 태도는 내 취향과 거리가 멀었다. 그럼에도 불구하고 그녀를 향한 연정이 깊어져 가는 나 자신이 한심했다.

심란한 마음을 달래 볼까 광석 라디오를 틀었다. 오늘따라 잡음이 더욱 심해 신경만 곤두서서 꺼 버렸다. 그때, 어디선가 희미하게 익숙한 소리가 내 귓가를 맴돌았다. 귀 기울여 들어 보니 올빼미의 우후후 하고 우는 소리가 바람 소리에 끊기고 이어지기를 반복하면서 간헐적으로 을씨년스럽게 들리었다. 대밭에서 부는 바람 소리와 올빼미 소리가 어우러져 겨울밤이 더욱 스산스러웠다.

예로부터 새의 울음소리는 길조와 흉조로 구분되었고 흉조로 분류된 겨울의 까마귀 울음소리는 귀에 거슬리고 기분이 별로 좋지 않다.

큰 느티나무를 차지하고 가지가지마다 시꺼멓게 떼로 앉아 까악 대던 까마귀도 근래에는 보기 드물어졌다. 어렸을 때 흔히 보았던 백로, 황새, 왜가리 등은 아예 자취를 찾아볼 수 없다. 농약과 비료 때문에 새들이 다 떠났다. 심지어 논밭에 뱀, 개구리 숫자도 급감했다. 인간은 더 많은 수확을 바라면서 무분별하게 농약과 화학 비료를 남용하여 자신도 모르게 자연을 차츰 황폐화시켜 왔다.

눈보라나 비바람이 칠 때 한밤의 올빼미 소리는 음산하기 짝이 없다. 책에서 본 야명조라는 새가 떠올랐다. 이 새는 밤새도록 혹독한 추위와 싸우면서 집을 짓지 못한 것을 후회하며 애통하게 울다가, 아침이 되면 전날 밤 일은 까마득히 잊어버리고 따뜻한 날씨를 즐기며 먹이 사냥에 열중하다 다시 밤이 되면 후회하며 울기를 반복한다고 한다. 올빼미는 떳떳하게 둥지를 가지고 있는 점이 야명조와는 판이하게 다른데, 저리도 슬피 밤에 우는 사연은 무엇인지 알 수 없다.

아예 일생에 단 한 번만, 그것도 죽을 때 이 세상 그 어떤 새보다 더 아름다운 목소리로 구슬프게 울다가 죽어 가는 가시나무새가 있다. 이새는 태어나자마자 가시나무를 찾아다니며 살다 마지막 죽을 때는 가시에 스스로 몸을 찌른 후, 피를 흘리면서 처음이자 마지막으로 애잔한 울음으로 생을 마감한다고 하니 비통하면서도 끔찍하게 느껴진다. 새들의 우는 사연도 제각각인데, 하물며 모습이 다 다른 인간은 성격도 다르고 사는 방식도 다를 수밖에 없다고 사료된다.

겨울답지 않게 봄 날씨처럼 포근한 어느 날 오후에 서재에 미숙과 단둘이 있을 수 있는 기회가 왔다. 그녀의 어머니가 K시로 외출했기 때문이다. 서재는 예전 그대로인데 커튼이 아늑하고 따스한 느낌을 주는 보라색으로 바뀌어 있었다.

그녀가 커튼을 젖히니 햇살이 방 안 가득 너울거렸다. 그녀의 어머니도 없는 집안에 단둘이 서재에 있자니 어색해서 안절부절못하고 괜히 서가를 이리저리 둘러보았다. 그녀가 내 손을 덥석 잡아 이끌어 의자에 앉히더니 낮은 소리로 다정스럽게 속삭였다.

"지금 너, 무척 불안하지? 남자와 여자가 단둘이 있어서. 이상한 쪽으로 생각이 가니까 마음이 편안허지 않지."

"엉뚱한 생각은 눈꼽만큼도 없어. 여자와 단둘이 방 안에 있다는 것이 거북스럽고 쑥스러워 그러지. 너도 마찬가지일 거 아니여."

"네 말도 일리는 있어. 그런데 너무 얽매이거나 남 눈치만 의식한다면 뭘 지대로 허겄어? 두 사람만 같이 있었다고 해도 우리만 떳떳하면 되잖아, 안 그려? 맘을 편히 가져 봐."

음료수와 과자를 가져와 마주 앉아 먹었다. 다과 쟁반을 한쪽으로 치우더니 서랍에서 무언가를 꺼냈는데, 화첩이었다. 한 장씩 펼쳐 보이며 대략 설명해 주었다. 풍경화를 비롯해 실오라기 하나 걸치지 않은 여인의 나체 사진도 있었다. 나체 여인들의 그림을 보니, 순간 도둑질하다 들킨 것처럼 얼굴이 화끈거리고 민망하기 짝이 없었다. 당황스러워하는 내 모습을 보고는 재미있다는 듯 빙긋이 미소 지으며 태연자약했다.

마지막에 그녀가 말한 다비드라는 조각상의 그림을 보여 주었다. 들은 대로 건장한 사내가 벌거벗은 채 돌을 던지려는 찰나인데, 무엇이 특출나서 유명한지 도저히 납득이 되지 않았다.

자세히 살펴보니 팔과 다리의 근육이 울퉁불퉁 튀어나오고 기운이 넘쳐났다. 건장한 체구 하며 힘이 드센 모습이 영락없는 우리나라 씨름 장사였다.

"어때, 여자들이 벗고 있는 그림을 보니까 이상야릇한 기분이 들지. 처음으로 그런 민낯의 그림을 본다면 누구나 민망하고 흥분허겄지. 예술 작품을 지대로 감상허고 평가하려면 우선 잡생각을 깨끗이 지워야 해. 물론 오랜 수련이 필요하것지만. 너도 봤지만 여자들도 저렇게 벗었잖아. 작품을 위해서 수치감을 이겨 낸 거여. 이젠 너도 헐 수 있지."

"좋아. 그런디 다 벗을 수는 없어. 씨름 선수도 빤스 입었잖아. 내가 맨몸이라면 니도 그림에 집중헐 수 없을 거 아니여."

"사내새끼가 가시내도 아니고 왜 그리 쪼다같이 구냐? 그려, 우선 그렇게 하자고."

겨울 오후 한나절은 무척 짧아 서둘러 곧바로 작업에 들어갔다. 어깨를 활짝 펴고 주먹을 불끈 쥔 채 두 팔을 굽힌 채로 두 눈을 크게 떠 상대방을 노려보며, 상대의 기를 꺾고 승리를 다짐하며 결전에 임하기 전에 포효하는 자세였다.

자세를 몇 번 교정한 후에야 작업을 시작했다. 꼼짝없이 서 있으려니 오금이 저리고 온몸이 쑤셨다. 자세가 약간 헝클어지면 금방 알아채고 못마땅한 표정을 지으니 신경을 곤두세워 여간 조심하지 않을 수 없었다.

그리는 모습이 다른 때보다 무척 진지하고 신중해 보였다. 다스한 햇살만이 방 안을 맴돌고 무거운 정적이 감돌았다. 그리다가 마음에 들지 않으면 신경질적으로 도화지를 구겨서 바닥에 버리기를 수없이 되풀이하고 나서야 결국 한 장의 밑그림을 완성하였다.

잠깐 목을 축이고 쉴 틈도 없이 다음 스케치로 이어졌다. 이번에는 만세를 부르듯 두 손을 높이 들고 만면에 웃음을 띤 채 승리의 기쁨을 만끽하는 자세였다. 수차례 시도 끝에 이번 작품도 완성되었다.

일이 끝나자 온몸이 뻑적지근했지만 홀가분한 기분으로 그림을 볼 수 있었다. 나보다 훨씬 키가 크고 근육도 우람했으며 내가 부탁한 대로 얼굴도 내 모습과는 딴판이었다. 분명 팬티를 입었는데 그 부분을 여백으로 남겨 놓았다. 금방 그 이유를 알 수 있었다.

"지금까지 너무 고생 많았어. 근데, 그림을 보아서 알겠지만 골반 부분이 이 그림의 가장 중요한 부분이야. 잠깐이면 돼. 빨리 그릴 테니까."

"서양의 그림에는 홀랑 다 벗었겠지만, 우리나라는 남자가 다 벗고 그린 그림은 없잖아. 지발 이쯤에서 끝내자."

"내가 말했잖아. 예술 작품을 위한 나신은 순수헌 것이라고. 다비드도 남자의 생식기를 과감허게 노출함으로써 힘과 남자의 상징성이 돋보이는 거지. 씨름 선수가 완전 나체가 아니라고 그리 그리라고 허지만, 창작은 모방은 하되 뭔가 달라야 되고 독창성이 있어야 돼."

영원히 비밀로 할 테니, 이 그림의 마지막 완성 단계인 화룡점정으로 단 몇 분간만 팬티를 벗고 서 있으라고 애걸복걸했으나 아무래도 선뜻 내키지 않았다. 한참을 옥신각신한 끝에 그녀는 무언가 작심한 듯 나와 상당한 거리를 두고 창가 쪽에 다가섰다.

"내가 먼저 벗을게. 그렇게 알아듣게 말했는데도 겁쟁이 바보 천치 같으니라구. 똑바로 잘 봐. 내가 벗으면 너도 따라서 자연스럽게 벗는 거여."

그 말을 듣는 순간 머리를 한 방 맞은 것처럼 몹시 놀랍고 당황스러웠다. 대략 난감해서 어리삥삥하고 있는데 그녀는 무표정이었다. 설마당돌하게 옷을 벗지는 않겠지 하고 의아해하면서 그녀를 바라보았다.

주홍색 스웨터와 흰 바지 차림의 그녀는 나를 전혀 개의치 않고 다소 곳이 고개를 숙인 채 윗옷 단추를 아래부터 천천히 끄르기 시작했다. 어떤 행동을 할까 하는 호기심과 함께 잔뜩 긴장해 점점 심박이 빨라지는 가운데 가슴 조이며 바라보았다.

마지막 단추를 풀고 잠깐 망설이더니 차분 차분히 윗도리를 벗었다. 약간 고개 숙인 상기된 얼굴에 서너 올의 머리카락이 흘러내려 와 뺨에서 나풀거리고 있었다. 석양의 햇볕을 뒤로한 채 서 있는 그녀는 성숙하고 아름다운 여자였으며 더욱 사랑스러웠다. 요염하면서도 청순해 보였다. 하얀 속살이 보이고 브래지어 사이로 삐져나온 유방은 한눈에 봐도 풍만했다. 심장이 쿵쿵거리고 호흡이 가빠지면서 제자리에 얼어붙었다. 짜릿한 전류가 온몸에 흐르면서 흥분되기 시작했다. 다가가 와락 끌어안고 가슴을 애무하고 싶은 욕망이 일순간 솟구쳐 올랐으나 고개를 돌리고 심호흡하며 간신히 참아 냈다. 나 자신이 대견스럽게 느껴질 정도로 자제력을 발휘하였다.

"브라자도 마저 벗어?"

"아니야, 됐어. 그만하면 됐다구. 옷을 입어."

고개를 돌린 채 대답했다.

"그럼, 할 거야?"

"근디, 약속한 대로 오늘 일 비밀로 하는 것 꼭 지켜 주는 거지? 눈은 감고 있어도 되지."

"알았어. 그 점은 걱정 마. 약속한 대로 니 얼굴도 똑같이 안 그렸잖아. 고마워. 시간도 없고 최대한 빨리 끝낼게."

나는 잠시 홍분되었던 마음을 진정시키고 팬티를 후다닥 벗어 던지고 자세를 취한 후 눈을 감아 버렸다. 여러 번 자세 교정을 거치고 나서 그리기가 시작되었다. 연필 소리만이 사각사각 들려왔다. 아예, 눈을 감고 있으니 창피함이 덜 했고 대신 상념에 사로잡혔다.

미숙은 대담하면서도 영악하다. 옷을 홀라당 벗는 순간에 내가 먼저 만류할 거라고 사전에 예측하고 과감히 행동에 옮긴 거다. 도대체 그녀는 왜 그렇게 다비드를 본뜬 벌거숭이 씨름 선수를 화폭에 담고 싶어 안달인지 이해가 가지 않았다.

한참 시간이 지나니 졸음이 몰려오고 지루하기 짝이 없었다. 실눈을 뜨고 살짝 엿보았다. 심각한 표정으로 작업에 열중하고 있었다. 평상시의 미숙과는 영 딴판인 그리기에 심혈을 기울이고 있는 화가로서 또 하나의 미숙이었다.

눈을 번쩍거리며 나와 화판을 수시로 번갈아 보면서 그림에 몰입하고 있는 모습이 진지하고도 엄숙하였다. 때로는 나와 허공을 쳐다보면서 멍하니 생각에 잠기기도 하고 마음대로 작업이 안 되는지 고개를 여러 번 갸우뚱하기도 하였다.

시간이 꽤 흐른 것 같은데 이제나저제나 하고 학수고대하건만 도통 작업이 완료되었다는 소리가 없어 답답하였다. 땅거미가 지고 어둑어둑할 무렵에 드디어 작업이 끝이 났다.

옷을 챙겨 입자마자 부리나케 빠져나왔다.

산중한담

올겨울은 한두 번 눈발이 날린 적은 있으나 온화한 날씨가 지속돼 겨울답지 않았다. 십이월인가 했더니 벌써 중순에 접어들어 한 해도 얼마 남지 않았다.

매번 그렇듯이 방학 동안에는 K시에 유학하는 학생들과 마을 학생들이 서로 어우러져 마을을 휘젓고 다니는 통에 어수선하고 소란스러웠다. 농사꾼 촌놈들은 은근히 무시당하고 그들이 제쳐 놓지만, 끼려고 넘겨다보지도 않는다. 서로 마주치기라도 하면 아는 체하는 정도이고 대화 나눌 거리도 거의 없을뿐더러 나누지도 않는다. 학생과 촌놈은 확연히 구별되고 차별화되었다. 학생파들이 몰려다니면서 동네 분위기를 흐려 놓고 못된 짓을 했는데, 싸잡아 비난과 질책을 받을 때는 촌놈들 측에서는 어이가 없고 분노가 치밀어 올랐다.

두 파 간에는 보이지 않는 갈등과 질시가 도사리고 있었다. 기껏해야 촌놈들은 사랑방에서 망태기, 삼태기, 소쿠리나 짚신을 만들거나, 뒹굴거리며 마을 일을 화제로 삼아 이야기를 나누고 유행하는 대중가요를 흥얼거리면서 시간을 때우기 일쑤였다. 간혹 추렴이나 단자를 해서 막걸리나 먹거리로 흥겹게 노는 경우도 있지만 그마저도 주머니 사정이 여의치 않아 자주 할 수 없었다.

반면 학생파들은 마을 또래 처녀들을 꼬드겨 한방에 모여 나이롱 뽕 화투를 하거나 다른 놀이를 하면서 먹고 마시며 늦은 밤까지 놀아났다. 전에는 형철의 집에서 주로 모였으나 금년부터는 미숙의 집에서 모여 놀았다. 그녀 오빠가 주동이 되어 형철이 패거리들과 어울려 놀아났다.

그녀의 오빠는 윤광수인데, 박형철보다 두 살 위였다. 광수는 시골에서 무료한 방학을 재미있게 보낼 겸 형철이 패거리들과 자연히 가까워졌고, 대장 노릇을 하면서 애들을 이것저것 시켜 먹는 재미가 쏠쏠할 것이었다. 그녀의 집은 우리 집처럼 외떨어져 있고 바깥어른이 도시에 나가 있어 눈치 보지 않고 맘껏 떠들썩하게 놀 수 있는 좋은 장소였다.

크리스마스가 가까워질 무렵, 마을에 소동이 일어났다. 마을에서 좀 외딴 세 가구가 하룻저녁에 닭과 토끼를 몇 마리 정도 도둑을 맞아 마을이 시끌벅적했다. 다른 큰 것은 전혀 손을 안 대고 작은 것을 손댄 걸로 보아 몇몇 불량배들의 소행으로 보이지만, 당한 집만 속상할 뿐 달리 어찌할 방법이 없었다.

서리는 오랜 풍속으로, 철 따라 수확기의 농산물을 약간 손대는 것은 너그럽게 받아들이곤 했다. 오이는 넝쿨을 상하지 않게 따고 고구마는 뿌리에서 한두 개 캐내는 등 극히 소량을 취했고 절대 작물을 망치지 않는 것이 오랜 철칙으로 여겨졌다. 일부 무뢰한들이 넝쿨이나 뿌리를 손상시켜 농사를 망치거나 심지어 애지중지하는 닭을 서리하는 것은 농가에 막대한 피해를 입히는 절도 행각이라고 보지 않을 수 없다. 무지막지한 놈들은 둥지에 알을 품고 있는 암탉과 알을 통째로 도둑질한다. 닭장 안의 닭은 끽소리 없이 잽싸게 낚아채기가 어려워 손쉽게 알을 품고 있는 닭을 택한 것이었다.

우리 집은 개나 닭 같은 짐승을 키우지 않아 당할 일이 없었지만, 만일 이런 일이 반복된다면 보통 심각한 것이 아니기 때문에 마을이 어수선할 수밖에 없었다.

공공연히 말은 안 해도 방학을 틈탄 학생 패거리들의 짓이려니 하고 수근 대는 사람들이 꽤 있는 것 같았다. 형철을 비롯해 모두 마을 유지의 아들이라 의심은 가지만 모두들 쉬쉬했다. 힘없는 농사꾼과 머슴들이 사랑방에서 작당해 일어난 일로 짐작되었다면 벌써 회관에 끌려가 닦달을 당해도 몇 번은 당했을 것이다. 그들은 모두 순박했다. 농사의 애로를 너무 잘 알기 때문에 남의 농작물에 함부로 손대지 않았다. 밥술깨나 뜨는 집 제삿날이기라도 하면 가끔 사랑방에서 단자한 음식을 나눠 먹지만 서리는 하지 않았다.

며칠 후 내 친구 벙어리 영철이가 나한테 그날 저녁 일어난 일을 알려 주었다. 사랑방에서 집으로 돌아가는데 한 무리가 지나가기에 숨어 지켜보니, 형철이 패거리가 손에 뭔가를 들고 바삐 달아나더라는 것이다.

나는 영철이의 수화를 정확히 해득할 수 있는 사람 중의 하나다. 어두운 밤에 본 것이 확실하지 않기 때문에 절대 발설하지 말라고 신신당부하였다.

그동안 미숙을 대하기가 께름칙하고 민망해서 그 집에 발길을 끊었다. 지난번처럼 우연히 마주치길 바라고 몇 번 주변을 서성거렸으나 그런 행운은 돌아오지 않았다.

　어느 날 오후에 그녀 집을 서성이다 몇 번 망설인 끝에 용기를 내 안으로 들어갔다. 몇 번 헛기침을 해도 인기척이 없어 미닫이문을 열고 안으로 들어가 서재 앞에서 노크를 했다. 그때, 그녀 오빠가 빠끔히 문을 열어 주었다. 밤샘을 했는지 대낮인데도 부스스한 얼굴에 짜증이 가득했다. 안으로 들어가니 그녀는 의자에 앉아 음악을 듣고 있었다. 반가운 마음에 인사를 해도 대꾸도 안 하고 굉장히 못마땅한 표정을 지으면서 날 힐끔 쳐다보더니 휑하니 밖으로 나가 버렸다.

　싸늘한 기운이 감돌았고 주눅이 들었다.

　"무슨 일이야?"

　그녀 오빠인 광수가 인상을 잔뜩 찌푸리고 퉁명스럽게 물어왔다. 분위기가 심상치 않아 돌아설까 했으나 잠시 망설이다 간신히 대답했다.

　"책을 빌리러 왔는디…."

　"그려, 인제 그만 빌려 가. 그리고 책 빌리네 하며 우리 집에 맘대로 들락거리는디 혹씨, 딴 꿍꿍이 속이 있는 거 아니여? 그리고 책을 빌려 가면 읽기나 히여? 뭔 줄이나 알어? 이런 말 하면 섭섭헐지 몰라도 국민학교도 겨우 나왔다며. 심보도 고약하다고 소문이 났더면."

　오랫동안 벼르고 있었다는 듯 속사포처럼 막말을 쏟아 냈다. 광수와 부딪히면 좋은 일은 일어나지 않으리라고는 이미 예감했으나, 막상 면전에서 노골적으로 모욕당하니 피가 거꾸로 솟았다. 두 주먹이 불끈 쥐어지고 면상을 후려갈기고 싶었다.

한참을 똑바로 노려보니 그가 약간 기가 꺾이고 주춤하면서 뒤로 물러섰다. 어깨가 들썩이며 씩씩거리는 호흡을 진정시킬 수 없었고, 더 그 자리에 머물다간 한바탕 싸움박질이 될 것 같아 이빨을 앙다물고 문을 박차고 나왔다.

분을 삭이기 위해 산길을 따라 힘껏 달렸다. 산길을 어느 정도 달려 왔을 때 헐레벌떡거리고 숨이 턱까지 차올라 달리기를 멈추고 천천히 걸었다. 부아가 쉽게 가라앉지 않았다. 형철이 패거리들이 감언이설로 나를 무당의 후레아들에 아주 못된 놈으로 몰아붙인 것이 뻔했다.

광수의 행동은 차치하고라도 미숙의 경멸로 가득 찬 눈빛 하며 쌀쌀한 태도는 도저히 이해가 안 되었다. 나를 보자마자 벌레 씹은 얼굴을 하고 허겁지겁 피해 버리는 뜻밖의 저돌적인 행동은 더욱 부아가 치밀고 말할 수 없는 배신감이 들었다.

생각에 생각을 거듭했지만 갑작스럽게 토라진 이유를 찾을 수 없었다. 이용당한 기분이었다. 분명 좋은 놈이 나타났으니 그녀에게 이젠 하찮고 귀찮은 존재가 되었다는 생각이 드니 부들부들 치가 떨렸다. 화가 난 대로 한다면 그 집에 불을 질러도 분이 안 풀릴 것 같았다.

뚜렷한 잘못 없이 배척당하고 천대받으면서 꼭 살아야 되나 하는 생각이 미치자, 오늘따라 더욱 외롭고 서글퍼지면서 나도 모르게 눈물이 쏟아졌다. 정상을 향하여 온 힘을 다해 지쳐 쓰러질 때까지 내달렸다. 기진맥진하여 바닥에 털썩 주저앉아 하늘을 쳐다보며 악을 바락바락 질러 댔다. 솜털 같은, 유난히 흰 구름만 군데군데 있을 뿐

청잣빛 하늘은 더없이 맑았다.

평소의 나답지 않은 행동이었다. 산의 참주인은 들짐승과 날짐승을 비롯해 온갖 벌레들이며 사람은 손님에 불과하다는 어느 수필을 본 후로는 함부로 소리를 지르지 않았다. 나무를 할 때도 죽은 나무나 삭정이를 취하고 싱싱한 나뭇가지는 여간 손대지 않았다. 더구나 어린 나무를 밑동째 싹둑 자르는 짓은 절대 하지 않았다.

며칠간 두문불출하다 교회에서 부탁을 해 크리스마스 전야제 준비를 도와주기로 했다. 내가 어렸을 적부터 크리스마스 교회 행사는 교인들뿐만 아니라 인근 어린이들을 비롯해 청소년들의 축제로 자리매김해 왔다.

풍족하지는 않지만 먹을거리와 볼거리가 있고 농한기라 사람들이 평소보다 많이 붐볐다. 전야제는 평소 저녁 예배보다 일찍 시작했다. 청년부에 속한 나는 다른 사람보다 바쁘게 움직였다.

맡은 임무는 연극 '예수탄생'의 공연을 위해 무대 뒤에서 뒷바라지하는 역할이었다. 어린이들로 구성된 연극 공연이라 대사부터 복장까지 점검하고 확인한 후 적시에 무대에 올라가도록 해야 했다. 무대에서 연극이 진행되는 것을 무대 뒤에서 촉각을 곤두세워야 했다. 제때 등장인물을 무대에 등장시키지 않으면 연극의 맥이 끊어지고 웃음거리가 되기 일쑤였다.

나름대로 열심히 연습하고 만반의 준비를 갖춰 성공리에 연극을 마쳤다고 참가한 사람들은 모두 안도하고 기뻐했지만, 관객들은 별로 뜨거운 반응이 아니었다.

60년대 후반부터 농촌 마을에 전기가 들어오면서 생활에 큰 변화를 가져왔다. 축음기 대신 전축이, 광석 라디오 대신 진공관과 트랜지스터라디오로 대체되었다. 특히 흑백텔레비전은 엄청난 변화를 가져왔다. 보급 초반에는 각 마을에 한두 집 정도만 보유할 정도로 부의 상징이었으며 사람들은 저녁 늦게까지 텔레비전에 빠져들었다.

자연히 마을회관이나 사랑방에 모여 다정하게 대화를 나누는 모습이 드물어졌고 공동체 관념이 희박해지는 것 같았다. 농한기에는 가설극장이나 서커스단이 농촌을 순회했으나 종전처럼 호응이 좋지 않아 사라지기 시작했다.

각종 신식 전자 제품이 나오면서 너도나도 그것을 사고 싶어 했고, 무리해서 구입하는 가정도 종종 있었다. 약삭빠른 장사꾼들은 재빨리 월부 제도를 도입했고 심지어 높은 이자를 붙여 수확 철에 나락으로 갚는 조건으로 약정하고 사전 인도하는 경우도 있었다.

텔레비전을 통해 볼거리도 많아지고 수준도 향상되었는데 매년 되풀이하는 고만고만한 연극에 감명받는다거나 그것을 재미있어할 리가 없었다.

교회 구석구석을 살펴보아도 정애는 보이지 않았다. 무슨 일이 있나 하고 은근히 걱정이 되었다. 예배가 끝나고 청년부의 뒤풀이가 있으나 참석하지 않고 곧장 정애 집으로 달려가 동정을 살폈으나 아직 초저녁인데도 쥐죽은 듯 조용했다.

주위를 서성거리다 집으로 발걸음을 옮기려는 순간, 멀리 어둠 속에서 정애가 나타났다. 손에 성경이 들린 것을 보아 크리스마스 전야 예배를 보고 집으로 돌아오는 중일 것이다. 정애에게 다가가 반갑게 맞이했으나 정애는 나를 보고 멈칫 물러섰다. 그동안의 안부를 물었다.

"요새 뭔 일이여? 통 교회에도 낯을 볼 수가 없으니, 집안에 뭔 일이 있는 거여? 얼굴이 수척해 보이네. 어디 아픈 거여?"

내 말에 대꾸도 안 하고 대문 앞으로 달려가 나와는 상당한 거리를 두고 앙칼진 목소리로 따발총처럼 쏟아냈다.

"남 이사 아프건 말건 뭔 상관이람. 번지수 잘못 찾은 거 아니여? 그 여시 같은 년 걱정이나 허지. 헛물켜지 마. 그 여시가 동네 건달들 홀려서 어울린다고 소문났어. 주제 파악이나 히여. 너도 닭 쫓던 개새끼 신세 될 거구만. 더러운 새끼."

욕을 퍼붓고 대문을 박차고 들어가면서 더 이상 내 앞에 나타나지 마. 꼴도 보기 싫어, 하고는 문을 꽝하고 닫아 버렸다.

숨 쉴 겨를도 없이 일방적으로 쏴붙이고 황급히 들어간 정애에게 뭐라고 말할 틈도 없이 세게 귀싸대기를 한방 얻어맞은 기분이었다. 어리벙벙하고 황당해서 그 자리에 얼어붙어 버렸다. 옴짝달싹하지 않고 정애가 사라진 대문을 뚫어져라 쳐다보고 화를 삭였다.

집으로 가는 대신 저수지로 방향을 틀었다. 둑에 오르자 쌀쌀한 바람이 불고 한기가 옷깃을 파고들었다. 삼성산의 세 봉오리는 짙은 안개에 휩싸인 채 언제나 변함없이 그 장엄한 자태를 희미하게 드러내 놓고 있었다.

산등성이 어둠 속에 희뿌옇게 굽이굽이 세 봉우리와 이어져 마치

용이 막 승천하려는 모습 같았다. 가까이서 보면 가까운 대로 또 멀리서 보면 먼 대로 그 아름다운 자태와 웅대함에 절로 경건해지고 겸손해졌다.

산은 내게 남다른 특별함이 있다. 산은 바라보는 자체만으로도 어머니의 품처럼 아늑하고 평안함을 안겨 주었다. 특히 밤에 보는 산은 고요하고 아늑해 마음을 더욱 안정시켜 주었다. 찬 공기를 폐 속 깊이 들이켜면서 둑을 걸었다. 세찬 바람에 물결이 제법 높이 파동을 일으키며 둑까지 밀려와 철썩거리며 부서지곤 했다.

오늘과 지난번 일로 가슴속에 큼직한 앙금 덩어리가 돌아다니는데 저 물결처럼 급자기 부서졌으면 하고 바랐다. 제방 끝자락에 다다른 듯싶을 즈음에 늪지 풀숲에서 한 무리 물오리 떼가 갑자기 푸드덕거리며 날아올랐다. 갑작스러운 푸드덕 소리에 놀라서 움칫했다. 물오리의 안식을 방해했으니 미안한 감이 들었다. 강추위로 물이 얼어 버리면 저수지에서 살던 물오리는 어디로 가고 먹이를 어떻게 구할까 하는 궁금증이 생겼다. 둑을 거닐며 다른 너저분한 상념은 잊어버리고 오직 그 궁금증만 생각하려고 무던 애썼으나, 요사이 잊고 싶은 기분 나쁜 일들이 머리에 자꾸 비집고 들어왔다.

그날 이후 며칠간 겨울잠을 자는 동물처럼 바깥출입을 일절 하지 않았다. 끼니때마다 손수 끼니를 챙기고 군불을 지피는 일이 여간 귀찮은 일이 아니었으며 사내놈이 궁상스럽기 그지없었다. 산골 자락 후미진 집은 한겨울에 적막하다 못해 을씨년스러웠다.

하루는 어머니가 보낸 편지를 갖고 우체부가 방문했다. 마침 점심때라 점심을 대접하기로 했다. 점심을 준비할 때부터 우체부 아저씨는 쉴 새 없이 말을 해 댔다. 사십대쯤 보이는 아저씨는 얼굴도 둥글넓적하니 호감이 가는 형인데, 구수하게 말도 잘해 입담이 여간 장난이 아니었다. 우체부 아저씨가 조금 머물렀을 때는 분위기가 훈훈했는데 그가 떠나니 더 고적한 느낌이 들었다. 사람의 체취와 훈기가 얼마나 중요한가를 새삼 깨달았다.

어머니는 매년 동절기 무속일로 섬에 체류 중일 때 아들을 끔찍이도 사랑하는 것처럼 꼭 안부 편지를 보냈다. 내년 음력설쯤 집에 올 것 같다는 내용이었다. 글씨가 지렁이 기어가듯 제멋대로 꾸불거리고 문맥을 이해하기가 어려웠으나 이젠 많이 익숙해졌다. 학교 문턱도 밟아 본 적이 없고 그 누구의 가르침 없이 홀로 한글을 깨우쳤다는 것이 대견스러웠다. 좋은 남자 만나 팔자라도 고쳤으면 오죽 좋으랴만 외롭게 과부로 무당일에만 얽매여 사니 참으로 안타까울 때가 많았다.

나도 어머니의 그늘에서 벗어나 자유롭게 독립하고 싶었다. 서로가 부딪히지 않으며 홀가분하게 사는 것이 두 사람에게 모두 더할 나위 없이 좋은 일이 될 것이다.

금년도 하루밖에 남지 않았다. 양력설이 내일이다. 60년대가 역사의 뒤안길로 사라지고 희망에 넘치는 70년대가 다가왔다. 나도 양력설에 이어 음력설이면 우리 나이로 열아홉이 된다.

60년대에는 농업에 많은 변화가 있었다. 우리 마을은 다른 마을에 비해 뒤떨어졌으나 최근 몇 년 사이 농로를 넓히기 시작해 리어카와 경운기가 농사와 운반 수단으로 널리 사용되었다.

농기계가 드나들 수 있도록 농로를 넓히는 구획 정리 사업이 본격적으로 시작되었으나 진척이 너무 더뎠다. 한 뼘의 땅이라도 농로에 편입되는 것을 선뜻 포기하지 못하는 농부의 심정과 서로 이해관계가 얽혀 있어 사업 진행이 느릴 수밖에 없었다. 우리 마을은 아직 농로 정리가 되지 않은 논이 다른 마을에 비해 무척 많은 편이었다.

동력 경운기가 60년대 초에 보급되기 시작해 농촌에 폭발적으로 늘어났고, 소가 하던 땅 갈기, 흙 부수기, 땅 고르기 작업이 대체되면서 농사의 편의와 효율성에 대단한 기여를 했다.

60년대 중반에 우리나라도 산업 근대화에 뒤늦게 뛰어들어 박차를 가했고, 이는 국제 경쟁력을 감안하여 단연 값싼 임금으로 제품을 생산할 수 있는 노동 집약적 경공업 중심이었다. 가발, 편직, 방직, 섬유 산업이 공업화로 급성장함에 따라 농촌의 인력, 특히 여자애들이 도시의 공장으로 물밀듯이 몰려갔다.

읍내나 인근 도시의 공장이나 공사장에서 품팔이를 하는 장년이 늘어만 가고 농번기 때 대농가는 일꾼 구하기가 어려워졌다.

더 나은 삶을 찾아 농촌을 떠나는 사람들이 눈에 띄게 많아졌다. 젊은이들이 청운의 꿈을 안고 도시로 대도시로 떠났다. 젊은 사람들이 막연히 도시를 동경하는 풍조가 전염병처럼 빠르게 번져 나갔다. 대농가는 매년 머슴 구하기가 힘들어졌고 몸값도 껑충 뛰었다.

마을 일이나 애경사도 예전같이 적극적으로 내 일처럼 팔 걷어붙이고 나서지 않았다. 상부상조 정신이 옅어지고 각자 실속을 챙기는 이기심이 앞섰다. 이는 도시 산업화의 산물일 것이다. 상갓집에서는 상여 상두꾼을 비롯해 일꾼을 구하지 못해 쩔쩔매기 일쑤여서 상두계가 갑작스럽게 늘어날 정도였다. 상두계는 서로 품앗이로 상두꾼을 하는 계다. 농사도 대농가 위주로 기계화되고 상여가 없어질 날도 머지않았다고 어른들은 이구동성으로 말하곤 했다.

70년내에는 농촌이 어떻게 변하고 나는 격변하는 시대에 어떻게 살아야 되나 하고 기대 반 걱정 반으로 양력세모를 맞이했다. 오늘로써 기분 나쁘고 운 좋지 못했던 일들은 깡그리 잊어버리고 다시 시작하자. 내일은 70년대를 시작하는 첫해라서 그런지 다른 해보다 새 시대에 대한 기대감에 한껏 부풀었다. 내일은 새날이다.

날씨가 온화해서 오후에 산책을 나갔다.

산 입구 쪽에 거의 다다랐을 무렵, 인기척이 있어 살펴보니 멀리서 희미하게 하산하는 사람이 보였다. 몸을 피해 자세히 살펴보니 가까이 다가올수록 뚜렷해졌다. 형철과 미숙이었다.

형철이 미숙을 껴안고 희희낙락거리며 오고 있었다. 그 볼꼴 사나운 모습을 보니 나도 모르게 숨소리가 쌕쌕거려지고 눈에 쌍심지가 솟구쳤다. 달려가 형철을 실컷 두들겨 패 묵사발을 만들고 싶었으나 뒷감당이 두려워 아랫입술을 꽉 깨물며 참아 내자니 피가 거꾸로 솟아올랐다.

눈꼴사나운 광경을 목격하면서 울화통이 터져 몸이 달아올랐는데 갈림목에서 두 사람은 한참 서 있더니 악수를 하고 헤어졌다.

몸을 돌려 급히 미숙이 갈 방향의 길목을 지켰다. 가까이 다가왔을 무렵, 내가 나타나 앞을 가로막으니 그녀는 큰 눈을 더욱 크게 뜨고 겁에 잔뜩 질려 달아날 채비를 했다.

갑작스러운 일이라 놀랄 수도 있겠지만, 불쑥 뛰쳐나온 상대가 다른 사람 아닌 나라서 무뢰한이라도 본 듯 돌연 뱀을 마주친 듯 곤혹스러운 표정이 역력했다.

그녀가 도망가지 않고 내 말을 끝까지 듣게 하려고 일정한 거리를 유지한 채 차분하고 낮은 소리로 말했다.

"나는 처음으로 남자로서 이성에 눈뜨고 너를 좋아하게 되었어. 너와 같이 있으면 즐거웠고 행복했어. 그런데 내가 너헌테 아무런 잘못한 것도 없는디. 쌀쌀맞게 돌아섰는지 알 수가 없구먼. 형철이 새끼허고 그리 가까울 수 있어? 정말 배신감이 드는구먼."

여차하면 달아날 수 있도록 상당히 거리를 두고 어이없다는 표정으로 단호하게 말했다.

"넌, 나를 마치 못된 년 취급하며 배신 어쩌구 허는데. 너 정말 웃긴다. 그리 안 보았는디. 오늘 보니 아주 형편없고 더럽네. 니허고 약혼이나 결혼헌 것도 아니고 뭘 약속한 것도 아닌데. 니가 뭔디 날 구속허는 거여. 내가 누구허고 친하든 놀아나든 뭔 상관이어. 참 별꼴 다 보겠네."

미숙은 말을 마치자 곤란한 상황을 빨리 벗어나려는 듯 황급히 뒤돌아 뛰기 시작했다. 위험한 상태가 아니면 그녀는 더 심한 모욕적인 언사를 퍼부었을 것이나 적당히 마무리하고 자리를 피한 것 같았다.

그녀 말대로 그동안 우리 두 사람의 관계는 처음부터 끝까지 아무런 사이도 아닐 뿐이니 만남도 헤어짐도 어떤 의미가 있을 리 없었다. 그녀에게 배신 운운하는 자체가 사내답지 못하게 질시하여 어깃장 놓은 꼴이 되고 말았다. 담담하게, 미련과 아쉬움이 없다는 의연한 태도로 웃으며 헤어졌으면 좋으련만 쪼다 같은 꼴이 되고 말았다.

멍하니 사라져 가는 그녀의 뒷모습을 바라보다 터벅터벅 오솔길을 향해 걸었다. 겨울 산은 사람도 오를 일이 별로 없어 적막하기 짝이 없었다.

소나무와 잣나무만이 동장군 앞에 끄떡없이 유난히 푸르름을 더하고 활엽수와 잡목들은 무성했던 잎을 다 떨구어 버린 채 벌거숭이 모습으로 창공을 바라보고 있었다.

석양 무렵 찬바람이 능선을 타고 밑으로 불어 닥쳐왔다. 나뭇잎들은 바람결에 이리저리 뒹굴고 발길에 밟히는 낙엽은 바스락거렸다. 때가 되면 나무들은 스스로 미련 없이 벗어 버리고 겨울 동안 준비하여 봄이 되면 새롭게 단장한다. 사람도 나무처럼 고달프고 애달픈 사연 등 기억하기 싫은 일들은 훌훌 털어 버리고 새로 시작할 수 있다면 좋으련만.

기억을 뜻대로 완전히 지워 버리지 못하고 한구석에 잔영이 살아 있어 문득문득 떠오르니 달갑지 않은 회상이었다. 어느 고승의 열반송을 읊조렸다.

청산은 나를 보고 말없이 살라 하고

창공은 나를 보고 티 없이 살라 하네.
사랑도 벗어 놓고 미움도 벗어 놓고
물같이 바람같이 살다가 가라 하네.

새해 초순 어느 날, 종일 하늘에 먹구름이 끼고 바람이 세차게 불었다. 밤에는 창문이 흔들릴 정도로 바람이 몰아치다 차츰 잠잠해지더니 함박눈이 오기 시작했다. 올겨울에는 싸락눈이 한두 번 오고는 눈다운 눈이 오지 않았다. 창문을 통해 눈 내리는 모습을 보다 설야의 풍경을 보고 싶어 밖으로 나갔다.

허공과 땅 모두 어둠에 감싸인 채 함박눈이 바람을 타고 나부시 내려앉았다. 천지가 잠들어 고요함 속에 눈은 사뿐히 내려앉고 내린 눈은 소복소복 쌓여 갔다. 한밤에 눈발을 맞이하니 은은하고 그윽한 정취가 가득하여 깊은 감흥에 젖었다.

앞이 트인 길가 언덕 위에 올라 마을을 바라보았다. 대밭과 나무가 군데군데 있어 확 트여 있지 않지만 그런대로 마을을 조망할 수 있었다. 평소에는 불빛이 아른아른거렸으나 전혀 불빛을 느끼지 못하고 함박눈만 눈앞에서 어른거렸다.

마을은 깊고 깊은 잠에 빠져들었다. 암흑의 나락으로 떨어진 침묵의 심연 같았다. 대밭에서 바람과 눈 내리는 소리가 뒤섞여 어렴풋이 들려왔다.

대나무 숲의 바람 소리는 숲이나 들녘에서 부는 바람과 차이가 있다. 온화한 날씨에 대나무 잎을 스치고 지나가는 바람 소리는 은은하고, 태풍에 센바람이 휘몰아치기라도 하면 윙윙거리며 요란스럽다.

대나무에 내려앉는 오늘 밤 함박눈 소리는 아늑하고 그윽했다. 한밤의 함박눈을 맞으며 암흑 속의 또 다른 세계를 바라보니 우울했던 기분이 한결 가벼워졌다.

밤사이 내린 눈은 아침에 일어나 보니 발 딛으면 푹푹 빠져 거의 무릎 높이 정도로 엄청 쌓여 있었다. 삼성산은 눈으로 덮여 있고 멧부리는 안개에 감싸여 하늘과 산이 맞닿아 보였다. 능선을 따라 너른 벌판으로 하얀 눈이 이어져 온 세상이 은색으로 뒤덮여 경계를 무너트렸다. 논, 밭, 산야가 그저 은색일 뿐이었다. 내 것 네 것 모두 하나 되었다. 햇볕은 대지 위에 내리쬐어 알갱이들이 마치 보석처럼 반짝거렸다. 짙은 청자색 하늘과 설야는 은은하고 고즈넉한 동양화 한 폭을 보는 것 같았다.

넉가래로 집 주변 눈을 치우면서 살펴보았는데 대나무는 꿋꿋하게 서 있는 반면, 덩치가 큰 나무 두세 그루는 가지가 부러져 널브러져 있었다.

대나무 같은 무르고 약한 것이 오히려 단단하고 강한 것보다 더 잘 견디는 이유는 몸을 맡겨 비바람의 방향에 따라 움직이기 때문일 것이다. 자연의 순응에 길들여져 있다.

금년 겨울에 당분간 마을에 내려갈 일이 없지만 눈길 트기 제설 작업을 시작했다. 우리 집에서 미숙의 집 옆으로 마을 안 동네까지 길이 나 있었다. 넉가래와 삽으로 번갈아 가면서 한 사람이 다닐 수 있도록 길을 터 나갔다.

조금 쌀쌀한 날씨지만 곧 땀으로 흠뻑 젖었다. 녹초가 되어 간신히 그녀 집 앞까지 길을 텄으나 맥이 탁 풀렸다. 길은 고사하고 아예 대문 앞까지 그대로 쌓여 있었다.

전에는 월산양반 댁까지 작업을 하면 마을 안까지 훤하게 눈길이 열려 피로가 싹 가시고 기분이 상쾌했었다. 부지런한 월산양반은 꼭 나보다 먼저 마을 앞길까지 깨끗이 제설 작업을 하곤 했다.

약이 바짝 오르고 울화가 치밀었다. 폭설에 손 하나 까닥하지 않다니 미숙이네는 시골에 살 자격이 없는 야비하고 이기적인 사람들이다. 때려치울까 하고 몇 번 망설였으나 지금까지 한 일이 헛수고로 돌아가는 게 아까워 울며 겨자 먹기로 별수 없이 독박을 쓰기로 했다.

일을 다 끝내고 온몸이 뻐근하고 지근거리는 몸을 이끌고 그녀 집 앞을 지날 때 아주머니가 나와서 정중히 사과하며 따끈한 음료와 간식거리를 건네주었다. 아들한테 눈을 치우라고 채근했으나 막무가내니 무척 속상하다면서, 다음에는 그런 일이 없도록 하겠다며 무척 미안해했다.

눈 녹듯이 기분이 풀렸고 화가 누그러졌다. 좋은 어머니 밑에 막된 아들이라니 인력으로는 어쩔 수 없는 일로 치부해 버리자니 어쩐지 씁쓸한 생각이 들었다.

이틀간 날씨가 좋아서 눈이 많이 녹았다. 겨울 산행을 작정하고 옷을 단단히 챙겨 입고 장화에 새끼를 칭칭 동여매고 점심으로 고구마와 산짐승 먹을거리를 조금 준비하여 등산에 나섰다.

산 초입 부근에 산짐승들을 위해 생고구마와 줄기를 놓아두었다.

꿩이라든가 날짐승을 위해서 곡식을 많이 뿌려 놓으면 좋으련만 여의치 못해 조금밖에 뿌려놓지 못했다.

능선을 따라 중간쯤 올라온 듯했는데, 조금 떨어진 옆 골짜기에서 인기척이 났다. 근처 바위 밑에 몸을 최대한 낮추고 동정을 살폈다. 개가 아래로 내달린다 싶더니 이내 두 발의 총성이 고요한 산을 굉음으로 뒤흔들어 놨다.

사냥꾼이 개가 몰아다 준 사냥감을 향해 발사한 것이다. 사냥개는 어떤 낌새를 눈치챘는지 내 쪽을 바라보며 몇 번 짖어 댔으나 사냥꾼은 전혀 알아채지 못했다. 바닥에 쓰러져 있는 토끼를 배낭에 쑤셔 넣고는 유유히 사냥개와 함께 산 밑으로 내려갔다.

현장에 가 보니 흰 눈 위에 시뻘건 피가 선명하게 홍건히 젖어 있었다. 참혹한 현장을 보고 있자니 숨이 칵칵 막히고 가슴이 답답하게 죄여 왔다.

사냥꾼을 죽이고 싶도록 증오가 끓어올랐다. 경우에 따라서는 인간들이란 이렇게 피도 눈물도 없는 냉혈한이 될 수 있다니 섬뜩하고 소름 돋았다. 제아무리 말 못 하는 짐승일지라도 귀한 생명줄을 무자비하게 단숨에 끊어 버리다니 잔인하기 짝이 없었다.

자신의 생명이 귀하듯 모든 생명체도 고귀하다. '아무도 생명을 함부로 다룰 권리를 부여받지 못했다'는 것이 평소 내 지론이다.

어렸을 적에 곤충을 잡아 장난을 치다 어머니에게 된통 혼나고 얻어맞은 후부터 생명 소중함을 깨달았다. 국민학교 시절, 애들이 개구리를 잡아 다리를 찢고 곤충을 잡아 죽이는 광경을 목격하면 말리고 혼내 주다 싸움이 일어나기도 했다. 심지어 뱀을 잡아 땅에 놔두면 땅 기운을 받아 다시 살아난다고 나뭇가지에 걸쳐 놓는 등 못된 장난을 치는 애들도 있었다.

겨울 적설기에 먹이를 구하려 짐승들이 산 아래로 내려오는 것을 노려 올가미나 덫을 놓거나 꿩을 잡기 위해 청산가리를 넣은 콩을 뿌려 놓아 남획하는 야비한 악질들이 있다. 최근에는 땅꾼들이 외지에서 몰려와 늦은 가을에 동면을 위해 산 위로 기어오르는 뱀들을 망으로 싹쓸이해 가는 망나니짓을 서슴지 않았다. 눈에 띌 때마다 걷어 내고 치워 버리지만 혼자의 힘만으로 악랄한 짓을 막기에는 어림 반 푼어치도 없었다.

정상 밑에 도착했을 때는 한나절이 지난 것 같았다. 고구마로 끼니를 해결하고 한참 쉬었다 정상을 도전하기로 했다. 빙설의 암벽을 오르는 것은 많은 위험을 감수해야 되고 온 신경을 곤두세워 한 발자국 한 발자국 조심스럽게 등반해야 한다.

고생스럽고 힘든 만큼 충분히 보상을 받을 수 있었다. 정상에 오르면 시야에 펼쳐진 벌판과 K시의 유명한 산이 아련히 보이는 등 광경이 장관이다. 특히 정상에서 조망하는 설경은 형언할 수 없을 정도로 너무도 아름다워 감탄이 절로 터져 나왔다.

쾌청한 날씨였는데 구름이 끼기 시작하니 날씨가 어떻게 변할지 모르고 겨울 낮은 무척 짧으니 서두르지 않을 수 없었다. 세찬 바람을 맞으며 바위 위를 향해 엉금엉금 기어 올라갔다. 숨이 헉헉거리고 온몸이 땀으로 흠뻑 젖었다.

마지막 한 발을 정상에 내디딘 순간, 찬바람이 엄습해 오고 시야가 널따랗게 전개되니 마치 개선장군처럼 승리감에 도취되었다.

안개가 자욱하여 K시의 산은 보이지 않지만 옹기종기 모여 있는 마을과 흰 이불을 덮고 잠든 무변광야를 바라보며 한동안 무아경에 빠져들었다. 암벽 정상에서 우아한 풍취에 흠뻑 취해 있을 때 짙은 구름이 하늘을 뒤덮어 곧 눈이라도 퍼부을 것 같았다.

아쉽지만 서둘러 산을 내려와야 했다. 오후 시간이 상당히 경과된 듯한데 해를 볼 수 없어 시간을 어림할 수 없었다.

정상에서 내려와 주위를 살펴보니 낯설었다. 올라간 지점이 아니고 엉뚱한 곳이었다. 삼성산의 이쪽 방향은 수없이 오르락내리락거려 나름대로 훤히 꿰뚫다시피 하는데, 눈이 쌓이고 구름이 검게 끼었기로서니 도저히 분간할 수 없다니 어이없었다.

사방을 살펴보아도 내 발자취나 내리막길을 찾을 수 없었다. 한참을 망설이면서 주변 지형을 세심히 살폈다. 산마루를 기준으로 사방을 두리번거리면서 지팡이로 한 발 한 발 짚어 가면서 마을 뒷동산 방향으로 걸음을 떼었다.

그동안 기온이 내려가 결빙돼 상당히 미끄러웠다. 연신 길을 찾아보지만 낯선 풍경만 이어졌다. 날은 점점 어두워지고 마을 쪽으로 하산하는 안전한 길을 찾지 못해 조급하고 초조해졌다.

그때, 순간 몸이 기우뚱하더니 엉덩방아를 찧고는 곧장 낭떠러지로 곤두박질쳤다. 급경사인데 눈에 뒤덮여 평지처럼 보인 것이다.

눈 때문인지 별로 다친 데는 없었다. 숨을 돌리고 다시 하산하려고 하는데 근처에 이상한 점이 눈에 들어왔다. 눈이 흩어져 있고 주위가 산만했다. 발자국이 몇 군데 흐트러져 있는데 사람 발자국 같았다. 겨울 산행을 자주 하다 보니 눈 위의 발자국을 식별할 능력이 생겼다. 가끔 눈에 띄는 토끼나 노루 같은 짐승의 발자국도 알 수 있게 되었다.

도저히 믿기지 않지만 몇 번 살펴보아도 분명 사람의 발자국이었다. 이 깊은 산속에 사람의 발자국이 있을 리 만무한데 내 눈을 의심할 수밖에 없었다. 주변을 샅샅이 훑어보니 동굴이 있었는데 날씬한 사람이 겨우 기어 들어갈 정도로 입구가 좁다랬다. 지팡이를 방패 삼아 숨을 죽이고 살금살금 기어 들어갔다. 동굴 안은 의외로 넓었다.

그때였다. 어둠 속에서 시커먼 물체가 눈에 확 들어왔다. 너무 갑작스럽게 공포가 엄습해 와 뒤로 나자빠질 뻔했다. 재빨리 도망치려는 순간, 사람의 목소리가 들려왔다.

"젊은이, 사람이네. 무서워 말게. 자네를 해칠 것은 이 동굴에는 아무것도 없으니. 길을 잃은 게로군."

그 말을 듣고 나니 조금 진정되었으나 아직 안심할 단계는 아닌 듯해 경계를 늦추지 않았다. 지팡이를 한 손으로 꽉 잡고 단단히 경각심을 갖고 여차하면 도망갈 준비를 하였다.

입구 쪽에 몸을 붙이고 상당한 거리를 둔 채 앞을 쳐다보았다. 온통 검은색 복장을 한 사람이 등 돌려 앉아 있었다. 차츰 어둠에 익숙해지면서 그 사람의 윤곽이 드러났다. 앉아서 기도를 하는지 참선을 하는지 미동도 하지 않았다. 우리 두 사람 사이엔 오랜 침묵이 흘렀다. 기도가 끝났는지 뒤돌아서 나를 뚫어지게 쳐다보면서 나지막한 소리로 말을 걸었다.

"어느 동네서 살지? 길을 잃은 모양인디. 이런 깊은 산속에 엄동설한에는 사람 꼬라지 그림자도 구경 못 한다네."

길게 늘어뜨린 검은 수염이 온 얼굴을 제멋대로 덮었는데, 유난히 눈동자만 반짝거렸다. 검은 더벅머리에 수염이 거뭇거뭇해서 노인은 아니고 사오십대쯤의 장년으로 보였다.

"요, 아랫마을 인촌리에서 사는데요. 자주 이 산을 오르는디, 오늘은 눈 때문에 길을 놓쳤구만요."

"인촌리에서 산다고. 근디, 오늘 같은 눈밭에 뭐로 산에 와 고생을 허지?"

"산을 무척 좋아하서, 정상에서 눈 쌓인 벌판을 바라보면 한없이 즐겁고 맴이 탁 풀려서…"

"곧 어두워질 테니 빨리 내려가야겠구먼. 내가 길을 가르쳐 줄게. 이 산은 내 손바닥 보듯이 훤허지."

그 사람은 약간 큰 키에 마른 편이었다. 그는 앞장서서 내가 내려왔던 길을 되짚어 성큼성큼 올라가는데 뒤따라가기가 힘이 들었다. 능선 꼭대기에 다다르자 내려가는 길을 자세히 알려 주었다.

"이 능선 아래로 한 시간 정도 내려가면 자네 동네로 가는 길이 나올 거여. 어때, 혼자 갈 수 있겠어?"

"밑으로 내려가면 마을로 가는 길을 찾을 수 있겠고만요."

"산 앞에선 자신허지 마. 항상 겸손해야 돼."

"예, 저도 그리 생각하구만요."

정상에서부터 서 있는 위치까지 관망해 보니 암벽을 내려올 때 약간 벗어난 것을 알 수 있었고, 그 사람이 제시한 길을 따라 내려가면 마을 길과 이어질 거란 확신이 섰다. 이제는 완전히 방향 감각이 되살아났다. 다시 동굴을 찾아올 수 있도록 주위를 익혔다.

정중하게 감사 인사를 드리고 산을 내려왔다. 얼마쯤 내려와 뒤돌아보니 그가 내 모습을 지켜보고 있었다. 되돌아가라고 손짓을 하고는 깊숙이 허리 꺾어 인사했다. 길을 잃고 무척 고생할 뻔했는데 뜻밖에 동굴의 남자를 만나 운이 좋았고 그 아저씨가 무척 고마웠다.

집에 도착하니 밤이었고 몸은 파김치가 되었으나 무사히 도착했다는 안도감에 기뻤다.

심한 몸살에 감기가 겹쳤다. 끼니도 챙기기 귀찮아 거의 굶다시피 했다. 눈이 다 녹은 후에 강추위가 이어지더니 날씨가 많이 풀렸다.

전번에 산에서 만난 아저씨에게 감사도 드리고 궁금한 점도 알아볼 겸 동굴을 찾아가기로 했다. 점심거리와 쌀과 고구마를 약간 챙겨 갔다.

동굴에 도착하니 점심 무렵이었고 헛기침을 하고 안으로 들어가니 아무도 없었다. 안을 둘러보았다. 전에 봤던 것보다 더 넓어 보였다. 이런 곳에 이렇게 넓은 굴이 있었다니 놀라웠다. 그동안 수없이 오르락내리락하는 산행에서 조금 벗어났다고, 지금까지 까마득히 몰랐다니 어안이 벙벙하고 어이가 없었다.

뒷동산 중턱쯤 관목과 아까시아가 우거진 후미진 곳에 작은 토굴이 있었는데 은밀하고 음산했다. 일제 시대에 만들어진 방공호였는데 육이오 사변에는 장정들의 피난처로 겨우 두세 사람이 앉아 있을 정도로 비좁았다. 초동들의 비밀 놀이터로 이용되곤 했으나 지금은 붕괴되어 흔적조차 찾아볼 수 없었다.

이 동굴은 넓고 햇볕이 들어와 아늑하고 따스했다. 여름에는 시원할 것 같았다. 그런데 사람이 거처한다고 볼 수 없을 정도로 살림살이가 없었다. 안쪽에는 한 사람이 누울 정도로 가마니와 깔판이 깔려 있고, 한편에는 담요와 옷가지가 놓여 있는데 취사도구는 보이지 않을 뿐더러 불을 이용한 흔적이 없었다.

도대체 이 사람은 뭘 먹기라도 하는지 첩첩산중 엄동설한에 변변치 않은 담요로 어떻게 버텨 내는지 의아스러웠다. 지난번 하산 때부터 무슨 사연이 있어 홀로 산중 생활을 하는지 궁금증이 내내 나를 사로잡았다.

쌀과 고구마를 놓아두고 굴을 나왔다. 주변을 둘러보아도 그 아저씨는 보이지 않았다. 정상을 오르기로 했다. 정상에 오르니 그 아저씨의 등이 보였다. 너럭바위 옴폭 파인 평평한 곳에 가부좌를 틀고 앉아 삼매경에 빠져 있었다. 방해가 될까 봐 멀찍이 자리를 잡고 그의 뒷모습을 조용히 지켜보았다.

정상이라 바람이 쌀쌀했으나 미동도 하지 않은 채 참선에 몰입해 있었다. 지난번에는 그의 눈빛이 유난히 강력하다는 인상 외에 범부와 별 차이를 못 느꼈는데 지금은 범상치 않게 보였다.

속세의 고뇌에서 해탈해 열반에 오른 고승 같기도 하고 도를 갈고 닦아 경지에 오른 도사나 선인 같았다. 어떤 화두를 가지고 참선을 할까, 무슨 깊은 상념에 빠져 있을까, 이것도 저것도 아닌 무상무념의 무아지경에 빠져 있는가, 하는 의문이 꼬리에 꼬리를 물었다.

몸과 마음이 합일되었는지 몸을 벗어나 영혼은 이 자리에 없고 멀리 선경에 가 있는지 이런저런 상상을 하면서 앉아 지켜보았다. 바로 그때였다.

"일전에 만났던 젊은이가 왔구만. 추운데 왜 그렇게 앉아 있는 거야. 그날은 잘 갔어?"

그는 자세를 전혀 흩트리지 않은 채 말을 꺼냈다. 전혀 눈치채지 못하도록 꽤 거리를 둔 채 숨죽이고 있었는데 처음부터 알아차리고 있었다니 신기했다.

뒤도 돌아보지 않고 내가 올라와 있었던 것을 정확히 알다니 비상한 능력을 지녔다고 느꼈다.

"동굴에 가 보니 아저씨가 안 계셔서. 이왕 온 김에 꼭대기까지 올라가 보자 히서 왔는디. 아저씨께서 참선에 빠져서 끝나기를 기다렸구만요."

"그려, 볼일이라도 있남?"

"지난번 일도 고마웠고 히서… 근디, 아저씨는 뒤에 눈이 있어요? 어떻게 보지도 않고 쪽집게처럼 알아본다요?"

"어떻게 사람이 뒤에 눈이 달려. 뒤에 눈 달린 사람 보기나 혔어?"

"그럼, 어떻게 알았나요?"

"느낌이지. 모든 생명체에 차이는 있지만 지각과 감각 기관이 있잖여. 감각 기관을 통해서지."

"이해를 못 허겠는디요. 감각 기관이라고 하셨는디 눈으로 보지 안 혔잖아요. 마음으로 보는 특별한 기술이라도 있는 거예요?"

"없어. 청각이나 피부로 느끼는 전류라든가 이런 거겠지. 그만 내려 가지. 늦었으니."

그는 성큼성큼 내려갔다. 보기엔 서두르지 않고 걷는데 따라가려니 발걸음을 바삐 움직여야 했다.

나는 산 타는 것 하나는 누구 못지않게 자신 있다고 자부했는데, 그를 만난 후로부터 자신감이 한꺼번에 무너져 버렸다.

그는 가던 길을 멈췄다. 지난번 내려가는 길목이었다. 늦은 오후의 태양과 함께 어우러진 산 아래 활달히 펼쳐진 전경을 바라보았다. 나 도 그처럼 풍경을 바라보며 감상했다.

"이제 헤어져야지."

겨울 풍광을 바라보고 잠시 취해 있던 중 그 말에 번뜩 정신이 들 었다.

"그래요. 내가 쌀과 고구마를 쬐끔 갖다 놨구만요."

"그려, 고맙네. 설령 다음에 온다 해도 절대 그런 걸 가져오지 마. 내 먹을 식량은 내가 일해서 구해. 조금 일하고 조금 먹으니까 항상 먹을 게 넘쳐 나지."

그의 말을 이해할 수가 없었다.

작별 인사를 하고 내려오려고 했으나 입이 근질거려 물어보지 않을 수 없었다.

"동굴에는 솥단지도 없던디 어떻게 밥을 히 먹고 양식은 이 산중에 어디서 구한다요?"

빙긋이 웃으면서 대답했다.

"젊은이, 호기심도 많구먼. 난 생식을 해. 그리고 양식은 농사철에 품 팔아 준비허지. 혼자 겨울을 나고 먹을 만큼만 준비허지."

"이 산중에 혼자서 어떻게 사나요?"

"자연의 섭리대로 사는 거여. 고광대실 호의호식허는 사람은 그 사람대로, 나는 나대로 다 사는 거지. 방법이 다를 뿐이지. 자넨 누가 더 행복허다고 보는 기여?"

"가끔 찾아와도 되나요?"

"누군가 날 찾아 줄 인물도 못 되고 찾아올 사람도 없지만 자네가 마음 내켜 온다면 어쩌겠나."

이 말을 마치자 홀연히 가 버렸고 그 뒷모습을 물끄러미 바라보다 하산길을 재촉했다. 겨울 낮은 속담처럼 노루 꼬리만큼 금세 지나가 버리기 때문이다.

그날 이후 그 사람이 문득문득 떠오르고 영 뇌리에서 떠나지 않았다. 그는 수수께끼 같은 인물이었다. 속세를 떠나 도를 닦는 도인 같기도 하고 한편 대인 기피증 현실 도피자나 시쳇말로 약간 맛이 간 사람 같기도 했다.

짧은 만남으로 그 사람을 어떻다 단정하기는 어렵지만 언행을 반추해 보면 결코 정신적 이상이 있다거나 나쁜 사람은 아닌 것 같았다.

그 후 동굴을 두어 번 찾아갔으나 그를 만날 수가 없었다. 살림살이가 있는 걸 봐서는 동굴을 아예 떠나지는 않은 것 같은데 어디를 갔는지 헛걸음만 쳤다.

어느 날 오전, 이번에도 헛걸음만 하나 싶었는데 드디어 그와 마주하게 되었다. 그는 내가 올 것을 미리 알고 있었다는 듯 빙그레 웃으며 자리를 권했다.

"동굴에 다녀갔더군"

"어떻게 알았나요?"

"아무런 흔적을 남기지 않았다고 히도 다 알게 되지."

"밤중에 산짐승이나 날짐승이 지나쳤어도 아침이면 알어. 발자국이라든가 설령 발자국이 지워져 버렸어도 주변을 잘 관찰허면 알 수 있어. 홀로 산중에 있다 보면 예민해지고 훈련이 절로 되는 거여. 한밤에 뭇짐승이나 숲속의 온갖 소리도 구별하여 듣게 되지."

나도 소리에 민감하고 집중하는 버릇이 있어 그가 말한 것을 이해할 수 있었다.

"그런디 도사님, 그동안 어디 가 계셨나요?"

"허허, 지금 날 보고 도사라고 했나. 나는 자네와 똑같은 평범한 사람이여. 남들과 약간 다르게 살 뿐이여. 앞으로 그런 말 쓰지 마. 도사니 도통이니 다 이런 것 엉토당토 않잖이여."

"지가 보기에 도사인디요."

"젊은 친구 망상에 젖어 있구먼. 나날이 과학 문명이 발달해 가는디 도사니 뭐니 허는 소리 허황된 소리잖나."

"그러면 도술, 축지, 참언 같은 예로부터 전해져 내려온 것들이 모두 허탕이란 건가요?"

"동화나 만화를 곧이곧대로 받아들이나? 그렇지 않잖이여. 피나는 수련과 수양을 통해 남보다 좀 특출난 능력이나 예지력이 있을 수 있겠지만서도, 자유자재로 몸과 마음을 다스리는 자는 그 누구도 없어. 그리서 평생 수신허고 배우는 거 아닌가."

그의 말은 뜻밖이었고 어리둥절했다. 유불선에 입문해 심신을 단련하여 높은 경지에 이른 고승이라든가 도인들이 고래로 회자되어 온 초인적이고 탁월한 신통을 깡그리 부정하다니 믿을 수가 없었다. 생식을 하면서 참선과 기도로 정진하는 그가 의외로 합리적인 사고를 가졌다니 알 수 없는 노릇이었다.

"생식을 하고 참선에 정진하면서 전통적인 도라든가 극인의 경지에 다다른 도인이나 열반에 오른 고승을 일체 부정허니 혼란헌디요. 지난번 바위에 올라가 상당한 거리를 두고 쥐 죽은 듯 있었는디, 귀신처럼 알아보니 이건 보통 사람 이상의 능력 아닌가요?"

"도는 인간이 자연에 거슬리지 않고 살아가는 수련 과정이여. 그 이상도 이하도 아니여. 자네가 날 보기엔 기이하거나 광인 같다고 헐지 몰라도 그냥 나의 평범한 삶이여. 적게 먹으니 많이 필요 없고 자연 노동허는 시간이 적으니 자유 시간이 많잖아. 자네가 그날 아무 소리 내지 않았다고는 허나 주변의 미세한 움직임이나 소리가 있기 마련이고, 사물과의 교감에 집중허는 훈련을 하다 보면 다 그렇게 돼.

아까도 말했지만 자연에 순응하고 지혜롭게 살기 위해 평생 수련허고 정진허지. 뭐 특별한 것이 없잖이여. 다 사람마다 그리 살잖이여. 평생 배우고 익히면서 방법이 다를 뿐이지."

그가 한 말을 전적으로 이해하고 수용할 수는 없지만 옳고 좋은 말이 많아 깊이 마음에 와닿았다. 합리주의 사상은 공감하나 현실 도피 같은 그의 은둔적인 생활은 이해할 수 없었다.

속세를 떠나 수행 정진으로 깨달음의 경지에 이르려는 목적이 아니라면, 사람들과 어울리고 부대끼며 살지 굳이 배타적인 삶을 고집하는 것은 납득이 가지 않았다.

여하튼 간에 그는 순수하고 검박한 수행자의 삶, 바로 그 속에서 나름대로 만족한 생을 영위하고 있다는 것을 그 누구도 부인할 수 없을 것이다.

일어서서 작별 인사를 하고 나가려고 하는데 민망할 정도로 얼굴을 살피더니 뜬금없는 말을 해 당혹스러웠다.

"마음에 분노가 가득한 모습이여. 집안에 우환이라도 있나? 글치 않으면 누구헌테 된통 당허기라도 혔어?"

내 속내를 샅샅이 파헤쳤다니 창피해서 얼굴이 화끈 달아올랐다.

"왜요, 그리 보이나요?"

"자네 얼굴에 씌어 있어. 세상은 보기 나름이여. 모든 상황을 밉게만 보지 말고 여유를 갖고 긍정적으로 보는 습관을 가져. 온통 세상이 싫고 미워졌을 때 홀로 조용히 내면 깊숙이 들어가 평정을 찾도록해. 화가 머리끝까지 치솟아 폭발하려고 할 찰나에 천천히 셋을 세고 깊이 세 번 심호흡을 해 봐. 그래도 화가 안 풀리면 돌아서서 다시 해. 그다음에 말을 허거나 행동해. 말은 쉽지만 어렵겠지 노력히 봐. 그럼 나도 모르게 성질이 누그러들 테니께."

"좋은 말씀 고맙네요. 앞으로 종종 찾아뵙고 가르침 받겠습니다요."

하산하면서 그와 나눴던 이야기를 곱씹었다. 아직도 가슴 한편에 응어리가 남아 있지만 많이 진정시켜서 얼굴에 표 날 정도로 부아가 부글부글 끓어오를 정도는 아닌데, 족집게처럼 집어내니 보통 사람과는 확실히 다른 점이 있는 게 분명했다.

자리를 뜰 무렵 인간관계에서 일어날 수 있는 충돌과 갈등을 해소하는 데 좋은 충고를 해 주었으나, 알고도 막상 실천하지 못하는 일이 허다한데 평소 실천하는 습관을 갖도록 노력하기로 결심했다.

독서와 명상으로 소일하다 평소 품고 있었던 의혹에 대해 그의 의견을 듣고 싶어 동굴을 찾았다. 동굴을 향해 가는 길목의 양지에서 명하니 앉아 있는 그를 발견했다.

무척 수척해 보였다. 옆자리에 앉아 근황을 물어보았다.

"그동안 잘 지내셨나요? 수척해 보이는디, 어디 아프신 거예요? 식사와 잠자리가 부실허니 몸이 상허신 것 같네요."

"원시 시대를 생각해 봐. 거기에 비하면 훨씬 나은 환경이고 굉장히 부자인 셈이지. 문명의 발달에 비례해 더 많은, 더 좋은 것을 필요로 하고 남보다 더 갖기 위해 도달점이 없는 마라톤 경기를 하는 것 같아. 결국 마라토너가 죽어야 게임은 끝나지. 승리도 패배도 없는 치열한 경기 생존 경쟁."

"가족을 부양하고 먹고살기 위해 열심히 일헐 수밖에 없잖아요. 허리가 휘어지도록 일해도 입에 풀칠허기 힘든 사람도 많잖아요."

"물론 많지. 나도 빈농의 집에서 태어났서. 근디, 그때보다 엄청 적게 먹어도 배부르고 만족히여. 미련 많게 필요 이상 너무 많이 먹고 산다고 생각히 본 적은 없나?"

물질만능주의를 비난하고 소식을 주장하지만 전적으로 동감할 수는 없었다. 인간의 끝없는 탐욕과 이기적 타산을 지양해야 된다는 말엔 전적으로 동감하지만, 힘든 농사일을 버텨 내려면 밥이라도 배불리 먹어야 한다. 그러나 그렇지 못하는 사람도 다소 있다. 화제를 바꾸어 평소 궁금했던 점에 대해 질문했다.

"제 딴에는 명상도 히 보고 심호흡도 히 봤지만 잘 안 되는데 어떤 방법이나 그런 거 없나요?"

"명상이나 참선은 동서양 고대 이래로 전해 온 가장 오래된 정신수양법인데 전승된 많은 방법이야 있겠지만서도, 내가 판단 허 건데 딱 이것이다 허는 정답은 없다고 봐. 스스로 터득해 봐."

"수양하는 디는 독신이 더 나은가요?"

"나는 독신이지만 잘 모르겠는디. 가정을 가졌다고 정진에 장애가 될 수는 없다고 보는데. 마음가짐이 중요허잖이여. 근디, 홀가분한 면에선 독신이 나을 수도 있겠지."

"혹시 젊었을 때 성직자가 되기로 맘먹은 적은 있나요?"

"허허, 별걸 다 묻는구먼. 한때 불교에 심취해서 중이 되려고 했으나 평생 규범에 나를 옭아매기 싫어서 관뒀지. 자유자재로 사는 걸 택혔어."

그의 답변은 거침없고 명쾌했다. 내친김에 종교에 관해서 물어보았다. 정답이야 당연히 없겠지만 많은 수양을 쌓은 분의 지론을 알고 싶었다.

"내세는 있다고 생각하시나요?"

"허허, 어려운 질문이로군. 자네는 어떻게 생각히여?"

"나도 잘 모르죠. 예부터 영혼이라든가 귀신이라든가 이런 걸 인정허고 제사도 지내고 허니 없다구 볼 수 없고 또 기독교에선 사후 천당이니 지옥이니 허는 걸 보면 있다고 생각은 들지만 확신은 서지 않네요."

"공자는 제자가 내세에 대해 물었을 때 당장 일어날 일도 모르는데 어찌 죽어서 일어날 일을 알 수 있겠는가 하고 말했다지 않는가? 동양의 현자 스승도 모른다고 한 것을 어찌 우리 같은 필부들이 알 수 있갔어."

"그럼 천당이나 극락이니 허는 것도 다 부정허는 거예요?"

"모른다고 했지 부정한 적은 없제. 그리고 부정허고 싶지도 않고."

"그 말이 그 말 아니에요?"

"모른다와 부정헌다는 것은 천차만별이지. 부정은 아예 확실히 단언허는 것이고, 모름은 격어 보지 않아서 알지 못한다는 것이지."

"영혼은 어떻게 생각허시나요?"

"영혼도 내세관과 마찬가지로 몰라. 그러나 나는 영혼은 있다고 믿어."

"내세관을 부정, 아니, 모른다고 허면서 영혼이 있다고 믿는 건 모순이잖아요?"

그는 당돌하다는 듯 나를 쳐다보고는 어떻게 설명해야 될까 한참 망설이더니 해명했다.

"영혼은 종교와 내세관을 연계한 그런 영혼이 아니라, 뭐라 할까 순수정신, 즉 절대정신을 말허는 것이여."

"정신은 육체를 떠나서는 존재헐 수 없잖아요?"

"그렇지. 건강한 육체에 건강한 정신이 깃들지. 뭐라고 헐까… 지금 미친 사람이 있다고 하자. 그러면 사람들이 흔히 정신이 나갔다고 허잖아. 바로 이것이 정신, 혼이 나간 거지. 정신이 육체와 동일체, 동일시되지 않는 경우는 많이 있어. 절대, 순수정신은 우주 만물의 법칙이며 운행이고 모든 생명의 원천이지."

"그럼 죽어서도 영혼은 존재하겠군요."

"그렇고말고. 그러나 사후 개별 실체 영혼과 우주와 융합되는 영혼과는 차이가 있지."

"기독교에서 말하는 내세관과 결국 같잖아요?"

"아니지, 다르지. 기독교 내세관의 영혼은 죽어서 심판받아야 할 영혼이고, 내가 말하는 영혼은 공간이 필요 없고 생사를 떠나 영원불멸의 영혼이지. 마치 우주가 운행하고 자연이 영원불멸하듯이. 이것이 내 견해구먼. 그러나 남에게 고집허지는 안 해. 각자 생각이 다르니까."

그 밖에 종교와 삶에 대해서 많은 질문을 했고 그의 폭넓은 의견을 경청하였다. 대화의 시간이 길어질수록 그의 동서양을 통한 폭넓고 전문적 지식에 경탄할 수밖에 없었다. 특히 서양 학문에 조예가 깊은 걸 봐서 예전에 최고 학부를 졸업했을 거라는 생각이 들었다.

"어떤 종교가 참다운 종교라고 생각허시나요?"

"글쎄, 먼저 사교는 걸러 내야겠지. 종교의 탈을 쓰고 사람을 기망하는 사교들이 넘쳐 나지. 특히 사회가 혼란스러울 때일수록 더 극성나지. 곤경에 처해 지푸라기라도 잡고 싶은 궁박한 심정을 파고들어 천사를 가장한 악마의 손을 내밀어. 덥썩 손을 잡았다간 구렁텅이에 빠져 헤쳐 나오기 힘들지."

"구체적으로 말씀을 좀…."

"쉽지는 않겠지만 그 집단의 유래, 특성, 의식, 조직, 체계, 교주의 인성 등을 잘 파악하고 관찰해야 되겠지. 예를 들어 종말론을 너무 강조한다거나 인간을 신이라고 지칭하거나 보편적 교리를 떠나 특정 집단이나 특정인만이 구원받을 수 있다는 등 감언이설로 사람을 꼬드기는 것은 사이비의 특성이라고 봐야허겠지."

"우리나라 전래 무속은 어떻게 보시나요. 미신으로 보나요?"

"서양의 물질문명이 걸러지지 않은 채 물밀듯이 밀려와 옛것은 가벼이 여기고 나쁜 쪽으로만 싸잡아 몰아붙이는데, 나라마다 문화와 전통이 다 다르듯이 다른 문화를 받아들일 경우엔 신중히 고려해 받아들여 융합시켜야 하는데, 마구잡이었어. 특히 우리나라 혼란기에."

"그럼, 무속이나 전래되어 온 기복 의식을 미신으로 보지 않는다는 건가요?"

"무속이나 민속 의례 같은 것은 전승된 민간 신앙이라 할까. 굿을 하거나 비는 행위는 원하는 바가 이루어지길 기원하는 간곡한 염원이고 소망의 발로이며, 이 예식을 통해 위안과 긍정적 희망을 갖는다는 그 자체로 의미가 있고 또 여럿이 함께하는 의식은 공동체를 결속시키기도 하잖아. 그러나 본래의 순수성에서 벗어나 사악함이 개입되면 혹 세무민이겠지."

묻고 대답하는 시간이 꽤 흘러갔는지 해는 서산 쪽으로 많이 기울어졌고 쌀쌀한 바람이 옷깃을 파고들었다. 그를 오래 붙들고 질문하는 것이 미안했지만, 오늘처럼 좋은 기회를 놓칠 수가 없어 조금 더 물어보고 끝내기로 했다.

"많은 종교가 있는디, 어떤 종교가 제일 좋나요?"

속으로 웃음이 나올 정도로 엉뚱한 질문을 했다.

"허허, 자네 아주 황당한 질문을 허는구먼. 아까 얘기했지만 사교만 빼고 본인이 믿는 종교가 제일 좋은 종교지. 복합적인 요소들로 구성된 각기 다른 문화 발전 과정에 종교가 생성, 발전, 소멸되어 가는디, 어떻게 칼로 무 자르듯 그 많은 종교를 비교 평가허겠어. 똑같은 사람이 없듯 종교도 다를 수밖에. 현자들이 인간은 불안에서 해방되기 위해, 죽음의 공포에서 벗어나기 위해 종교를 만들었다고 했지."

"기독교에서는 유일신을 주장허는디, 신은 하나인지 여럿인지요?"

"신은 하나도 아니고 여럿도 아니여. 믿음이지. 신이 하나라고 생각허면 하나이고 신은 어찌 하나여야 하느냐 수없이 많다고 생각허면 그 또한 신은 하나일 리가 없지. 한편 신이 없다고 단정해 버린 무신론자도 있잖아. 그러나 누가 옳다고 단언할 수도 단언해서도 안 되지. 무엇이 진리라고 단언할 수 없기에 종교가 있는 게 아닐까? 만일에 명백허고 확실한 미래나 사후를 정확히 꿰뚫어 아는 능력이 인간에게 주어졌다면 종교가 생성되고 존재할 가치가 없겠지."

"인생은 어떻게 살아야 잘 산다고 보세요?"

"인생에 정답은 없어. 자네나 사람들이 날 보면 뭐라 허겠나. 미쳤다구 허겠지. 그러나 난 나름대로 만족허구 행복히여. 누구나 어렸을 적엔 무지개 같은 꿈을 막연히 꾸게 되지. 젊었을 때는 구체적인 목표를 가지고 한 걸음 한 걸음 앞으로 꾸준히 나가기도 허지만 한편 주어진 여건 속에서 감사하며 하루하루를 충실허게 살며 삶의 환희를 느낀다면 그 가운데서 내일의 목표가 되고 나아가게 되는 것 아닐까?"

그의 신상에 대해 조심스럽게 여쭤봤지만 일체 함구했다. 단지 성이 박씨라는 것만 알려줬다. 앞으로 '박 도인'으로 부르기로 했다. 박 도인의 설명은 약간 추상적이고 혼란스럽기도 하지만 명쾌해 가슴 한편에 꽂히고, 교회 김 집사의 설교는 감명 깊으나 반추하면 석연치 않는 부분이 있는 것은 어쩔 수 없었다.

음력설을 보름가량 남겨 놓고 어머니가 집에 돌아왔다. 그동안 머리도 반백이 되었고 무척 늙어 버렸다. 예전같이 활기가 넘치지 않을뿐더러 기운이 없고 수척한 모습이 역력했으며 행동이 굼떴다. 사십대 중반인데 벌써 초노의 길을 걷고 있는 것인가. 우리 두 사람 사이엔 풀 수 없는 앙금이 도사리고 있지만 측은한 마음이 들었다.

어느 따스한 날 오후에 모처럼 마을을 한 바퀴 둘러보았다. 가끔 마주치는 어른들의 표정이 전 같지 않고 굳어 있었다. 오랜만에 마을 사람들과 대면하니 쑥스러워서 그렇게 보이려니 하고 대수롭지 않게 여겼다.

농사꾼 청소년과 머슴들이 어울려 노는 사랑방에 들렀다. 안에서 떠드는 소리로 시끌벅적하였다. 문을 열고 들어가니 나를 모두 힐끗 쳐다보고는 곧 중단되었던 말들이 오갔다. 오가는 말은 크고 거칠었다. 얼굴이 붉으락푸르락하고 서로 언성을 높이면서 한 치도 물러서지 않겠다는 기세들이었다. 구석에 앉아 어안이 벙벙한 채 그들을 번갈아 보면서 무슨 일로 저렇게 열받았나 하고 사태를 파악하려 하였다. 오가는 몇 마디 듣고서는 금방 알아챌 수 있었다.

내용을 파악하고 나니 무척 당황스럽고 놀라웠다. 삼성산 암산에 채석장과 석물 공장이 들어설 예정인데 서로 간 논쟁을 벌이는 중이었다. 반대하는 쪽은 대대손손 물려받은 삼성산을 보존하고 가꾸어 후손에게 물려줘야 한다는 주장이고 찬성하는 쪽은 일자리가 많이 생기고 마을이 발전한다는 것이다.

삼성산에 암석과 관련이 있다면 내가 평소 이용하는 산길과 암벽이 분명했다. 갑자기 망치로 뒷골을 세게 얻어맞은 것처럼 멍해졌다. 정신이 멍하니 혼란스럽고 몸이 후끈거리며 안절부절못했다. 앞으로 닥칠 일이 황당하고 엄청났지만 뾰족한 방법이 떠오르지 않았다.

언뜻 박 도인이 생각났으나 그분은 이 마을 사람도 아니고 상호 이해가 첨예하게 얽힌 일에 누이 좋고 매부 좋은 해답도 없을 것이며 섣불리 나서지도 않을 것이다.

마을 일이니 의당 마을 사람들이 해결할 문제였다. 저녁에 마을에서 들었던 말을 어머니에게 전하니, 이미 알고 있었는지 별로 놀란 기색이 아니었다.

"산신이 노할 일이여. 어떻게 산을 파헤치고 휘젓는다는 거여. 이 마을에 재앙의 그림자가 닥친 거여. 까마귀 원귀들이 몰려오고 있어. 사람이 많이 다치고 죽어 나갈 거여. 니 애미도 멀지 않았어. 넌 니 애미가 죽도록 밉지?"

가슴이 뜨끔하고 섬뜩했다. 새끼 새가 다 자라면 둥지를 떠나듯 나도 이젠 독립해서 창공을 드높이 멀리 나르고 싶다고 말하고 싶었으나 꾹 억눌러 참았다. 마을에 재앙이니 자신의 죽음까지 운운하는데 거기에 기름 끼얹어 분란을 일으키고 싶지 않았다.

지금까지 마을이나 사람들에게 긍정적이고 용기를 북돋아 주는 말을 했지 부정적인 말, 더군다나 이런 겁나는 말을 들어 본 적이 없었다. 남을 기만하거나 곤궁에 처한 처지를 이용해 돈을 갈취하지도 않고 오직 정직하게 본연의 무당일에 성실하신 분이다. 앞으로 불길한 징조가 닥쳐오리라는 것을 예지한 것이 분명했다.

예부터 설, 대보름, 추석을 앞두고는 며칠 전부터 마을 공동 행사를 준비하느라 서로 협력하면서 바쁘게 돌아갔고 사람들도 들떠 있기 일쑤였다. 해가 거듭될수록 축소되고 퇴색되어 가지만 합동 세배, 풍물놀이, 윷놀이는 겨우 명맥을 유지하고 있는데 금년 설은 아예 신경 쓰지 않았다. 오히려 마을은 찬반 논리로 벌집을 쑤셔 놓은 상태였다. 두 사람 이상만 모이면 채석장에 대해 논쟁을 벌리기 일쑤였다. 서로 갑론을박하다 목소리가 커지고 욕설이 오가고 가끔 주먹다짐이 일어나기도 했다. 산을 보존해야 된다는 의견이 압도적이었고 개발로 치우친 쪽은 이장을 위시해 몇몇 대농가로 극소수에 불과했다. 무척 다행스러운 일이라고 한시름 놓으며 좋아했다.

박 도인은 내게 먹을 것은 절대 가져오지 말라고 신신당부했으나, 혼자 설을 맞이하는 게 안쓰러워 떡과 과일을 가지고 설 이틀 전에 찾아가니 동굴에 있었다.

밖에 나와 여러 가지 이야기 끝에 살며시 채석장과 석물 공장에 대해 여쭤보았다.

"이쪽 암산에 채석장이 스는 것 알고 있남요?"

"암, 알고 있지. 온통 이것 때문에 난리가 났지?"

"어떻게 알았나요?"

"산중에 묻혀 살아도 귀가 있어 돌아가는 소린 듣고 산다네."

"이것 때문에 두 패로 갈라져 아웅다웅해요. 반대허는 쪽이 훨씬 많아 공장이 들어서는 것은 무산될 거라고 허는디. 그렇게 되겠죠?"

"자네는 어느 쪽이여?"

"나야 물어보나죠. 당연히 결사반대지요. 특히 이쪽 골짜기와 능선은 제겐 어머니나 마찬가지죠."

"힘 있고 가진 자가 이기기 마련이야. 유사 이래로 강한 자가 대부분 마지막 승리의 축배를 들었지."

"결국엔 공장이 들어선다는 것인디. 몇몇 사람을 제외허고는 다 반대하는데 막무가내로 밀어붙일 수는 없잖아요."

박 도인은 대꾸를 하지 않은 채 고개를 약간 들어 하늘만 쳐다보았다. 재차 물어볼까 하다가 입을 다물고 박 도인의 옆얼굴을 주시했다.

한참 동안 하늘만 바라보고 침묵했던 박 도인이 무겁게 입을 열었다.

"세상엔 딱 부러지게 이게 옳다, 그르다 단정 지을 수 없는 것이 많아. 보존이냐 개발이냐 하는 문제인데 판가름내기가 어렵지. 지금은 옳다고 생각했던 것도 나중에는 상황이나 가치관이 변해 바뀔 수 있지. 변화의 바람이 휘몰아 오는 거여. 거기에다 떼돈이 걸려 있어 똥파리 모이듯이 달려들 거여. 근디 어쩌나, 내가 보기엔 이미 쌈은 벌써 끝났어."

마을 사람들한테는 생존에 관련된 문제인데 박 도인이 공장은 결국 설립될 거라고 가볍게 단언을 하니 울화가 머리끝까지 치밀어 올랐다.

"죽기 살기로 다 반대허는디. 그런 법이 어디 있데요. 그냥 밀어붙여 버리다니. 정말 말도 안 돼."

"힘없는 자는 당허기 마련이여. 자네나 나나 별수 없어. 민초들은 그렇게 당해 왔고 앞으로도 그럴 꺼고."

"사람들이 똘똘 뭉쳐 죽기 살기로 결사반대허는데도요?"

"아무리 발버둥 쳐 봤자 다 각본대로 가는 거여. 이미 암암리에 준비를 착착 진행 중일 거여. 군청에선 이미 결정해 놓고 나중에 발 빼려고 동의네 뭐네 허면서 분란만 일으키는 거지. 절망적인 말만 히서 안 됐구먼."

무슨 좋은 방안이 없겠냐는 말이 입 밖으로 나오려고 하는 걸 꾹 참았다. 돌아올 답변이 너무도 뻔했기 때문이다.

두 사람 사이에 어색한 공기가 흘렀다. 오늘따라 유난히 맑은 하늘에 새털구름이 군데군데 뭉쳐 있고 멧부리로부터 능선이 완만하게 굽이쳐 뻗은 모양새가 한눈에 들어왔다. 무척 정겹게 느껴졌다.

"새가 둥지를 잃으면 떠나듯이 나도 갈 때가 된 것 같으이. 탐욕에 눈이 어두운 군상들이 몰려와 신선한 산을 두들겨 부수고 헤집고 파헤치는 요동 소리가 온 골짜기마다 울려 퍼지기 전에."

박 도인이 나지막하게 심각한 표정으로 운을 떼었다.

"떠나시다니요. 어디로? 어디 가실 만한 곳을 정해 놨나 보군요."

"그럼, 아주 오래전부터. 이번 일로 쬐금 빨라진 것뿐여. 내가 가려고 하는 곳은 자네가 생각허는 그런 곳이 아니여. 나도 한 번도 가 보지 않은 미지의 세계이자 신비의 세계지."

"아니, 혹시 저세상을 말허는 거요?"

"그래, 눈치 하나는 참 빠르네."

"성성한 명줄을 끊는다는 말이에요? 그건 자살이잖아요. 설마 스스로 명을 끊는다는 건 아니죠?"

"왜, 안 될 게 뭐 있나. 사람은 결국 다 가잖아. 좀 늦고 이르다는 차이만 있을 뿐이지. 자살은 세상을 포기하는 것이지. 그렇지만, 성장을 위해서 뱀은 허물을 벗어야 하고 나비는 하늘을 나는 기쁨을 위해 껍질을 벗어나야만 하지. 나는 성숙하고 참신한 영혼을 위해 미지의 새 삶을 적극적으로 맞아들이는 거지. 그리하여 영혼은 시공을 초월하고 자연과 합일되어 영겁에 들어가는 거야."

"뭐가 뭔지 모르겠구만요. 내가 보기엔 편이나 떡이나 그게 그거 아니에요."

"자네가 듣기엔 억지로 꿰맞춘 자기 합리화라고 생각헐 수도 있겠지. 오늘은 그만허지."

마을은 설날이 코앞으로 닥쳐왔는데도 예전처럼 화기애애하지 못했다. 섣달그믐부터 유언비어가 난무했다. 읍내 술집에서 공짜 술판이 벌어지고 심지어 돈 봉투가 오간다는 등 근거 없는 소문이 날개 달린 듯 마을에 파다했다.

설날을 맞이했으나 무겁고 싸늘한 공기가 마을을 감싸 돌았다. 세배도 이상야릇하고 희한했다. 매년 회관에서 했던 합동 세배는 합의를 못 봐 폐지하고 대신 개별 세배로 바뀌었다. 내 편, 네 편 가르다 보니 서로 약속이나 한 듯 다른 편 댁 어른에게 드리는 세배는 민망스러워 회피하는 진풍경이 벌어져 설날의 마을 분위기는 엉망진창이 되었다.

설날이 지난 후로 상황은 급박하게 돌아갔다.

처음에는 채석장과 석물 공장에 대해 대다수 사람들이 결사반대했으나 은연중 찬성 쪽으로 돌아서는 자들이 많아졌다. 이장은 현장 감독이 되고 누구는 무슨 직책을 맡을 것이며 몇몇 머슴을 비롯해 장년들은 막노동꾼 일자리를 보장받았다는 구체적인 말까지 떠돌았다. 박도인이 했던 말이 맴돌았다.

내동양반이 주동이 되어 반대하는 사람들이 한자리에 모여 대책을 논의했다. 처음 소문이 떠돌 때는 너 나 없이 콧방귀 뀔 정도로 어림반 푼어치도 없다는 분위기였는데 지금은 사태가 급반전해 이장을 비롯해 꽤 많은 사람들이 찬성 쪽으로 기울어진 심각한 사태라 대책 회의를 갖게 됐노라고 설명했다.

회의장 여기저기서 웅성거렸고 모종의 음모와 공작이 있었을 거라고 수군거렸다. 보이지 않는 회오리바람이 마을을 휘덮고 숨 가쁘게 돌아가고 있는 상황이 절실하게 피부에 와닿았다.

오십대의 내동양반이 회장이 되고 청년회장이 총무가 되어 일을 추진하기로 했다. 우선 마을 사람들을 설득해 서명을 받아 군청에 민원을 제기하기로 했다. 나는 자진해서 총무 밑에서 심부름을 하기로 했다. 다음 날부터 총무와 나는 가가호호 방문하여 진정서에 도장을 받으러 다녔다. 회장을 비롯해 몇몇 어른들이 설득 작전을 폈지만 대체로 냉담했고 총무와 내가 집집마다 돌아다니며 통사정을 해도 잘 먹혀 들어가지 않았다.

이장을 비롯해 찬성하는 쪽에서 노골적인 방해 공작으로 맞섰다. 공장 설립을 적극 찬동한다는 동의서를 각 반장을 통해 받는 맞불 작전을 펼쳤고, 반대 서명에 동참하지 않도록 회유하거나 압력을 행사했다. 암석 채굴이 끝나고 공장이 철수할 때는 채석장 일대에 조림을 실시해 전보다 더 좋은 경관을 꾸며 놓고, 마을 발전 기금도 얼마간 희사할 거라는 등 감언이설로 사람들을 꼬드겼다. 특히, 중립적이었던 미숙의 부친인 의사가 적극 찬성하고 나섰다. 그는 군내에서 둘째가라면 섭섭할 정도의 실력자로, 막대한 영향력을 행사할 수 있는 인물이다.

진정서 건은 결국 무산되고 말았다. 점점 험악한 사태로 치닫자 원로들의 주선으로 양측 대표들이 모여 토론회를 가졌다. 초저녁에 모여 밤늦게까지 회관에서 토의했으나 서로의 주장만 내세울 뿐 한 치의 양보도 없었다.

결국 원로들의 중재로 이장 선거와 연계하여 주민 투표를 해서 결론을 내고, 지는 쪽은 절대 승복한다는 조건으로 마지막에 합의를 이끌어 냈다.

마을 전통으로 설이 지난 후 보름 무렵 총회를 열어 이장을 선출하는데, 다수의 추대 형식으로 선출하고 이어서 잔치가 벌어졌다. 그러나 금년 이장 선거는 현 이장과 이에 맞서는 내동양반이 표 대결을 해서 현 이장이 선출되면 개발되지만, 보존을 주장해 온 내동양반이 이장이 되면 공장 설립은 무산되기 때문에 마을의 명암이 달린 중요한 선거였다.

더 이상의 분란과 혼란을 막자는 고육지책이었다. 이제는 이장으로 누구를 지지하느냐에 따라 새롭게 두 패로 나뉘고 암투가 시작되었다. 암암리에 두 패는 서로 상대를 비방하고 과거 전력까지 들춰내며 노골적으로 중상모략하는 등 완전 이전투구나 다름없었다. 이장이 누가 되느냐의 싸움이 아니라 자존심 싸움으로 변질되어 버렸다. 지는 쪽은 상당한 마음의 상처를 입을 수 있는 싸움이었다. 우리 마을은 전부 백여 호쯤 되는데 한 가구당 어른에게 한 표씩 배당됐다.

드디어 선거 날이 되었다. 마을회관으로 사람들이 몰려들었다. 백여 호 중에서 몇 가구 정도만 불참하고 근래에 가장 많은 사람들이 회관에 발 디딜 틈 없이 꽉 찼다.

비록 선거권이 없지만 참석해서 진행을 눈여겨보았다. 선거일 전부터 현 이장이 상당한 표차로 재선출될 거라고 대다수가 점쳤다.

한 장, 한 장 개표하면서 일일이 모든 사람에게 공개하고 정(正) 자로

표기해 갔는데, 막상막하로 손에 땀을 쥐게 하였다. 엎치락뒤치락하다 막판에 가서 연거푸 현 이장 표가 많이 나와 내동양반이 불과 여섯 표 차로 석패했다. 은근히 내동양반의 승리를 기대했으나 맥없이 막판에 뒤집히니 온몸에 힘이 빠지고 울컥 눈물이 솟구쳤다.

내동양반의 인사가 있었다.

"이 마을에서 여러분들처럼 대대손손 터를 잡고 살았고 삼성산을 지키고 싶었는디, 그 뜻을 오늘 접어야 되겠습니다. 괜스리 큰 분란을 일으켜 죄송하기 짝이 없구만요. 솔직히 그놈들이 지껄이는 소리 그리고 여기에 맞장구치는 사람들 내 눈 뚝 뜨고 보겠지만, 좋게 잘될리 없죠. 암요, 그놈들 잔뜩 빼 처먹고 달아날 것이구면. 참, 잠 못 잔 날도 많았는디. 요새 정든 고향을 뜨고 싶다는 생각을 수없이 해 봤구면요."

내동양반은 말하는 가운데 눈가에 눈물이 고여 있었으나 억지로 참는 듯했는데, 마침내 흐르는 눈물을 주체하지 못하고 옷소매로 연신 닦더니 부랴부랴 자리를 떴다.

회관 안은 무거운 공기가 흐르고 숙연해졌다. 내동양반이 자리를 뜨자마자 많은 사람들이 덩달아 자리를 떴다. 흥겨워야 할 마을 잔치가 삭막한 분위기로 바뀌었다.

한편에선 박수 치고 희희낙락거리는 사람들이 있는가 하면, 통한의 눈물을 흘리며 분을 삭이는 사람들도 있을 것이다. 밑바닥 골 깊은 갈등을 어떻게 치유하고 서로 화합할 날이 올는지 깊이 우려가 되었다. 월산양반에 이어 내동양반도 이 마을을 등질 것 같은데 앞으로도 좋은 사람들이 차츰 마을을 떠날 것이다.

박 도인의 근황도 살피고 답답한 마음도 속 시원히 털어놓을 겸 동굴을 찾아갔다.

동굴에 아무런 인기척이 없어 안으로 들어가 보았다. 그런데 이상하게도 살림살이가 대부분 없어지고 깨끗이 청소되어 있어 마치 사람이 거처하지 않은 것처럼 말끔했다. 원래 살림살이라고는 생명을 보존할 정도로 필요한 물건 몇 가지에 불과했지만 확연히 눈에 띌 정도였다. 단지, 한쪽에 낡은 침낭과 바가지 한 개만 달랑 놓여 있을 뿐이었다. 지난번 박 도인이 한 말이 떠올랐다. 그동안 무슨 일이 벌어졌다는 걸 직감으로 알아챌 수 있었다.

박 도인을 찾기 위해 그가 자주 찾아 참선하는 암반을 오르는 중에 그를 발견했다. 동굴과는 얼마 떨어져 있지 않고 급한 능선을 오르기 직전에 위치한 평평한 곳에서 무엇인가 열중하고 있었다. 가까이 가 보니 구덩이를 파 놓고는 대나무로 열심히 뭔가를 엮고 있었다. 덮개를 만드는 것 같았다.

날 보더니 만면에 미소를 지었다. 구덩이는 직각인데 큰 항아리 하나 들어갈 정도로 비좁았고, 그 위에 덮을 뚜껑을 만드는지 대나무로 촘촘히 격자형으로 엮고 있었다.

"뭘 만드는 거요?"

내가 묻는 말엔 대꾸도 안 하고 바삐 손놀림만 하고 있었다. 재차 물어보았다.

"이건 무슨 구덩이 같은디. 지금 뭘 만들고 있나요?"

"궁금한가? 잠시만 기다려. 곧 끝날 테니까."

옆에서 지켜볼 수밖에 없었다. 한참 동안 엉거주춤하고 지켜보고 있노라니 일을 마쳤는지 작업했던 것을 들고일어나 이리저리 살펴보면서 그제야 내게 대꾸했다.

"어쩌, 자네가 보기엔 튼튼하고 쓸 만헌지 한번 봐봐."

"글씨, 그게 뭔데요? 그리고 저 웅덩이는 왜 판 거요?"

그는 알 듯 말 듯 묘한 표정을 지으면서 마치 말을 해 봤자 이해하지 못할 거란 투로 혼잣말처럼 중얼거렸다.

"자넨 이해 못 헐 거여. 이건 내가 좌선하는 곳이자 무덤이 되는 거지."

"날 놀리는 거죠? 지금 농담허시는 거죠? 김치나 뭐 이런 거 저장헐려고 판 것 같구만."

그 말엔 대답도 안 하고 구덩이와 덮개를 번갈아 살펴보고는 흡족해했다. 그리고는 땅에 절퍼덕 앉아서 버릇대로 허공을 응시했다. 이럴 땐 그 옆에 좀 떨어져 앉아 가만히 있을 수밖에 없었다. 말을 걸어도 일체 입 다물고 있으니 그가 말을 꺼낼 때까지 침묵할 수밖에 별도리가 없었다. 이젠 익숙해져 습관이 되었고, 나와 그와의 묵시적인 불문율이 되었다.

그가 적막을 깨고 소곤거렸다.

"지난번에 어렴풋이 얘기한 적 있지. 지금 실행할 때가 되었어. 저 구덩이는 나 하나 앉을 정도의 공간이여. 안으로 들어가 뚜껑을 닫고 참선을 허다 생을 마감하는 거여. 명줄이 다할 때까지는 뚜껑 위의 대나무 관을 통해 숨을 쉬지."

망치로 머리를 된통 한방 얻어맞은 것 같이 충격적이고 어안이 벙벙했다. 가부좌인 채 열반을 했다는 스님들이 있었고 실제 고대 중국에서는 어느 고승이 그런 자세로 극락왕생해 생불로 모시는 절이 있다는 말을 들은 적이 있지만, 박 도인이 그런 식으로 생을 마친다고 하니 반신반의하고 어리둥절했다.

무슨 말을 어떻게 해야 될지 망설여졌다. 나름대로 생각을 가다듬어 어렵게 말을 꺼냈다.

"박 도인님, 아니 선생님. 저 같은 무시럭쟁이가 선생님의 고귀한 뜻을 헤아릴 수는 없지만 생명이 다할 때까지 수행하시다 그때 열반에 오르시면 되잖아요?"

"그래, 자네 말도 맞네. 그러나 하루 이틀 생각헌 것도 아니고 오랜 수행 끝에 내린 결론이여. 옷이 작으면 옷을 갈아입듯이, 배암이 성장허기 위해 허물을 벗듯이, 육신을 탈피하고 새 영혼으로 거듭나 자연과 합일되고 영겁의 정신세계와 융합되는 거지."

박 도인의 말은 나로선 도저히 이해가 되지 않았고 허무맹랑하기까지 했다. 내 재주와 지혜로는 설득할 수도 없고 또 그가 설득당할 리도 없다는 걸 판단하고 입을 다물 수밖에 없었다. 또한 오랜 수도 생활과 참선으로 얻은 깨달음을 감히 얄팍한 지식으로 그를 당해 낼 재간도 없고 엄두도 나지 않았다.

기독교에서는 분명 생명을 신성시해 '생명은 하느님이 주셨고 오직 주신 자만이 거두어간다'는 생명 중시 사상이 있다. 이와 배치되는 자살인지, 지극한 경지에 다다른 수도자가 열반의 세계에 들어간다고 보아야 하는지 나로선 헷갈리고 도무지 판단이 서지 않았다.

짧은 만남이었지만 진정 선생님다운 분을 운 좋게 만났다. 실의에 젖어 있을 때 용기를 북돋아 주고 여러 가지 충고로 삶의 활기를 주신 분과 영원한 이별을 한다고 생각하니 비통함으로 가슴이 미어졌다.

"선생님은 저에게 도움이 되는 말씀을 많이 해 주셨고 가르침을 잘 받았는데요. 저를 불쌍히 여겨서라도 생각을 바꾸거나 열반을 좀 늦출 수는 없는지요…. 제발 부탁입니다요."

"나도 자네와 정이 많이 들었어. 회자정리라고, 만나면 헤어지는 거 당연지사 아니여. 너무 섭섭해허지 말어. 나보다 더 좋은 분들이 널려 있잖이여. 마음을 활짝 열고 먼저 다가가. 세상사 긍정적으로 바라보고 사람들과 많이 소통해. 그리고 내가 지켜본 바로는 자네는 본성이 착허고 건실허니 열심히 주어진 길을 가다 보면, 좋은 일도 생기고 생의 보람도 느낄 날이 꼭 올 것이야."

잠깐 그의 옆모습을 가만히 쳐다보았다. 입가엔 잔잔한 미소를 머금고 지극히 평온한 얼굴이었는데, 마치 꿈을 꾸고 있는 것 같기도 하고 넋은 마치 딴 세상을 유영하는 듯했다.

서산에 가까이 있는 해는 일몰 시간이 얼마 남지 않았음을 말해 주듯 붉은 모습이었다. 시간이 지날수록 붉은 색깔은 점점 더 진해질 것이고, 마지막 무렵에는 온통 하늘을 자홍색으로 물들일 것이다. 꺼져 가는 모닥불과 지는 해는 온 정념을 쏟아부어 끝 막을 아름답고 황홀하게 장식한다.

이제 내 옆에 있는 초로의 사나이도 스스로 이승과 작별하려고 한다. 어디서 왔는지 어떻게 살았는지 참으로 수수께끼 같은 신비스러운 사람이다. 그가 앞을 응시한 채 말했다.

"부탁이 있는데, 들어주겠나?"

"뭔데요?"

"아까 구덩이를 보았지만 한 사람이 겨우 들어가 앉아 있을 공간이여. 일단 내가 뗏장을 덮은 뚜껑을 닫고 들어가면 대나무 관을 통해 숨을 쉬며 좌선 중에 생을 마감허는 거여. 죽는 사람이야 어찌 됐든 무관허지만 혹여 훼손되어 지나는 사람이 보면 흉할 게 아닌가. 자네가 주변을 흙으로 좀 덮어 줘. 글고 절대 엉뚱헌 생각일랑 아예 말어."

"그거야 어렵지 않은디… 언제쯤?"

"대나무가 똑바로 서 있으면 내가 살아 있는 것이고 옆으로 기울어져 있다면 골로 간 것이지. 어때, 히 줄 수 있어?"

"틀림없이 해드릴게요. 그거라면 염려 마세요. 그런디…"

안타깝고 너무 허전해 어찌할 줄 모르고 있는데 그가 갑자기 일어나 나를 일으켜 세워 숨이 막힐 정도로 꽉 껴안았다. 감정이 복받쳐 올라 눈물이 쏟아졌으나 그는 의외로 덤덤했다. 냉혈 인간도 이런 냉혈 인간이 없으리라. 뜨거운 포옹을 멈추더니 언제 그랬냐는 듯이 휭하니 잽싸게 능선 위로 오르더니, 어정쩡하게 서 있는 나를 향해 손을 흔들더니 밑으로 사라져 갔다.

그 자리에 서서 그가 보이지 않을 때까지 뒷모습을 바라보았다. 해가 진 상태에서 어둠으로 서서히 대지를 휘덮기 시작하는 산 그림자와 동행하며 마을로 내려왔다.

산에서 일어난 일로 온 신경이 쏠렸다. 박 도인의 행동으로 봐서는 그가 생존해 있을 시간이 얼마 남지 않은 것 같은데 어떤 뾰족한 방안이 없었다. 그대로 두고 봐야 하는지 사람들에게 이 사실을 알려 죽음을 막아야 하는지 많은 고민을 했다. 설령, 박 도인의 죽음을 일시적으로 막는다 해도 본인의 뜻이 확고하기 때문에 틀림없이 언제라도 다시 시도할 것이 뻔했다.

이런저런 고민을 하다 날밤을 새다시피 하고 아침 일찍 산으로 허겁지겁 올라갔다. 그런데 믿을 수 없는 놀랍고 엄청난 일이 내 눈앞에 벌어져 있었다.

행여 그런 일이 일어나랴 하고 반신반의했는데 그가 말한 대로 사건은 이미 벌어졌다. 덮개가 덮여 있었고 그 위로 가느다란 대롱이 한 뼘가량 솟아 있었다. 구덩이 속에서 식음을 전폐한 채, 참선 수도 속에서 죽음에 한 발 한 발 다가간다고 생각하니 소름이 끼쳤다. 갑작스럽게 감전된 것처럼 그 자리에서 굳어 버렸다.

정신을 가다듬어 이 사태를 어떻게 해야 되나 하고 심사숙고했다. 죽어 가는 사람을 당장 끌어내야 할지, 그대로 놔두어야 할지 갈피를 잡지 못하고 안달복달했다.

주위를 수십 번 서성거리다 결국 그의 뜻대로 행하도록 하고 방해하지 않기로 했다. 오직 그것이 그의 신념이고, 그와의 약속이었기 때문이다. 그의 참선과 열반으로 가는 길에 훼방을 놓지 않기로 마음먹었다.

고작 내가 할 수 있는 일이란 조용히 간절하게 기도하는 것밖에 없었다. 이렇게 마음 깊은 곳에서부터 간곡한 기도를 드려 보기는 손꼽을 정도였다.

가슴이 뻥 뚫리고 허망해서 땅바닥에 털썩 주저앉아 행여 참선에 방해될까 봐 소리죽여 구슬프게 울었다. 쏟아져 내리는 눈물을 억제할 수가 없었다. 대롱을 쳐다보면서 저 캄캄한 흙구덩이에서 그는 생과 사의 암투를 하고 있다고 상상하니 참담하고 비참해 가슴이 찢어지는 것 같았다.

선생님이자 다정한 말벗이었던 박 도인이 눈앞에 아른거리며 지워지지 않았다. 어둑해질 무렵, 무거운 발길을 옮겨 동굴에 가 보니 사람이 거처했다고 볼 수 없을 정도로 흔적 하나 없이 말끔했다.

밤늦게까지 산을 헤매고 다녔다. 박 도인의 행동으로 봐서는 오랫동안 준비해 온 게 틀림없었고, 그동안 나를 기다렸다 어제 나를 만난 후 실행에 옮긴 것 같았다.

매일 일찍 구덩이를 살피러 가는 게 하루의 중요한 일과가 되었다. 일주일째 되는 날, 대롱은 옆으로 기울어져 있었다. 열흘째 되는 날엔 대롱이 누워 있었다. 그가 열반했음을 알리고 있었다. 하루를 더 지켜보기로 했다. 다음 날, 대롱은 누운 그대로였다.

조심스럽게 대롱을 뽑아 보았다. 대나무 대롱은 가볍게 올라오고 끝은 흙이 묻어 있어 그가 영면했음을 알려 주고 있었다. 주위를 흙으로 단단히 덮고 그 위에 뗏장을 입인 후 발로 수없이 단단하게 밟아 주면서, 못다 누린 영화를 극락에서 맘껏 누리시라고 기원했다.

　제물치곤 초라하기 짝이 없는 배와 사과 두어 개를 달랑 놓고 막걸리 잔 올려놓고 절을 하니 쓸쓸하고 처량했다. 그의 마지막에 내가 해줄 수 있는 유일한 방법이었다. 나와 박 도인 사이에 있었던 사연과 오늘 일은 내 가슴 깊이 영원토록 묻어 놓기로 다짐했다. 내려오는 길에 자꾸 뒤돌아보게 되었고, 그가 평소대로 미소 지으며 냉큼 나타날 것만 같았다.

　피로가 몰려오고 맥이 풀려 발걸음이 천근만근이나 되는 듯 무거웠다. 지난번 금정양반과 이번엔 박 도인까지 저세상으로 떠난 것을 겪고 보니, 세상이 허망하고 매사에 의욕이 없으며 무의미하게 느껴졌다. 나와 두 분은 가깝고 두터운 정분을 쌓은 각별한 사이였는데, 주위에 심금을 털어놓을 만한 상대가 없으니 더욱 외롭고 쓸쓸하였다.

　마을은 갈등의 골이 더 깊어져 갔다. 극구 반대했던 사람들 중에서 많은 사람이 찬성 쪽으로 슬며시 발을 들여놓더니, 아예 기존 찬성파보다 더 설치고 나댔다. 세류에 능한 카멜레온이라 해야 할지 줏대 없는 코푸렁이라 해야 할지 왠지 쓸쓸한 기분이 들었다.

　이장을 비롯해 몇 사람은 어차피 결국엔 찬성 쪽으로 모두 다 기울게 돼 있다고 공공연히 떠들고 다녔다. 마침내 내동양반은 선대로부터 물려받은 유산을 정리하고 K시로 떠나게 되었다.

　그동안 좋았던 날씨가 하필 이삿날에 싸락눈이 오고 우중충했다. 사람들이 몇 명 없었고 힘쓸 만한 젊은이는 나를 비롯해 두어 명밖에 안 되었다. 이삿짐이 꽤 많아 큰 트럭 두 대 물량이었다. 모두들 이른 아침부터 쉴 틈 없을 정도로 바삐 서둘렀으나 짐을 다 실었을 때는 점심때가 훨씬 지나서였다.

내동양반 부부는 마지막 인사를 일일이 나누면서 눈물을 감추지 못했고 어린 막내딸은 아예 엉엉 울음보를 터트렸다. 내동양반 부부는 인심 좋고 후덕한 분들이었다. 막상 떠나는데 의외로 와 볼 만한 사람들이 코빼기도 안 보이니 무척 섭섭했고, 정든 고향을 떠나니 석별의 아쉬움까지 겹쳐 더욱 설움이 복받쳤을 것이다.

제아무리 이해에 따라 세상인심이 변하기로서니 마을 인심이 이렇게 급변할 수 있나 하고 의아심이 들고, 인간의 얄팍한 속내를 꿰뚫어보는 듯했다. 내동양반과 대립 관계에 있던 주동자와 이들과 부화뇌동하는 사람들은 약속이나 한 듯 단 한 사람도 나타나지 않았다.

곧 봄과 함께 농사철이 다가올 것을 대비해 많은 준비를 해야 함에도 의욕을 상실해 나답지 않게 방안에서 책이나 보거나 뒹굴 거리며 소일하기 일쑤였다.

그러다 마음이 답답하고 우울할 적마다 낮밤을 가리지 않고 산책을 했는데, 박 도인이 영면하고 있는 주변에서 머물거나 돌아다녔다. 털버덕 주저앉거나 드러누워 떠도는 구름을 바라보거나 초저녁별들을 헤아리면서 박 도인과 있었던 일을 회상하거나 마치 옆에 있는 것처럼 말을 주고받았다. 저쪽 세상은 어떻고 지금 어떻게 살고 있는지 내게 자세히 알려 달라고 성화를 부리면 버릇대로 뜸을 들이다 마지못해 한마디씩 하였다.

"이보게나, 이승이나 저승이나 사는 건 다 똑같으이. 이승과 저승,

즉 육과 영의 세계가 분리되어 오갈 수도 소통헐 수도 없을 뿐이여."

　사후의 세계를 이러쿵저러쿵 마치 겪은 것처럼 본 것처럼 말하는 자들도 모두 추측이거나 허무맹랑한 소리일 것이다. 요사이 생과 사의 문제를 붙잡고 심사숙고하고 심각하게 고민하는 일이 빈번해졌다.

개밥에 도토리

오랫동안 마음속에 묻어 놓았던 나의 가계와 출생에 대해서 알고
싶은 욕구가 솟구쳤다.

　지금은 고인이 된 P섬 출신 방물장수 할머니로, 김이나 건조 해산
물을 위시해서 부녀자 용품을 각 마을마다 돌아다니며 행상했던 그
노파를 설득하여 들었기 때문에 대략은 알고 있었다. 자세한 사항까
지 알 확실한 방법은 어머니의 신어머니를 찾아가 캐묻는 것인데, 섣
불리 덤벼들 일이 아니었다.

　어느 날, 먼 길을 떠날 채비를 단단히 하고는 간단한 쪽지를 남겨 놓
고 집을 나섰다. 새벽에 출발하여 K시를 경유해 M시에 도착하니 날
이 저물어 있었다. K시는 헌책을 사려고 몇 번 와봤으나 항구 도시 M
시는 난생처음이었다.

　하룻저녁을 시내에서 여숙할 수밖에 없었다. 그 이튿날 아침 일찍
버스로 M시에서 출발하여 한 시간 남짓 걸려 항구에 도착했다.

　항구를 직접 처음으로 대하니 어안이 벙벙했다. 비린내가 먼저 나
를 반기고 코를 자극했으나 거름 냄새에 길들여져서 그런지 별로 역겹
지 않았다. 거리마다 사람들로 북적거리고 활기가 넘쳐 났으며, 각양
각색의 배들이 널따란 선착장에 줄지어 정박해 있고 그 위로 갈매기

떼가 맴돌고 짙푸른 망망대해가 시야에 펼쳐졌다. 산과 들녘만 바라보고 살아온 나에게 장관이고 황홀할 따름이었다. 생동감과 광활함이 나를 압도했다.

P섬에 가는 배는 하루 두 번 있는데, 오전 첫 배가 상당히 지연되어 꽤 늦은 시각에 승선하게 되었다. 보따리를 두세 개 이상 이고 지며 타는 사람들이 많았고 가벼운 차림인 사람은 별로 없었다. 틀림없이 모처럼 육지에 나오니 너도나도 일용품 등을 바리바리 사 가지고 가는 것 같았다.

배에 오르자마자 여기저기 살펴보았다. 일 층은 의자가 구비된 선실이고 밑에는 기관실 옆에 널따란 바닥 선실이었는데, 노인과 아낙들이 편하게 앉아 있거나 아예 드러누워 있는 사람들로 거의 꽉 차 있었다.

일 층 선실 위에는 갑판이었다. 갑판으로 올라갔다. 날씨가 조금 쌀쌀해서인지 갑판에 있는 사람은 나를 포함해 몇 사람밖에 없었다.

물살을 가르며 배는 앞으로 힘차게 나아갔다. 하늘과 맞닿은 에메랄드빛 바다가 광대하게 펼쳐진 것을 바라보니 가슴이 뻥 뚫리고 기분이 무척 상쾌했다. 작은 섬들과 쪼그마한 어선들이 띄엄띄엄 눈에 들어오고 갈매기 무리가 주위를 계속 맴돌았다.

섬 주위를 지나칠 때에는 기암절벽과 숲이 어우러져 장대한 풍경이었다. 난간에 기대어 전진할 때마다 한순간, 한순간을 놓치고 싶지가 않아 쌀쌀한 바람이 몰려와도 선실에 들어가고 싶지 않았다.

산과 들판만 바라보다가 드넓은 바다를 대하니 뭐라고 형언할 수 없을 정도로 환희에 넘쳐 얼굴이 후끈 달아올랐다. 세상은 참으로 넓디

넓다는 것을 실감했고 풍광명미에 완전 도취되었다.

두어 시간 정도 왔을 때, 갑자기 먹구름이 하늘을 휘덮더니 돌풍이 불기 시작하고 이어서 굵은 빗줄기가 내리기 시작했다. 목적지까지는 세시간 정도 걸린다고 했으니 앞으로 한 시간 이상을 더 가야 했다. 갑판에 있던 사람들은 황급히 모두 선실로 내려왔다.

현기증이 나고 뱃멀미가 오는 것 같아 밑 선실에 내려가 잽싸게 자리를 잡자마자 선원들이 나서서 모두 자리에서 움직이지 못하도록 통제했다.

처음에는 배가 약간 흔들렸으나 시간이 지날수록 심하게 요동쳤다. 배가 파도와 돌풍에 위로 솟구쳤다가 냅다 아래로 곤두박질치기를 반복하면서 억센 물결에 이리저리 휩쓸리고 조금도 전진하지 못하는 것 같았다.

어디에서 들어오는지 물이 선실로 들어왔고 곧 바닥이 흠씬 젖어 들었다. 배가 파도를 탈 때마다 사람과 짐들이 뒤엉켜 이리저리 나뒹굴었고 뱃멀미에 여기저기서 구토를 해 댔고 아우성이 배 안에 가득했다. 속이 메스껍고 어지러웠지만 토하지 않으려고 입을 앙다물고 버텨냈다.

배는 갈피를 못 잡고 거친 큰 파도에 휘몰려 오르락내리락하는 것 같았다. 배 안은 아비규환이었다. 지옥이 따로 없었다. 지금 이 상황이 바로 지옥이었다.

점점 공포심이 밀려와 온몸이 떨리고 으스스했다. 난생처음 바다를 구경하고 배를 탔는데 젊은 놈이 수장될 수도 있다는 극단적인 생각도 들었다.

그때, 몸이 오른쪽으로 기우뚱했는데 구석에 앉은 채 한 손으로 수직 배관을 움켜잡고 있는 노파가 눈에 들어왔다. 머리는 새하얗게 세어 쪽머리를 했고 한복을 곱게 차려입었다. 기도를 드리는지 눈을 감고 있는 모습이 온화하고 무척 태연해 예사롭지 않고 위엄이 서려 있었다. 이런 난장판에서 야단법석을 떠는 가운데 저리 무사태평하다니 놀라웠다. 고고함이 깃들어 있고 당당해 보였다. 기도를 올리는지 눈을 감고 입을 연신 움직였다. 기독교인 같았다. 너 나 없이 얼굴이 사색이되 난리법석을 떨어 대는데도 저리 의연하다니 참으로 감탄스러웠다.

배가 파도를 이기지 못하고 한쪽으로 고꾸라지거나 통째로 뒤집힐 것 같이 몹시 거칠고 세차게 흔들렸다. 물건들은 뒤엉켜 나뒹굴었고 구석마다 사람들이 부둥켜안고 중심을 잡으려고 안간힘을 쓰고 있었다.

얼마쯤 시간이 지났을까? 파도는 멈췄고 배는 곧바로 안정을 되찾았다. 안내 방송이 있자 안도와 기쁨의 환호가 여기저기서 터져 나왔다.

얼마 전까지만 해도 파도가 배를 집어삼킬 듯했는데 거짓말처럼 언제 그랬냐는 듯, 선실은 평온해지고 배는 물결을 가르면서 힘차게 전진하니 지옥과 천당을 오간 기분이었다. 예정 시각보다 훨씬 늦게 섬에 도착했다. 저녁 무렵이 되었다.

배가 선착장에 들어서니 많은 사람들로 왁자지껄했다. 승선자를 마중 나온 사람과 화물을 기다린 사람들이 뒤엉켜 웬만한 작은 시골 장 못지않게 붐볐고 활기가 넘쳐 났다. 하선하는 사람들은 너도나도 웃음꽃이 피었다.

썰늘한 바람이 불어 추웠고, 섬 특유의 비릿한 냄새가 엄습하여 속이 메스껍고 어지럽기까지 했다. 어깨를 움츠리고 느린 걸음걸이로 요기할 만한 곳을 두리번거리며 찾았다.

외딴 섬마을이라 못살고 지저분할 거라고 생각했는데 예상 밖으로 마을은 크고 거리는 포장도로로 깨끗했으며, 집들도 초가집은 눈에 띄지 않고 슬레이트와 함석지붕이 많았으며 기와집이 드문드문 들어서 있었다. 언뜻 보아도 우리 마을보다 훨씬 생활 수준이 높은 부자 마을이라는 것을 한눈에 알아차릴 수 있었다.

여기저기 생선을 널어놓고 말리고 있는 길을 몇 발자국 걷다 보니 이내 선술집이 눈에 띄었다.

내가 안으로 들어서니 낯설다는 듯 두어 사내가 날 쳐다보았다. 술집은 이른 저녁인데도 술꾼들로 가득했고 떠들썩했다.

국밥 한 그릇을 게 눈 감추듯 먹어 치우고 주인아주머니에게 무당할머니 댁을 대충 알아보곤 후닥닥 뛰쳐나왔다. 마주치는 사람마다 할머니 댁을 알고 있어서 쉽게 찾을 수 있었다.

마을에서 상당히 떨어진 곳에 작은 동산을 뒤로한, 아늑한 청기와 집이었다. 소도에서 유래됐다는 천왕기가 대나무 깃대에서 펄럭여 멀리서도 금방 알아볼 수 있었다.

대문이 열려 있어 쭈뼛거리며 마당으로 들어서는데 첫 방문 같지 않게 낯설지 않았다. 친숙하고 평안하게 느껴졌다. 마당에서 두리번거리며 서성거리고 있는데 나이 지긋한 아주머니 한 분이 나타나 안내했다.

안방인 듯싶은 방으로 들어서니 할머니가 정색하고 앉아 있는데, 놀랍게도 배 안에서 본 바로 그 할머니였다.

정중하게 인사를 드렸다. 할머니는 온화한 미소로 절을 받으며 나를 뚫어져라 쳐다보았다. 내 신분을 말씀드리려고 하는 순간, 먼저 말을 꺼냈다.

"긴가민가 혔는디… 많이 컸어. 헌출허니 잘생겼어."

"저를 아나요? 할머니를 전 첨 뵙는디. 어떻게 아시나요?"

"알다말다. 참 세월도 빨러. 애기가 이리 장성해 나타나다니."

할머니가 내게 가까이 오라고 손짓을 하기에 무릎을 꿇은 채 다가가니 내 두 손을 꼭 잡고 쓰다듬었다. 할머니의 체온이 내 몸에 전해져 온몸에 따스한 기운과 정감이 가득 스며들었다.

여기 온 용건을 말하고 곧바로 물어보고 싶은 것을 꾹 참고 에둘러 배 안에서 있었던 일을 물어봤다.

"배 안에서 모든 사람들이 그렇게 난리들 치는디. 그리 태평 허실 수가 있나요? 기도를 드리길래 지는 기독교인 줄 알았구먼요."

"기도는 이 세상 사람들이 다 허는 거 아니여. 종교가 다르든 종교가 없든 기도는 다 허고 살지. 간절히 맴속으로 기원허는 게 기도 아니겄어. 오늘 배에 탄 모든 사람이 태풍이 잠잠히지고 목적지에 잘 가게 히 달라고 염원혔을 거여. 이게 기도 아니겄어. 오늘 태풍은 놀랠 정도지만 토백이들은 웬만한 것은 끄덕도 안 히여. 그리고 사람은 다 타고난 운명이 있어. 아둥바둥히도 운명대로 가는 기여."

"근디, 어떻게 절 알아보셨나요?"

"배 안에서 널 봤을 적엔 긴가민가 혔는디, 우리 집을 찾아왔으니 틀림없이 재복이란 걸 알게 됐지."

이곳에 온 속내를 털어놓고 시원스러운 답변을 듣고 싶은 조바심에 조심스럽게 말을 꺼냈다.

"실은… 지가 여기 온 것은…."

"알어, 니가 뭔 말을 헐는지 알아. 오늘은 피곤헐 테니 자고 내일 얘기허자고."

별도리 없이 그 방을 나와 별채 사랑방으로 내몰렸다. 별채는 안채나 신방하고 떨어져 있고 방은 아담하고 깨끗했다.

예사 무당 같지가 않고 오히려 뭐랄까, 산전수전 다 겪어 삶의 지혜가 풍부하고 인자한 도인 같았다. 잠자리가 바뀐 탓도 있지만 풀리지 않는 수수께끼 같은 의문들이 꼬리에 꼬리를 물고 늘어져 머리를 혼란스럽게 만들었다. 내일 육지로 나가는 첫 배를 타려면 서둘러야 할 텐데 할머니가 순순히 답변을 해 주려는지도 모를 일이었다.

엎치락덮치락하다 밤늦게 잠들어 늘어지게 늦잠을 자고 깨 보니 날이 훤히 밝아 있었다. 아침 예불을 끝낸 할머니와 겸상했다. 식사가 끝나고 단도직입적으로 말했다.

"할머니, 제가 어떻게 태어났고 자랐는지 아시는 대로 말씀 좀 히 주세요. 지도 이젠 클 만큼 커서 궁금허기도 하고 또 사정을 헤아리고 이해할 나이도 됐구먼요. 지발 부탁이니 말씀해 주시오."

"근디 말이여, 세상사라는 게 꼬치꼬치 파 가지고 아느니 그러려니 하고 맘 펀허게 착실히 사는 것이 훨씬 좋을 때가 있어. 옛날 케케묵은 것 들어서 득 될 게 뭐 있겠어."

순순히 말을 꺼내지 않을 수도 있다고 예감은 했지만 막상 일언지하에 거절하니 난감했다.

"할머니 말씀도 맞지만 사람이라면 잘났든 못났든 근본을 알아야 하고 알고 싶은 것도 당연허잖아요. 무당년 후레자슥이라고 천대받고 손가락질받고 컸지만 오기로 굳굳허게 살았구먼요. 이제 앞가림 가릴 나이 되었웅게 지만 알고 속으로 삭일 터니 제발 아는 대로 말씀 좀 히 주십시오. 이리 무릎 꿇고 빌 테니까요. 말해 줄 때까지 한 발자국도 움직이지 않고 이 자리에 있겠구만요."

무릎을 꿇은 채로 고개를 숙이고는 꿈적도 하지 않았다. 방 안에는 무거운 침묵만 감돌았다.

따스한 햇살이 창호지로 투과되어 바닥에 어른거렸다. 고개를 약간 들어 보니 노파는 눈을 지그시 감고 상념에 사로잡혀 있었다.

"불쌍한 니 어미한테 효도허고, 내가 헌 말 깊이 속으로 담어 놓고 그 누구한테도 이 일로 풍파 일으키지 안 헌다고 약속헐 수 있겠어?"

"예, 꼭 그럴께요. 맹세코 절대 입 밖에 내지 않고 나 혼자만 삭이고 누구한테도 해 끼치지 않겠구만요. 지 엄니한테도 꼭 효도허구요."

내 다짐을 받은 후로도 한참 뜸을 들이더니, 헛기침과 한숨을 쉬기도 하면서 띄엄띄엄 이야기를 이어 나갔다.

"니가 태어나기 전에 널리 알려진 용한 무당이 있었는디. 암, 무척 신기가 있고 족집게라고 소문이 자자혔어. 무당이 되려고 허는 사람은 그 양반헌테 내림굿을 받으라고 안달들을 혔지. 나도 그 양반에게 내림굿 받고 일로 왔지. 많은 신딸을 두게 되었고 섬마을까지 곳곳에 퍼져 나가 왕엄마라고 불리게 됐고 어디서 큰 굿을 허게 되면 왕엄마가 혔지. 심성이 수더분허서서 불쌍헌 사람들도 많이 도와주었어.

그런디, 어느 눈보라가 치는 섣달에 쪼그만 가시내를 데리고 다 죽어 가는 동냥치 아줌마가 문밖에 있었다는 거여. 치료를 히 주었지만 시름시름 앓더니 저승길로 간 거여. 눈을 못 감고 사경을 헤매일 때 왕어머니가 '니 딸 걱정 마라, 내가 양딸 삼아 잘 키우마' 혔더니 그제서야 눈을 감았다는 거여."

"그럼, 돌아가신 분은 어디서 왔으며 뭔 사연 있어 떠돌이 신세가 되었남요?"

"글씨, 한 많은 사연이야 어찌 알것어. 입이 무거워 통 말이 없었대. 말이나 행동거지로 봐선 양반 태생 같고 아마 소박데기인가 그려. 니 엄니는 영악허고 이뻐서 왕어머니헌테 온갖 사랑을 다 받고 컸어."

"근디, 어째서 무당이 됐나요?"

"왜, 니 엄니가 무당인 게 남 부끄럽냐? 허긴 그럴 만도 허지. 무당은 타고난 운명이여. 왕어머니는 걔를 무당 안 시키려고 무던히 혔지만 신기가 있었어. 처녀 티가 남서부터 이쁘고 살림 잘헌게 마을 사내놈들이 침을 흘린 거야. 처녀가 덜커덩 애를 밴 거여. 그리서 양어미가 나한테 밤 보짐 싸서 보냈구. 신병이 나서 내가 신내림 히 주었지. 왕어머니가 늙어 수족 못 쓰니 자연 니 어미가 다시 들어가 병간호허다 돌아가셨지."

노파의 말은 여기서 끝이 났다. 여기까지 들은 내용은 새로운 게 없었다. 이미 나도 대강 파악하고 있는 사실이었다. 가장 알고 싶은 핵심적인 정황이 빠져 있었다.

"할머니, 엄니는 누구와 어찌히서 임신했고 그 남자는 누군가요?"

"나도 잘 몰라. 뭘 꼬치꼬치 알려고 해. 다 때가 되면 알게 될 거구만."

"지한테는 아주 중요허고 낭연히 알어야 될 문제잖아요. 제발 아시는 대로만 얘기해 줘요. 아무도 해 끼치지 않고 내 가슴에만 묻혀 둔다고 했잖아요."

"나도 잘 몰라. 언젠가 지나가는 말로는 딱 한 번 관계를 가졌는디 임신했다는 거여. 두 사람이 물과 불 사이라 절대 비밀로 부치고 혼자 안고 가기로 혔대. 그 사람헌테는 알리지 않고. 왜냐면 신기가 있어 무당이 될 팔잔디, 그것이 서로를 위허는 거라 생각혔다는 거여."

입이 마르고 속이 바짝바짝 탔다. 말을 빙빙 돌리기만 하지 중차대한 말은 한마디도 나오지 않았다.

"근디, 그 사람이 도대체 누구예요? 참말로 답답허네요."

노파는 입을 꾹 다물고 천장을 쳐다보았다. 그 말을 듣지 않으면 한 발자국도 물러설 수 없다고 통사정하였다.

"니 엄니가 얘기도 안 비쳤어. 허긴 뭐 좋은 일이라고 씨부렁거리겠냐만. 언젠가는 니헌테 알려 줄 날이 오겠지. 나도 잘은 모른디. 너도 험부로 넘겨짚지 마. 궁금히서 물어보면 갑자기 벙어리가 돼 버려. 한번은 지나간 말로 극과 극이 되었다나 집산가 뭐다 됐다구 허더라고."

그 말이 떨어지자마자 전광석화처럼 머리에 번뜩 떠오르는 사람이 있었고, 망치로 머리를 되게 얻어맞은 것처럼 짜릿한 전류가 온몸에 퍼져 나갔다.

얼굴빛이 창백해지자 노파는 얼른 냉수를 권하며, 괜한 말을 해서 나를 속상하게 했나 하고 후회하는 모습이 역력했다.

첫 배는 놓쳤고 오후 배는 결항되어 하룻밤을 다시 노파 집에서 유숙할 수밖에 없었다. 바람도 쐬고 바다 구경도 할 겸 해안가로 나갔다.

고기잡이를 마치고 열 지어 정답게 정박되어 있는 어선들이 많았고 항구로 들어오는 배도 눈에 띄었다. 해는 막 바닷속으로 몸을 감췄는지 보이지 않고 하늘에 진홍색을 곱게 수놓아 여운을 남겨 놓았다.

저 멀리 붉은 하늘과 검은 바다가 맞닿아 거대한 한 폭의 수채 풍경화를 보는 것 같았다. 저리도 더할 나위 없는 황홀한 풍광을 바라보니 가슴이 설레었다.

바다에는 군데군데 떠도는 작은 배들의 불빛이 노을의 잔영과 함께 더욱 아름다워 보였다. 걸음을 한 걸음씩 옮길 때마다 물결 소리가 은은히 내 귓전을 때렸고 멀리서 울리는 고동 소리는 애잔하게 들렸다.

선술집에서는 왁자지껄한 소리가 밖에까지 들려왔다. 선창가에는 불들이 켜지고 바다의 불빛과 함께 휘황찬란했다. 바다 저 멀리 등댓불이 아늑하게 반짝거렸다.

한 여인의 삶이 그리도 애잔하고 처절했다니 애달파 가슴이 미어지는 듯했다. 저 넓은 바다를 무작정 한없이 떠돌고 싶었다.

이튿날 아침, 배 시간에 맞춰 노파 집을 나섰다. 노파는 나를 붙들고 신신당부했다.

"엄니헌테 효도히여. 불쌍허게 살아왔잖이여. 글고, 절대 딴마음은 먹지 마. 다 내 팔자려니 허고 순리대로 살면 언젠가는 복이 와."

며칠 만에 집에 돌아오니 마을 분위기가 심상치 않았다.

그동안 어머니는 무척 야위었고 초췌하였다. 마을에선 돌림병의 괴질이 떠돌았다.

괴질은 갓난아기부터 서너 살 먹은 애들까지 덮쳤는데, 걸렸다 하면 심한 열이 나고 좁쌀만 한 붉은 반점이 얼굴부터 온몸으로 퍼졌다. 발진이 생겨 밤사이 애들이 울고 보채니 애나 어른 할 것 없이 괴질과의 싸움에 지쳐서 눈에 핏발이 서려 있었다.

괴질은 곧 홍역으로 판명되었다. 전염병이 돌기 시작하면 인근 마을부터 시작해 산 밑에 위치한 우리 마을은 마지막에 발생하곤 했는데, 이번에는 반대로 다른 마을은 조용한데 유독 우리 마을만 극성이었다.

삼월에 접어들어 날씨가 온화해지자 채석장과 돌 공장 작업이 시작되었다.

공장이 들어서는 걸 반대했던 사람들도 다 제풀에 떨어졌고 굴착기를 비롯해 온갖 기계와 장비들이 들어와 입구부터 길을 내기 시작했다.

작업이 시작되자마자 어머니가 혈혈단신 그들과 맞섰다.

사방 주위로 금줄을 쳐 놓고 천왕기를 드높이 세워 놓고는 사람들을 얼씬도 못 하게 했다. 만에 하나 금줄을 넘는 자는 그 누구도 천형을 면치 못할 것이라고 악다구니를 써 댔다.

무복을 차려입고 덩실덩실 칼춤을 추는가 하면 하늘을 향해 주문을 외고 북을 치는 등 종일 굿을 하다, 어두워질 무렵 집으로 돌아오고 동이 트자마자 다시 산 입구를 지키며 굿을 했다.

공사 측에서는 황당무계할 노릇이었다.

성대하게 기공식과 고사도 마쳤으니 동원된 중장비로 일사천리 격으로 진행될 줄 알았는데, 난데없이 무당년이 방해하니 어처구니가 없고 난감하기 짝이 없을 지경이었다.

공사 관계 측 한편에선 당장이라도 끌어내고 일을 시작하자고 했다. 또 한편에선 마을과 나쁜 관계를 맺으면 좋을 리 없고 위험한 작업인데, 무당 말대로 혹여 사고라도 당할 수 있으니 설득하자고 했다. 그들은 둘로 의견이 나뉘어 엉거주춤하였다.

회사 측과 이장이 몇 번 회유하고 공사 지연에 따른 배상까지 언급하며 윽박질러 봤지만 막무가내로 버텼다.

이런 와중에 옆 마을들은 끄떡없는데 유별나게 우리 마을만 홍역이 창궐하니, 이는 분명 무당이 악귀를 몰고 왔다는 소문이 돌았다. 저주나 방자굿을 하니 마을이 좋은 일이 있겠느냐, 재수가 옴 붙었다는 등 홍역의 발단을 무당으로 돌리고 원성이 자자했다.

평소 집에 있을 때는 한시도 손을 놓지 않을 정도로 부지런했으나 끼니도 마련하지 않고 오직 죽기 살기로 공사 막는 데만 매달렸다.

하물며 내가 달랑 쪽지만 남겨 놓고 며칠 집을 비웠는데도 본체만체 무관심으로 일관하였다. 성격이 외고집이라 섣불리 말을 꺼냈다가 본전도 못 찾는 경우가 많아 혼자 끙끙 앓고 있을 수밖에 없었다.

지금 마을 사람들은 공사에 빌붙어 서로 잇속을 챙겨 보겠다고 벼르는 자들이 적잖은데, 홀로 싸워 본들 실컷 욕이나 얻어먹지 될 성싶은 일인가? 턱도 없었다.

시시각각 분위기는 심각해져 갔다. 더 이상 망설일 수가 없었다. 늦은 저녁상을 마주하고 어렵사리 입을 열었다.

"지금 마을에서는 난리가 났는디, 다들 엄니 때문에 온통 홍역이 번져 고생들 한다고 허잖이여. 소문이 어떻게 떠돈 줄 알어? 굿인가 뭔가 한답시고 마귀를 불러들여 재앙을 몰고 왔다는 거여. 그것뿐이여? 공사판 놈들은 놈들대로 일을 못 해 손해가 막심허다고 단단히 벼르고 있다는 거여. 큰 망신 당허거나 마을에서 쫓겨나기 전에 내일 못 이긴 척허고 그만히여."

그러나 어머니는 무덤덤한 표정으로 전혀 동요가 없었다. 보는 사람마다 노기가 가득하고 마치 독사가 독을 잔뜩 품고 고개를 꼿꼿이 세운 채 금방 달려들 것 같은 험악한 사태인데 아는지 모르는지 일체 대꾸가 없었다.

"아, 뭐라고 말 좀 히 봐요. 애가 터져 죽겠네. 이러다 정말 개망신당허고 싶어 그런가. 엄니가 고집 피우면 내가 다 치워 버리고 공사판 사람들헌테 미안하다고 허고 일 시작하라고 할 꺼구먼."

내 말이 끝나기가 무섭게 소리를 버럭 질러 댔다.

"어떤 연놈들이 내 탓을 허고 욕을 싸질러 대는 거여. 난 평생 동안 남을 저주하거나 방자굿 한번 히 본 적 없고, 다 운수대통허고 복 들어오라고 빌고 굿했어. 한평생 넘한테 나쁜 짓 허고 살지 않았어. 이번 일도 인과응보여. 조상님 대대로 물려준 산을 망치다니, 산신령이 노허신 거여. 검은 그림자가 사방을 감싸고 있는 게 보여. 미친 짓들을 관두지 않으면 더 큰 재앙이 몰려올 수 있다구."

"그럼, 이 판국에 엄니 혼자 막을 수 있어? 택도 없는 짓인지 알잖이여. 인심 사납게 허지 말고 당장 때려치워."

"니가 나설 일이 아니여. 니 일이나 알아서 똑바로 히여."

"아니, 내가 뭘 못 헌 게 있가니?"

"농사철이 다가오는디 준비는 안 허고, 바람난 암캐처럼 쓰잘데없이 섬이나 싸돌아다니고 어디다 정신 놓고 사는 기여."

화가 머리끝까지 치솟았지만 말다툼을 하다 보면 큰 싸움으로 번질 것 같아 자리를 박차고 뛰쳐나왔다.

사태가 위중하고 분노가 극에 달해 곪아 터질 지경인데 저렇게 왕고집을 피우니 미치고 팔딱팔딱 뛸 노릇이었다. 강제로라도 굿판을 때려 치우도록 해야 하는데, 묘책이 떠오르지 않았다.

곰곰이 궁리해 봐도 혼자 할 수 있는 일이 별로 없었다.

우리 두 사람은 전생에 원수가 이생에 다시 만난 사이인지 상극이어서 매사에 부딪히기만 하면 다툼으로 끝을 맺었다. 옳은 말은 좀 시늉이라도 못 이기는 척 들어 주면 좋으련만 저리도 막무가내로 역정만 내니 속 터져 환장할 지경이었다.

가슴 깊이 응어리진 증오심이 불타올라 죽이고 싶도록 미웠다. 그 배 속에서 태어나지 말아야 했고, 또 태어나서도 안 될 놈이 세상 빛을 본 것이다.

원인과 발단을 제공한 또 한 놈이 있었다. 당장 때려죽여도 분이 안 풀릴 것 같았다. 안 그래도 나이가 들면서 혹여 김 집사가 당사자 아닌가 하고 의심이 갔고, 나도 모르게 무언가 콕 집어서 말할 수는 없어도 은연히 정이 가곤 했었다.

노파가 어렵게 입을 열었을 때 바로 김 집사라고 확신했다.

순진한 처녀를 꼬드겨 욕심을 채우고 실컷 농락하고서는 임신까지 시키고 독실한 기독교 집사로 행세했으니 인간의 탈을 쓴 악마로, 천인공노할 일이었다.

노파는 어머니가 모든 것을 감내하기로 결단하고 상대방에게 일언반구도 하지 않아 사정을 파악 못 할 수도 있다는 식으로 말했지만 액면 그대로 받아들이기 힘들었다.

어떤 식으로 사실을 정확히 파악하고 앞으로 어떻게 대처해야 될지 갈피를 잡지 못하고 밤낮으로 머리가 지끈거릴 정도로 심각하게 고민해 왔다.

먼저 기회를 봐서 어머니에게 은밀히 물어보려고 했으나 지금 상황에서는 말을 꺼내 봤자 일체 대꾸도 안 하고 무시해 버릴 것이다.

다툼이 있은 후 이틀째 되는 날, 궁여지책으로 내 친구 벙어리 최영철과 함께 다음 날 리어카를 끌고 가, 강제로 어머니를 산에서 데려오기로 단단히 약속을 했다.

결행 날의 전일 오전 열한 시쯤, 집에서 농기구를 정비하고 있었는데 개들이 요란하게 짖어 대었다. 개들이 밤도 아니고 대낮에 짖어 대는 것은 변괴가 일어났거나 외지 사람들이 떼로 몰려왔다는 징후다.

개는 때로는 사람보다 영악하다. 가끔 가축을 사려고 거간꾼이 마을에 들이닥치면 두어 마리가 짖기 시작해 온 개들이 따라 짖고 이리 뛰고 저리 뛰며 도망 다니느라고 소란스러웠다.

산 입구에서 시끌벅적한 소리가 들려왔다. 번뜩 어머니가 떠올랐다. 불길한 예감이 들었다.

있는 힘을 다해 산을 향해 뛰었다. 목표 지점이 가까워질수록 희미한 모습들의 정체가 드러나기 시작했다.

현장에 다다랐을 때는 눈 뜨고는 도저히 볼 수 없을 정도로 잔인하고 참혹한 광경이 내 시야에 들어왔다.

한쪽에선 초막이 훨훨 불타오르고 두 명의 건장한 사내들이 어머니를 무지막지하게 끌고 내려오는 중이었다.

어머니는 욕설을 퍼붓고 악다구니를 써 가면서 끌려가지 않으려고 허우적거리며 안간힘을 썼으나 양쪽에서 사정없이 팔을 휘어잡고 무지막지스레 땅에 질질 끌었다.

그 장면을 보는 순간, 피가 거꾸로 솟고 치가 떨렸다.

"야, 이 개새끼들아! 당장 그 손 놓지 못해?"

고함을 냅다 지르고는 힘껏 돌진했다.

달리는 힘을 이용해 높이 뛰어오르면서 양발로 한 놈의 가슴팍을 내려쳤다. 발길에 차인 놈과 동시에 나도 엉켜 나뒹굴었다.

재빨리 일어나 머뭇거리고 있는 놈에게 달려들어 팔을 붙들고 사정없이 물어뜯었다. 그때, 옆에서 지켜보고 있던 또 한 놈이 달려와 뒤통수를 가격했다. 세 사람이 합세하여 달려드니 당해 낼 재간이 없었다.

몰매에 못 이겨 마침내 쓰러졌다. 얼굴을 감싸고 고통에 몸부림치고 있는데도 수없이 뭇발길질이 오갔다. 세 놈이 아예 날 깔아 짓이겨 묵사발을 낼 듯이 험악한 기세였다.

어머니는 몰매를 맞는 자식을 눈앞에서 보니 눈이 뒤집혔지만 어쩔 도리가 없었다. 소리를 바락바락 질러 대며 달려들 때마다 뿌리쳐져 바닥에 나뒹굴었다.

오직 나와 어머니 단둘만이 장정 세 사람을 상대로 하는 싸움이었다. 이장을 비롯해 어른과 아이 할 것 없이 물끄러미 이 광경을 바라만 보고 있었다. 꽤 사람이 모여 있는데도 말리는 사람 하나 없이 좋은 구경거리인 것처럼 바라만 볼 뿐이었다.

이렇게 심하게 맞다가 병신이 되거나 죽을 수도 있다는 생각에 겁이 벌컥 났다. 머리를 움켜쥐고 몸을 움츠리고는 이리저리 굴렀다.

화풀이를 한껏 하고 나니 분이 풀렸는지 발길질이 멈추었다. 대장인 듯한 놈과 이장이 무슨 말을 주고받더니 이내 두 놈이 나를 일으켜 세워 부축해서 끌고 갔다.

나는 사지가 흐느적거리며 질질 끌려갔다. 기진맥진해 반항할 여력도 없으려니와 항거해 보니 몰매만 더 돌아올 것 같아 아예 몸을 맡겨 버렸다.

"야 이 천하에 못된 놈들아, 하늘이 무섭지도 않느냐? 날벼락을 맞어 뒈질 놈들아. 왜 우리 아들 잡어가냐. 그 애가 뭘 잘못했다고! 날 잡아가. 내가 가마."

어머니가 잔뜩 독이 올라 악다구니를 쓰며 달려드는 순간, 이장을 비롯해 두어 사람에게 붙들려 꼼짝달싹 못 했다. 어머니 대신 차라리 내가 잡혀가는 것이 오히려 잘된 일이라고 생각되었다. 어머니가 잡혀 간다면 일이 훨씬 꼬이고 복잡해질 것이다.

끌려가면서 연신 뒤를 돌아보았다. 머리는 헝클어질 대로 헝클어지고 옷은 여기저기 찢어지고 앞가슴이 거의 드러날 정도로 흐트러져 있었다. 몹시 보기 흉한 몸꼴로 땅바닥에 두 발을 뻗고 주저앉아 땅을 치며 통곡하는 모습이 한없이 처절했다.

마을 사람들에게 큰 구경거리를 만들어 주었다. 수다쟁이들을 비롯해 사람들이 파다하게 수군대며 두고두고 입방아를 찧을 것이다.

얼굴을 들고 다닐 수 없으리만치 톡톡히 망신살이 뻗쳤다. 누구 하나 나서서 편들거나 싸움을 말리는 사람이 없다는 것이 뼈저리게 서러웠다.

뜻밖이고 경악스러웠다. 이웃에게 미움 살 일이나 누구하고 척진 적도 없는데 소 닭 보듯, 물 건너 불 보듯 하니 정나미가 떨어지고 뼈저리게 사무쳤다.

내 딴에는 정이 잔뜩 배어 있는 고향이며 사람들과는 살갑게 지내 왔는데 어디서 난데없이 굴러온 문둥이 취급하니 기가 막힐 노릇이었다.

산 밑 도롯가에 세워진 지프차에 태워졌다. 뒤돌아 차창을 통해 군상들을 주시했다. 지프차는 새까만 연기와 뿌연 흙을 내뿜으면서 그들을 뒤로하고 울퉁불퉁한 농로를 덜컹거리며 달렸다.

숲과 무리가 차츰차츰 멀어져 갔고 희끄무레하게 보이더니 회색으로 변했는가 싶더니 가무스름하였다. 분명 낯익은 광경이었지만 오늘 따라 무척 낯선 광경과 군상들이었다. 와 보지 않았지만 단지 와 본 것 같은 착시현상일 것 같았다.

작은 섬이었다. 저 작은 섬에 사는 사람들이 외계인 같기도 하고 이방인 같기도 했다. 내가 낯선 것인지, 저들이 낯설어하는 것인지 헷갈렸다. 만일 저들이 낯설어한다면, 나는 저들에겐 분명 이방인이었고 지금도 이방인일 뿐이다. 까마귀 떼에 흰 까마귀가 철저하게 따돌림받고 배척당하는 것이다.

차는 달리고 좀 전에 일어났던 일은 언제 그랬냐는 듯 순간들이 접혀 가면서 사방이 거무스름하더니 점점 시야에서 멀어져 갔다.

읍내 경찰서에 도착해 책상을 사이에 두고 형사와 마주 앉았을 때는 늦은 오후였다.

형사는 내 발길질에 나뒹굴었던 사람으로, 키가 작달막한 데다 뱃구레가 볼록하고 얼굴은 거무접접하니 약간 매부리코로 그악스럽게 보였다.

"너 이 새끼, 뒈지고 싶어 환장했어? 어디 경찰한테 덤벼들어. 감방 가서 평생 썩고 싶어? 너 임마, 법을 집행하는 경찰한테 대들어도 죄인디 거기다 공무를 집행하는 경찰에게 폭력을 썼으니, 니 죄가 얼마나 큰 줄 알어, 응? 너 죽고 싶어?"

"개, 돼지 다루듯 그렇게 무지막지허게 끌고 가는디 가만히 보고만 있을 놈이 어디 있담. 눈에 천불이 나서 그랬는디. 순경 아저씨들은 부모도 없소? 그렇게 마구잡이로 히도 되는 거요? 글고 사람 개 패듯 히서 죽을 만치 얻어 터졌는디, 왜 나헌테만 뒤집어씌우는 거요?"

"허, 아직 새파란 놈이 주둥이만 살어 가지고 뭐 어쩌고 어째? 니 애미가 공사를 막아서 회사에선 손해가 막대허다고 회사와 이장을 비롯히서 무당년 끌어내라고 히서 경찰이 투입된 거여. 글고 날짜 쳐서 물어 달라고 허면 잘난 니 집구석 팔어서 갚을 거여? 애미나 자슥 놈이나 맹추네. 마을 사람들은 니 애미가 액을 몰고 다녀 돌림병이 돈다는 거여. 그 판국에 다 찬성허는 공사를 틀어막겠다고 지랄이여. 똥인지 된장인지 모르고 설쳐 대는 거여."

공사판 관계자와 이장을 비롯해 공사로 이득을 보려는 사람들이 작당해서 일을 꾸민 것이 분명했다. 이런 사태가 벌어질 것 같아 내심 조마조마해서 극구 말렸는데도, 왕고집을 피우고 사태를 키워 놓은 어머니가 정말 죽이고 싶도록 증오심이 끓어올랐다. 내일쯤 강제라도 철수시키려 했는데 오늘 결국 사달이 벌어졌으니 개망신당한 꼴이었다.

"우리 집에서 마을 사람들에게 못된 짓 허지 않고 해 끼친 일 없고만요. 공사로 이문 볼 사람들이 모함하는 것이지 다 그런 건 아니잖아요."

"야 호로새끼야, 너 애비 없이 큰 놈이라고 어른 말에 꼬박꼬박 대들고 어디서 배워 쳐 묵은 거여. 니 엄니를 입건헐려고 혔는디. 니가 개망나니처럼 나대서 널 끌고 온 거여. 새끼가 잡혀 있으면 제 발로 다 걸어오게 돼 있어. 둘이서 감방 맛 좀 볼 꺼여."

호로 새끼, 애비 없는 자식 소리를 들으니 울컥 화가 치밀어 벌떡 일어나 크게 소리쳤다.

"그려, 나 애비 없는 놈이여. 그래서 어쨌단 말이여. 내가 어떤 놈들헌테 밥을 달라고 혔어, 돈을 달라고 혔어? 정말 씨벌 별 개 같은 소리 다 듣겠네."

그는 벌떡 일어나더니 피할 겨를도 없이 따귀를 몇 대 후려갈겼다. 그리고 옆에 있던 형사까지 가세해 주먹질을 하고는 날 의자에 주저앉혔다.

"말귀를 그렇게 못 알아듣겠어? 지금 니그 집이 풍비박산 나기 일보 직전인디, 어따 대고 뻣뻣허게 나대고 염병 지랄허는 거여. 너 정말 취조실 들어가 된통 당해 봐야 정신차리겠어? 이 새끼 내가 인정이 많아 봐주니까 한번만 더 반항히 봐. 정말 따끔한 맛을 보여 줄 테니까."

이 말끝에 옆에서 지켜보던 형사가 뒤통수를 세게 가격했다. 형사들에게 대들어 봤자 몰매만 돌아올 것 같고 취조실에 끌려가 더한 폭행을 당하기 전에 고분고분하기로 했다. 배알이 있는 대로 꼴렸지만 고개를 푹 숙인 채 쥐죽은 듯하였다.

그들은 종이와 볼펜을 건네주면서 불러준 대로 받아쓰라고 했다.

난데없이 나타나 민원을 야기한 당사자를 만나 설득 중인 경찰관에게 욕설과 함께 폭력을 행사했다는 내용으로, 모두 내게 책임을 전가하는 진술서였다. 이어서 죽을죄를 지었으니 한 번만 선처해 주십사 하는 내용의 반성문도 추가했다.

제대로 자기주장이나 항변도 못 하고 그들의 으름장에 금방 강아지 꼬리 내리듯 하는 꼬락서니라니, 더할 나위 없이 줏대 없고 비겁하였다.

소년 시절에는 아닌 것은 어떤 압박에서도 끝까지 주장을 절대 굽히지 않았는데 이렇게 변할 수 있다니 나에게 경악했다. 더없이 나약하고 비굴한 자신이 미웠고 공권력을 수반한 거대한 힘 앞에 한낱 버러지만도 못한 내 모습이 슬프고 처량했다.

반성문을 다 쓴 후, 사무실 한쪽에 벌을 세웠다.

국민학교 시절 지겨울 정도로 받은 벌을 오늘 새삼스럽게 서게 되니 어이가 없었다. 무릎을 꿇고 두 손을 들고 있으니 창피했는데 오가는 형사들이 그냥 지나치지 않고 꿀밤을 한 대 주거나 개중에는 발길질을 하기도 하였다.

사무실은 대략 십여 평 되는데 볕이 잘 안 들어 어둠침침하고 천장에 백열등이 대여섯 개가 대롱거리고 있었다. 우중충하고 퀴퀴한 냄새가 코를 찌르고 음산한 공기가 주위를 감싸 돌았다.

한 시간 정도 꼼짝없이 무릎 꿇고 양팔을 들고 있자니 무릎이 저리고 시리며 맞았던 자리가 욱신거리고 심하게 쑤셨다.

변소 가는 걸 허락받고 용변을 마친 후에도 서성거렸다. 도망가려고 들자면 창문을 통해 식은 죽 먹기로 얼마든지 줄행랑을 놓을 수 있었다. 줄행랑을 놓는다면 다음 일이 감당이 안 돼 감히 엄두를 내지 못했다.

아침도 먹은 둥 마는 둥 하고 지금까지 곡기를 입에 넣어 보지 못했으니 뱃가죽이 등에 붙을 지경이었다. 물배를 채우고도 지독한 냄새를 감수하면서 한참 머뭇거리다 한 경찰에게 귓불이 잡혀서 끌려 나왔다.

퇴근 시간이 되자 나를 유치장에 끌고 가 감금시켰다. 유치장은 꽤 높은 천장에 달랑 백열전구 하나만 매달려 있었다. 가까이 있는 물체도 겨우 분간할 정도로 사방이 깜깜하였다.

실내는 예닐곱 평 정도 되고 좁다랗게 변소와 세면대가 딸려 있었다. 유치장에는 사람이라곤 나 홀로 갇혀 있으니 휑하고 싸늘해 을씨년스러웠다.

젊은 경관이 뭐라도 좀 먹었냐고 물어봐서 아무것도 먹지 못했다고 하자, 빵과 건빵을 사다 주고 주변을 정리하고 시건장치를 꼼꼼히 살피곤 사라졌다.

낮에 무자비하게 폭행당하고 무지막지스레 끌려와 갖은 수모를 겪어 경찰들이 깡패보다 더했으면 더했지 조금도 나을 게 없다고 각인되었는데 천만뜻밖의 호의에 고마웠다.

단숨에 먹어 치웠다. 먹보 놈이 종일 굶주림을 참아 내려니 여간 고역이 아니었는데, 만족하지는 못하지만 허기를 채우니 살 것 같았다.

시간이 흐를수록 어둠이 점점 짙어 오고 감방은 더욱 우중충하고 으스스했다. 두려움이 스멀스멀 잠식해 왔다. 똥 마려운 강아지처럼 안절부절못하고 감방을 서성거렸다. 애가 타서 마음이 조마조마하고 왈칵 겁이 났다.

어떻게 이 일이 마무리될 것인가, 하고 걱정되었다.

오늘 어머니가 경찰서에 찾아오지 않은 것은 일이 순조롭게 잘 풀리지 않아서일 것이다. 어머니는 보나 마나 엄청 당황해 동네방네 허둥거렸지만 해결을 보지 못해 오늘 못 온 게 틀림없었다. 시쳇말로 백이라고는 쥐뿔도 없으니 부탁하거나 기댈 데라고는 그 어디에도 없었다.

이런저런 상황을 헤아려 보니 대략 난감할 따름이었다.

천장에 희미한 전등만 감방을 희미하게 비출 뿐이었고 주위는 창문을 통해 불어오는 가냘픈 바람 소리뿐 무척 스산했다. 어둠이 짙어질수록 공포와 추위가 뼛속 깊이 파고들었다.

추위, 공포가 엄습하고 위급한 상황에서도 엄청 피곤했는지 한쪽 구석에서 윗옷을 뒤집어쓰고 쪼그린 채 잠이 들었다. 밤새 악몽과 추위에 시달리다 노루잠에서 깨어나니 새벽 여명이 감방에도 밝아오고 있었다.

머리는 지끈거렸고 몸은 으스스하니 한기가 뼛속 깊이 파고들어 더이상 못 견딜 정도로 탈진 상태였다. 구석에 드러누워 기진맥진해 있는데 얼마나 시간이 지났을까 출근 시간인지 시끌벅적하였다.

출근 시간이 지나고 꽤 시간이 흘러간 듯싶은데 누구 한 사람 나타나지 않으니 답답하고 불안하기 짝이 없었다. 초조하고 겁이 나서 목이 바짝바짝 타들어 갔다. 수도꼭지를 세게 틀어 찬물을 벌컥벌컥 양껏 마셔 댔다.

엊저녁 그 젊은 경관이 나타났다. 나를 꺼내 어제 심문했던 형사에게 인계하고 되돌아갔다.

형사실 안에 들어서자마자 그 자리에서 고압 전류에 감전되다시피 이내 굳어 버렸다. 도저히 눈 뜨고는 볼 수 없는 비굴하고 비참한 광경이 눈에 확 들어왔다. 참으로 수치스럽고 처절한 모습이었다.

젊은 형사 앞에서 어머니는 무릎을 꿇고 두 손을 모아 싹싹 빌고 있었다. 머리는 산발이고 눈에는 핏발이 선 채 눈물로 범벅이 된 피골이 상접한 모습으로, 연신 고개를 조아리는 모습은 말로 형언할 수 없을 정도로 비굴하고 처절했다.

형사는 의자에 몸을 푹 파묻고 뱁새눈을 더욱 가늘게 뜨고 느긋하게 지켜보고 있었고, 그 옆에는 이장이 고소하다는 표정으로 묘한 미소를 지으며 서 있었다. 자식이 갇혀 있으니 그 어미가 틀림없이 찾아오지 않을 수 없다고 씨부렁거리더니 그 말이 맞아떨어졌다.

책상에 백지가 놓여 있는 걸로 봐서 합의서 같았다. 어머니는 내가 끌려간 후로 이장에게 사정해서 방법을 물었을 것이고 이장의 주선으로 관계자를 만나, 향후 공사 방해를 하지 않겠다는 각서를 쓴 후 합의서를 받아 와 경찰서를 찾았을 것이다.

이장, 공사판, 경찰 모두 한통속이고 잘된 각본대로 일이 진행된 것이다. 이번에 본때를 보여 주고 앞으로 어쭙잖게 공사에 조금이라도 차질을 빚게 하는 자는 가차 없이 대처하겠다는 엄포이자 본보기였다.

또한 막일꾼들이 무당의 불길한 주문으로 공사판에 나서는 것을 꺼림칙해했는데 이번에 무당이 굴복하는 모습을 보여 줘 일꾼들의 불안감도 해소시켜 주는 효과도 분명 노린 것이다.

힘 있고 가진 자 앞에 힘없이 무너져 버린 처량하고 가냘픈 여인의 꼬락서니를 보자니 억장이 무너지고 사지가 후들거렸다.

"이게 무슨 꼴이야. 더럽고 치사하게 온갖 추태를 다 부리고. 어서 일어나. 일어나라구."

악다구니를 쓰고 발길로 어머니를 걷어차고는 문을 박차고 밖으로 뛰쳐나와 있는 힘을 다해 달아났다.

죽을힘을 다해 달아나다 꽤 시간이 지났을 무렵, 기진맥진한 채 멈쳐 가쁜 숨을 몰아쉬며 뒤를 돌아보았다. 뒤따라오는 사람은 없었다.

"이젠 끝나야 돼. 모든 걸 끝내야 돼. 손가락질 안 받고 사람답게 사는 거여. 해방이다."

하늘을 향하여 고함을 질러 댔다.

몰매를 맞은 후유증에 굶주림과 울화통이 겹쳐서 기력이 쇠약해져 몸을 가누기조차 힘들었다. 지나가는 차를 세워 얻어 타기로 했다. 드문드문 지나가는 차를 향해 손을 들어 세워 보려 했으나 오히려 약을 올리며 쌩하니 속력을 내며 지나쳤다.

멀찍이 트럭 한 대가 오고 있었다. 신작로 한가운데 서서 양팔을 뻗고는 눈을 질끈 감아 버렸다. 끽 하는 굉음과 함께 거의 나를 칠 정도 가까이서 급정거했다. 운전사가 황급하게 차에서 내리는데 얼굴이 붉으락푸르락했다. 다짜고짜 내 귀싸대기를 후려쳤다.

"야 이 개새끼야, 디질라고 환장을 혔어? 누구 신세 망칠 일 있냐구. 디질라면 곱게 디지지. 엉뚱헌 사람까지 못살게 헐라고 히여."

"아저씨 잘못혔어요. 손을 들어 봐야 영 세워 줘야 말이죠. 그래서 그랬구만요. 급해서 그러니 좀 태워 줘요. 좀 가다 내릴 테니."

"참, 너나 나나 운이 살려 줬다. 너 같은 놈이 하나둘이냐? 가운데나 잡아 먹으슈 하고 있다가도 가까이 가면 얼른 쏜살같이 피해, 다 피헌다고. 그래서 너도 그럴 줄 알았지. 너 오늘 운 좋았어. 담부터 그러지 마. 태워 달라는 사람들이 수도 없어 감당 못 해. 그러니 그냥 갈 수밖에 없어."

"예, 정말 죄송하구만요."

분이 안 사그라졌는지 씩씩거리며 차에 올라타 나를 힐끔 쳐다보더니, 문을 확 닫고서는 시동을 걸었다. 그냥 갈 것 같은 태세였다. 그러다 망설이더니 차 문을 열면서 뜻밖에 타라고 고갯짓을 했다. 고개를 연신 굽실거리면서 올라탔다.

집에 도착했을 때는 머리가 띵하고 어지러워 정신이 나간 사람처럼 몸을 제대로 가누시 못하고 비틀거렸다. 사지가 따로노는 것 같이 걸음걸이가 흐느적거리었다.

위로는 하늘이 빙글빙글 돌았고 밑으로는 땅이 움퍽움퍽 꺼져 들어간 느낌이었다. 기력을 다해 곧 쓰러질 듯 한 몸을 추스르면서 힘겹게 한 발 한 발 뗐다.

간신히 신방 앞까지 다다랐다. 볏짚 더미에서 짚을 한 아름 안고 문을 열어젖히고 안으로 들어섰다.

무신도 앞에 섰다. 정중앙에서 신을 응시했다. 상제를 비롯해 장군과 대감신이 나를 노려보았다. 주신 세 신이 모두 눈을 부릅뜨고 나를 노려보면서 호통을 치고 있었고, 장군신은 금세 뛰쳐나와 창을 휘두를 자세로 위협했다.

산신을 비롯해 다른 신들도 가세해 압박했다. 영묘한 기세가 머리부터 발끝까지 짜릿하게 흐르는가 싶더니 온몸이 얼어붙어 꼼짝달싹 못했다.

멍하니 한동안 서 있다 심호흡을 몇 차례 몰아쉬고선 마음을 가다듬었다. 주신들을 정면으로 응시하는 것이 두려워 시선을 피하기 위해 몸을 옆으로 돌렸다.

아랫배 깊은 곳에서부터 나를 향한 단호하고 분명한 명령이 귓가를 파고들었다.

'지금 이 순간을 놓치면 두고두고 후회할 것이다. 빨리 실행하라. 비겁한 놈, 무엇이 두려워 망설이냐. 즉시 행동에 옮겨라.'

그래, 그렇지 않으면 분노와 절망의 심연에서 허덕이며 살게 되고, 치욕스러운 삶이 앞으로도 이어질 것이며 거기에서 헤어나지 못할 것이다. 이 모든 잡신들로부터 얽매였던 고통의 고리를 과감하게 끊어 버릴 때다.

제단에 놓인 성냥을 집어 불을 켜는데 손이 떨려 몇 번 시도 끝에 짚에 불을 붙였다. 불길은 밑에서부터 타오르기 시작하더니 빠르게 위로 퍼져 나갔다. 짙은 안개처럼 굽이쳐 오르는가 하더니 나풀나풀 춤을 추었다.

불길은 가장 계급이 높은 삼신부터 잡아먹어 나갔다. 장군은 두 눈을 부라리며 금방 나를 향해 달려들 태세였다. 그것도 잠시, 불길은 순식간에 주신들을 해치우더니 다른 계급 낮은 신들에게 달려들었다.

타오르는 불길과 신들이 불길 속으로 스러져 가는 걸 보면서 묘한 회열을 느꼈다. 수치, 모멸, 치욕의 구렁텅이에서 고통받고 억압받으며 살아온 지난 삶의 굴레에서 벗어난 게 가슴이 뻥 뚫리고 후련했다.

한낱 불쏘시개 지나지 않는 잡동사니를 신으로 모셨으니 무척 가관스러운 일이었고 참으로 한심스러웠다.

그때였다. 열린 문으로 센 바람이 방 안으로 휘몰아치더니 사방으로 불이 번졌다. 입구까지 불길이 번져 세차게 타오르기 시작했다. 머리카락이 곤두서고 심장이 급하게 뛰면서 공포에 질려 몸을 최대로 움츠리고 재빨리 빠져나가려고 했다.

갑작스럽게 내 앞에 장군이 긴 창을 겨누고 있고 주위로 신들이 꼿꼿한 자세로 나를 노려보고 있었다. 질겁해 고함을 지르고 뒤로 물러서는데 한꺼번에 신들이 가세해 나를 덮쳤다.

그 자리에서 넋을 잃고 쓰러졌다.

내가 떠난 후에 앞으로 절대 공사를 방해하지 않는다는 각서에 지장을 찍고 손이 발이 되도록 빌고서야 어머니는 경찰서를 나올 수 있었다.

갑자기 앞이 칠흑처럼 어두워지더니 희미한 형상이 눈앞에 아른거렸다. 상제신이 가까이 오라고 연신 급하게 손짓을 해 댔다.

신방에 변괴가 일어날 징조라고 직감했다. 얼굴이 시퍼렇게 질려 있는 어머니를 옆에서 지켜본 이장이 화들짝 놀라 다급하게 사유를 물었다.

"당골네, 어디 아퍼요? 얼굴이 시퍼렇게 질려 가지고."

"신방에 큰 변고가 생길 것 같아요. 주신이 급히 불러들이는구만요."

"뭔 소리여. 하두 놀래 가지고 헛것이 보인 것이지. 갑시다. 약방에 가서 약 사서 먹으면 괜찮을 터이니."

"아네요. 급해요. 택시 대절히서 빨리 가 봐야 씨겠고만요."

어머니와 이장이 택시를 대절해 전속력으로 마을을 향해 달렸다.

택시를 타고 달리는 중에 다시 어머니 앞에 상제신이 나타났다. 상제신은 눈을 부릅뜨고 노려보면서 손가락질을 해 대더니 곧 슬픈 표정을 짓고는 점점 어둠 속으로 사라져 갔다. 신방에 이미 변괴가 났다는 것을 감지하고 안달이 나서 더 빨리 가자고 기사를 채근하였다.

택시가 마을로 접어들어 집에 도착했을 때는 이미 불이 번져 있었다. 불을 처음 발견한 사람은 옆집 미숙이었다. 연기가 무럭무럭 올라왔을 무렵, 흔히 논두렁에서 태우는 쥐불과 달리 연기가 높이 솟아오르는 것을 이상히 여겨 자세히 살펴본 결과, 우리 집에서 난 불이란 것을 인식하고 신속하게 대처했다.

종소리가 울려 퍼지고 사람들이 저마다 양동이를 비롯해 화재 진압에 도움이 될 만한 연장을 가지고 너 나 없이 모여들었다. 종소리와 개들 짖는 소리 하며 사람들이 저마다 불이야 하고 외치는 소리가 뒤범벅되어 온통 마을이 소란스럽고 야단법석이었다.

마을에 불이 난 적은 별로 없었다. 꽤 오래전에 돼지우리에 불이 났지만, 곧바로 불길을 잡아 어미 돼지와 새끼 돼지들이 무사할 정도로 가벼운 화재였다.

그러나 오늘은 달랐다. 불길을 못 잡으면 신방과 본채는 물론이고 들녘과 야산으로 번질 우려가 다분하였다. 외딴집이라 다른 집에 옮겨붙을 리 없지만 대신 야산으로 확산될 수도 있었다.

다행히 못자리 철이 아니라 아녀자들이 들판에 나간 것을 제외하면 주로 남정네들이 집에 있었기 때문에 화재 진압에 많이 동원될 수 있었다.

몇몇 장정들의 눈치 빠르고 잽싼 행동으로 양수기 두 대도 동원되었다. 우리 집에는 우물이 있었다. 불길을 잡는 데 큰 도움이 되었다.

양수기는 양수기대로 가동되고 두 줄로 늘어서 양동이로 계속 물을 공급해 화점에 뿌려 댔지만 불길은 약해지기만 할 뿐 좀처럼 잡히지 않았다.

어머니는 틀림없이 내가 안에 있다고 막무가내로 불길 속으로 뛰어들려 했다. 불길 속에 재복이가 있을 리 만무하다고 사람들은 어머니를 붙잡고 극구 말렸지만, 한사코 그들을 뿌리치면서 안으로 들어가겠다고 고집을 피워 실랑이가 벌어졌다.

"놓으라고, 저 안에 우리 아들 재복이가 불길에 있다고. 틀림없어. 내가 죽더라도 아들은 살려야 돼."

"아니, 미쳤나 봐. 제정신이 아니여. 저 불구덩이에 사람이 있겠어? 개죽음당허고 싶나 봐. 불났으면 강아지 새끼도 달아날 턴디."

"아녀, 놓아, 놓으라구."

악을 꽥꽥 써 댔다. 순간에 무진장 놀랄 만한 힘으로 붙잡은 손들을 뿌리쳐 버리고 안으로 돌진했다. 붙잡고 말리던 사람들은 황급히 뿌리치고 부리나케 불길 속으로 뛰어드는 것을 보고 황당하고 어이없어했다.

별수 없이 사람들은 온갖 수단과 방법을 동원해 입구에 집중해서 물을 살포하였다. 어머니는 안으로 황망하게 들어왔고, 시커먼 연기와 불길은 앞이 보이지 않을 정도였지만 입구로부터 대여섯 발자국 정도에 정신 잃고 쓰러져 있는 거무스름한 물체를 발견하였다.

사력을 다해 양팔로 나를 앞으로 일으켜 세워 겨드랑이를 끌어안고 두 발은 바닥에 끌다시피 하면서 필사적으로 한 발 한 발 무거운 발길을 옮겼다.

그 와중에도 당신은 불꽃을 등지고 날 보호하기 위해 앞으로 끌어안았다. 체중이 두 배 정도 더 나가는 나를 안고 밖으로 나간다는 것은 힘이 부쳐 도통 해낼 수 없는 일이지만 믿기 어려울 정도로 괴력을 발휘한 것이다.

모든 사람이 협력해서 숨 쉴 틈 없이 물을 쏟아부은 탓에 출입문은 불길이 잡히고 연기만 쏟아져 나왔다.

기력이 소진돼 문 근처에서 그만 까무러쳐 두 사람이 엉겨 붙는 순간, 가장 가까이에서 화마와 싸우고 있던 장정들이 합세해서 벼락같이 밖으로 이끌어 냈다.

두 사람에게 물을 끼얹어 화기를 가라앉히고 대강 응급조치를 하여 곧바로 읍내에서 대절해 왔던 택시에 태워 병원으로 이송했다.

어렴풋이 생시인지 꿈인지 분간하기 어려울 정도로 아물아물했다. 아득하고 희미하게 그림자 같은 물체가 움직였고 아련히 웅성거리는 소리도 들려왔으나 정신을 차리려고 해도 마음대로 되지 않았다. 머리가 띵하고 몹시 지끈거렸다. 비몽사몽의 시간이 잠시 흐르더니 이내 정신 줄을 놓아 버렸다.

온몸을 송곳으로 쿡쿡 찌르는 것 같은 통증에 몸을 뒤척이다 눈을 떠 보니 낯선 곳에 벌렁 나자빠져 있었다. 실눈을 뜨고 주위를 유심히 살펴보니 소독약 냄새가 진동하고 의약품 상자를 비롯해 온갖 잡동사니를 쌓아 놓은 좁은 방 안에, 달랑 담요 한 장 밑에 누워 있었다.

옆을 바라보니 어머니가 마치 염을 마치고 곧 관에 들어갈 사람처럼 얼굴에 붕대를 칭칭 감고선 미동도 않은 채 똑바로 누워 있는 모습이 눈에 들어왔다.

소름이 쫙 돋았고 전신이 선율에 휩싸였다. 욱신거리는 통증이 왈칵 가시는 것 같고 대신 형언할 수 없는 두려움이 엄습해 왔다.

옆에 누워 참혹한 모습을 하고 있는 어머니가 겪는 고통에 비하면 내 아픔은 아무것도 아니었다. 나와 어머니를 각인시키며 그동안 무슨 일이 일어났나 하고 온 신경을 곤두세워 기억을 되살리기 시작했다.

희미한 광경들이 서서히 다가오더니 점점 뚜렷해지면서 조각난 모습들이 차츰차츰 연결되어 사건의 시종이 분명해졌다.

수치스럽고 기괴스러운, 엄청난 일을 저질렀다는 자책감에 얼굴이 불덩이처럼 달아오르고 황당무계한 짓이 무척 후회스러웠다. 눈앞의 상황은 감당하기에 너무도 벅찼고, 쥐구멍에라도 들어가고 싶은 죄책감에 아예 눈을 감아 버렸다.

지루하게도 시간은 제자리에 멈춰 갈 줄을 몰랐다. 가슴 깊은 곳에서부터 자책과 회한이 나를 짓눌러 꼼짝할 수가 없었다.

누군가 나를 흔들어 깨우는 소리에 눈을 번쩍 떴다. 늙수그레한 의사와 역시 꽤 나이 들어 보이는 간호사가 별종을 대하듯 내 얼굴을 유심히 살펴보고 있었다.

진찰실에 안내되어 의사와 대면하게 되었다.

"젊은 사람이 왜 그렇게 망나니짓을 헀어? 여러모로 자네가 집에 불 질른 것이 확실헌디. 자네 애미가 제단에 촛불을 켜 놔서 불이 났다구 빡빡 우겨 대니 모두들 속아 넘어가 주는 거지. 귀신이 곡헐 노릇이제. 불 질른 놈은 멀쩡허구 구하러 나중에 뛰어든 사람은 엄청 화상을 입었웅께. 늦었으니 오늘 밤은 불편허지만 여기서 보내고, 내일 큰 병원으로 가 봐. 글고 이만허길 참 불행 중 다행이여. 자네 엄니는 화독으로 목숨을 잃을 수도 있으니 서둘러야 돼."

의사로부터 모욕을 당하고 급박한 말을 듣자 당황스러워 겁이 덜컥 나면서 내 아픈 것은 싹 가시는 것 같았다.

허둥지둥 어머니에게 다가가니 조금 정신이 든 것 같았다. 얼굴이 붕대로 칭칭 감긴 채 눈동자는 멀뚱멀뚱 천장을 바라보고 있었다.

화상이 중태이니 빨리 K시 병원에 입원해야 된다고 다그쳤지만, 눈을 크게 뜨고는 고개를 살래살래 흔들어 댔다.

의사에게 도움을 요청했으나 소용없었다. 무릎을 꿇고 잘못을 빌며 이번 한 번만이라도 제발 고집을 꺾고 아들 말을 들어 달라고 통사정을 해도 황소고집을 세웠다.

군이 집으로만 가겠다고 우겨 대고 죽어도 좋으니 집에서 편히 죽겠다고 간곡하게 애원하니, 별수 없이 의사의 처방대로 약을 구입해 이튿날 오전에 퇴원했다.

집에 돌아오니 신방은 불에 타 시커멓게 뼈대만 앙상하게 남아 있었지만, 안방은 멀쩡했다.

화상 치료를 내가 도맡아 했는데 생지옥도 이런 생지옥이 없었다. 몸이 쿡쿡 쑤시고 통증과 가려움으로 미칠 정도로 괴로울 거라고 이해를 한다 해도 너무할 정도로 쌍욕을 마구 내게 퍼부어 댔다.

뜻대로 즉각 반응을 안 한다거나 조금이라도 거슬린다 치면 어김없이 용수철 튀어나오듯 듣기 민망할 정도로 찰진 욕을 해 댔다. 말도 어둔하기 짝이 없고 모깃소리만 해 입에 귀를 바짝 대고 온 신경을 집중해 눈치로 어림잡아 겨우 알아들을 수 있었다.

시뻘건 불과 시커먼 연기를 많이 들이마셨으니 입안이 온통 헐고 기도와 식도가 온전할 리가 없었다. 얼굴을 비롯하여 온몸이 성한 데가 없을 정도로 볼썽사납게 헐고 검붉었다.

소독약으로 조심스럽게 상처 부위를 닦아 내고 치료제를 바른 후 얼굴을 비롯해 심한 부위는 거즈로 감싸 주기를 밤낮없이 수시로 반복해야 했다. 또 화상 부위의 쓰라림과 가려움증을 조금이라도 완화해 주기 위해 자주 부채질을 해 주어야 했다.

입술이 부르트고 바짝 마른 입에 물을 자주 떠 넣어 주고 죽을 물같이 묽게 쑤어 끼니때마다 챙겨 주었다. 물은 주는 대로 마시는데 죽 숟가락은 혀로 내밀어 버리면서 먹기를 거절했다. 실랑이 끝에 마지못해 몇 숟가락 받아먹고는 숫제 입을 꾹 다물어 버렸다. 밤이면 옆에서 곯아떨어져 자는 둥 마는 둥 날을 지새우기 일쑤였다.

목이 타거나 용변이 보고 싶으면 부채나 수건으로 내 몸을 툭툭 쳐 깨웠다. 그 와중에도 당신의 주요한 부위는 절대 아들에게 보이지 않으려고 무척 신경 쓸 정도로 부끄러워하였다.

심한 화상을 입고 고통스러워하는 모습을 볼라치면 염치가 없고 한없이 죄스럽기만 했다. 내게 그리 당당하고 억척스러웠던 옛 모습은 오간 데 없고 가련하고 무척 늙어 버린 나약한 한 여인에 불과했다. 기어 들어가는 모깃소리로 욕하지 말고 예전처럼 카랑카랑한 쇳소리로 욕을 해 댄다면 차라리 그편이 훨씬 좋으련만 안타깝기 그지없었다.

날이 갈수록 나와 어머니 두 사람 모두 지쳐 갔다. 어머니의 화상이 조금이라도 차도가 있다면 기쁘기라도 하련만 도저히 나아지는 기미가 없으니 고생한 보람이 조금도 없었다.

본인이 병을 이겨 내고 자리에서 털고 일어날 의지가 있어야 하는데 조금도 그런 의지가 보이지 않았다. 연일 잠다운 잠을 자지 못해 피폐해질 정도로 망가졌고, 신경이 칼날처럼 날카로워지고 극도로 쇠약해졌다.

하루 종일 천장을 쳐다보곤 멍하니 누워 있거나 무엇인가 읊조리곤 했다. 음식과 약을 거부하기가 다반사였다. 마치 삶을 포기하고 죽음을 기다리는 사람 같았다.

처음에는 연민과 죄의식으로 정성껏 간호하고 의당 받아들였으나 날이 갈수록 도저히 견뎌 내기 힘들었다. 두 사람 중 어느 하나가 없어져야 되지 않을까 하는 극단적 생각이 문득문득 떠올랐다. 무척 방자스러운 상념이러니 하며 고개를 가로저어 떨쳐 버리지만, 어머니가 빨리 죽든지 내가 없어지든지 둘 중 하나가 사라져야 나락에서 헤어나올 것 같았다.

그러다 어느 날부터 어머니가 갑자기 놀라울 정도로 달라졌다. 식사와 약을 꼬박꼬박 챙겨 들고 치료도 귀찮아하지 않았다. 또한 몰라볼 정도로 화색이 돌고 온화하고 평온한 모습이었다.

나의 손을 가끔 꼭 잡아 주면서 눈가에는 눈물이 맺혀 있었다. 안쓰럽고 미안하다는 표정이 역력했다.

이대로 쭉 간다면 곧 훌훌 털고 일어나 전처럼 의젓하고 당당한 모습으로 돌아올 것 같았다. 팔짝팔짝 동네방네 뛰고 싶을 정도로 말할 수 없이 기뻤다.

낮에 날씨가 무척 화창하더니 밤에도 보름달이 휘영청 온 누리를 비추고 있는 저녁에 자리에서 일어나 앉더니, 날 가까이 불러 오랫동안 바라보다가 낮은 목소리로 입을 뗐다.

"이 어미가 한없이 밉지? 아마 죽이고 싶도록 미웠을 것이여. 나도 이해한다. 내가 너라도 그럴 꺼여. 이 어미가 너한테 몹쓸 짓을 많이 했구먼. 애비 없는 무당의 자슥이라고 넘들헌테 놀림받고 설움도 많이 받았을 거여. 낸들 모르겄냐."

가슴 깊이 도사리고 있었던 회한이 울컥 치밀어 오르면서 서러움이 복받쳤다.

"엄니, 내가 잘못했어요. 엄니를 죽이고 싶도록 미워한 건 사실이구만요. 그러나 누가 뭐래도 엄니를 사랑허구만요."

어머니는 나를 한참을 뚫어져라 쳐다보더니 어렵사리 말을 꺼냈다.

"내가 너헌테 부탁할 말이 있다. 너 지난번에 P섬에 다녀왔제?"

"그런데 왜요? 어떻게 아셨남요."

"다 알게 돼 있어. 때가 되면 다 밝혀지고 알게 될 것을 그리 나서

대. 내가 너한테 두 가지만 부탁허니 꼭 지켜 줘라. 지금 너한테는 살기가 돌아. 아무것도 모르면서 나대지 마, 지발. 김 집사는 너도 알다시피 니 애비다. 어쨌든 천륜이란 말이여. 너도 P섬에 가서 들었겠지만 이 어미가 지금까지 절대 숨겨 왔어. 어차피 이룰 수 없는 인연이라 서로 다른 길을 가기로 혔던 거여. 절대 그 양반 손톱만큼도 나쁜 사람 아녀. 딴맘 묵지 마. 해 끼칠려고 하지 마. 아무 잘못도 없다."

"아니, 엄니는 그 김 집사헌테 속고 당허고도 그놈 편을 드는 거여? 정말 죽이고 싶도록 밉다구."

"그게 아니라고 혔잖이여. 내 말 잘 들어 봐."

그다음에 이어진 말은 대략 이러하였다.

"나와 그 양반하고는 이 마을에서 같이 컸어. 서로 사모했지만 대놓고 연애하던 시대가 아니었어. 어느 해에 지독한 흉년이 들었어. 너도 나도 보릿고개를 넘기고 살아남기 위해 발버둥을 쳤지. 산으로 나물이며 칡이며 이런 것들을 구하러 다녔어. 비가 억수같이 쏟아져 산판하는 사람들이 만들어 놓은 오두막에서 비를 피하러 갔다가 그 양반하고 마주쳤어. 비에 흠뻑 젖어 추위에 떨고 있는 내 몸을 녹여 주었는데 그만 선을 넘고 말았어. 두 사람 다 잘못했지. 그다음에는 네가 섬에 가서 들은 거와 같아. 내가 섬에 있는 동안에도 날 무척 찾았다고 하더군. 그리고 섬에서 널 데리고 마을에 왔을 때 몇 번 물어봤으나 내가 딱 잡아뗐지. 서로 연줄이 안 맞아 다른 길을 가기로 애당초 결심했고 그분은 기독교에 귀의해서 이미 결혼도 했어. 천륜지정은 못 속이고 나중에 다 밝혀지기 마련이야. 나 죽을 무렵 너한테 알려 주려고 했던 거야."

어머니나 섬의 노파나 김 집사를 적극 옹호하는데, 어처구니가 없었으나 모든 게 사실이라면 전적으로 한 사람에게 책임을 물을 수는 없을 것 같았다.

혼돈스러웠다. 김 집사에게 향한 분노가 폭발 일보 직전이었는데 생각을 가다듬기로 하였다. 또 하나의 부탁은 다음과 같았다.

"내가 모시는 신령님으로부터 계시를 받았다. 나는 얼마 살지를 못한다. 요사이 마음도 한결 가벼워졌다. 내가 정말 너에게 마지막으로 부탁한다. 내일 날이 새면 새벽에 읍내에 가서 관이랑 장례용품을 사 오도록 해. 이 어미의 간절한 부탁이다. 갑자기 숨이 끊어지면 네가 혼자 염하기도 힘들어. 지금 마을에서는 돌림병이 나 때문에 생긴 거라 했는데, 누구 하나 와서 도와주지 않을 거야. 힘들겠지만 혼자 쥐도 새도 모르게 치러라. 조용히 저승길 가련다. 쌀독 밑에 문서랑 돈이 있으니 그걸 꺼내 써. 내가 치성을 드렸던 바위 밑 양지바른 곳에 묻고 봉분을 쓰지 마."

"맘 약한 소리는 허지 말고 살려는 군건한 의지를 가져 봐요. 난 단지 무당일이 싫어서 그랬재, 엄니가 미운 게 아니구만요. 앞으로 나서서 허고 싶은 것 히도 조금도 상관 안 헐 테니 지발 죽는단 소린 허지 말아요."

"사내새끼가 뭘 그리 약헌 소리를 허는 거여. 사람은 언젠가는 죽기 마련 아녀. 난 명이 다 됐어. 더 살려고 발버둥 쳐 봤자 다 소용없어 사람만 추히져. 운명을 곱게 받아들여야 해."

서러움이 복받쳐 올라 '어머니'라고 목메 부르고 어머니를 가슴에 껴안고 영영 울음보를 터트렸다. 어머니 가슴을 파고들어 보기는 어릴 적 이후 처음이었다.

　나의 등을 갈퀴 같은 넓적한 손으로 어루만지고 쓰다듬어 주었다. 둘이서 얼굴이 온통 눈물로 뒤범벅이 될 때까지 서로 부둥켜안고 떨어지지 않았다. 마치 떨어지기라도 하면 두 사람 다 생을 마칠 것 같은 어떤 운명의 끈이 우리를 꽁꽁 묶어 놓은 것처럼. 필연적인 인연처럼. 악연이든 호연이든 인간의 힘으로는 풀래야 풀 수 없는 그 어떤 천생의 끈.

　탕아가 타향을 오래도록 떠돌다 모처럼 그리운 고향에 돌아와 정겨움을 한껏 들이키듯, 강아지가 어미의 젖꼭지를 물고 편안히 잠들 듯 포근하고 아늑했다.

　창가에 어렴풋이 비쳐 오던 보름달이 사라질 때까지 이야기를 주고받았다.

　어머니가 잠든 모습을 확인하고 밖으로 나왔다.

　본인이 들어갈 관을 미리 장만하라고 하니 혼란스러웠다. 장례용품을 미리 준비하면 마치 죽기를 바라는 심보 같아 썩 내키지 않는 일이지만, 우리 마을에도 노인이 계시는 집은 묏자리나 관을 미리 준비하면 당사자들이 장수한다는 속설을 믿고 사전 준비하는 집도 더러 있다.

　밤새 고민한 끝에 장지와 용품을 미리 준비하되 남모르게 조용히 하기로 하였다.

읍내 장날에 관과 용품을 사러 갔는데 관은 다행히 체격에 맞을 것 같은 기성품이 있어 그것을 사고 다른 필요한 용품도 준비하였다. 무복은 세탁을 맡겼다. 지난 장례 때 눈동냥이 큰 도움이 되었다.

사람들이 눈치채지 못하게 관을 비롯해 용품들을 가마니로 감싸 단단히 묶어 지게에 싣고 호젓한 길을 택해 집으로 왔다. 오는 길에 마주친 마을 사람이 두엇 됐시만 별로 신경 쓰지 않았다.

차츰 준비는 되어 갔으나 묘지를 조성하는 일, 입관 및 하관을 비롯하여 여러 일은 제아무리 절차를 생략하고, 지극히 간소하게 치른다 해도 나 혼자의 힘으로 모두 감당하는 건 역부족이었고 엄두도 나지 않았다.

그때 떠오른 사람이 있었다. 영철, 최영철이었다. 나와는 다정한 사이로 벙어리이지만 인정이 많고 입이 무척 무거운 사람인데 내 사정을 들어 주련지 모르겠다.

수의는 무복으로 결정해 세탁을 맡겼으나 본인의 의사를 확인해 봐야 했다. 마음에 거슬리지 않도록 넌지시 조심스럽게 물었더니, 본인도 전부터 그리 생각하고 있었는데 의중을 꿰뚫어 봤노라고 흔쾌히 승낙하였다.

무덤을 판다는 것은 감히 죄스러운 마음이 있어 차일피일 미루고 있었다. 그러던 어느 날 진행 사항을 물어봤다. 그간의 준비 상황을 말하고 무덤은 감히 착수하지 못했노라고 하자 얼굴을 잔뜩 찌푸리고 완강하게 재촉하였다.

"며칠 못 갈 것 같어. 그냥 관 하나 들어갈 자리 하나 파 가지고 봉분도 쓰지 말고 짐승 밥 안 될 정도로 묻으란 말이여. 미리서 손 써 놔야지 어쩌려고 그려. 무당년 묘라고 마을에 흉측헌 일이 돌 때는 내 무덤이 파헤쳐질 줄 몰라. 내가 얘기혔던 곳이 누구 땅인지 몰라. 만에 하나라도 땅 주인이 나타나 무덤을 파내라고 헐 수도 있어. 그래서 봉분을 쓰지 말란 거여. 조용히 묻어 달란 거여. 내일이라고 몸뚱아리 하나 들어갈 정도로 파 놓아. 알았어? 알았냐구."

내일 당장 착수하겠노라고 단단히 약속을 하고 얼굴을 살펴보니 무척 야위었고 초췌하였다. 불행한 일을 당할 수 있는 날이 조만간 닥쳐올 수도 있다는 생각이 들자 겁이 덜컥 났다. 태연한 척했지만 가슴은 심한 방망이질을 하면서 쿵쿵거렸다.

더 이상 지체했다가는 큰 낭패를 볼 수도 있다는 강박감이 들었다. 미루지 말고 착수해야겠다고 다짐하였다.

동이 트자마자 아침을 챙겨 주고 혼자서도 사용할 수 있도록 약과 물 등을 머리맡에 놔두고 산에 갈 준비를 하였다. 리어카에 지게를 비롯해 연장을 챙겨 산을 올라갔다.

그동안 산과 마을에는 많은 변화가 있었다. 입구엔 현장 사무소와 식당 비슷한 가건물이 들어서 있고 많은 장비와 자재들이 널려 있었다.

요사이 우리 마을 사람은 물론 외지 사람까지 몰려와 마을은 시끌 벅적하고 활기가 넘쳐 났다. 우리 마을 장정을 비롯해 외지 남자들이 모여들어 품팔이를 하였다.

산은 파헤쳐진 채 관목을 비롯해 큰 나무들이 베어 한편에 쌓여 있었다. 입구부터 상당한 거리까지 길을 닦아 놓았다. 일 년 사시사철

수없이 오르내리던 오솔길인데 더 이상 정겨운 모습을 볼 수 없어 씁쓸하였다.

올라갈수록 자갈과 작은 암석이 많이 쌓여 있고 울퉁불퉁하고 거친 오르막길을 넓고 평탄하게 다듬어 가고 있는 중이었다. 암벽까지 길을 만들고 암석을 채취하기 위해 많은 차량과 기계, 인부들이 들어서 있었다. 정들고 아름다웠던 산이 점령당하고 파괴될 날도 머지않았다는 생각이 들자 먹먹하고 침울하였다.

리어카를 끌고 올라가는데 전에 비하면 덜 힘들고 쉬워졌다. 길을 닦아 놓은 것을 내가 지금 당장 편히 이용하고 있다니 어이가 없어 고소를 금할 수 없었다.

산 중턱에까지 올라와서 리어카를 한쪽에 세워 두고 연장을 챙겨 지게를 짊어지고 오르기 시작했다. 중턱에서 왼쪽 산봉우리를 오르다 정상에 못 미쳐 오른쪽으로 방향을 틀어 올라가면 한 마장 정도 채 못 가서 암벽에 굴이 있었다.

급경사가 졌고 겨우 한 사람 정도 들락거릴 수 있는 아주 작은 암굴이었다. 무척 외지고 후미져서 눈에 띄지도 않고 사람 왕래가 전혀 없는 곳으로, 싸늘한 기운이 감도는 으스스한 곳이었다.

어머니가 옛적에는 기도와 굿하는 장소로 자주 찾았으나 이젠 이용하지 않다시피 했다. 가끔 치성을 부탁받았을 때만 드물게 찾았다. 여러 번 이리저리 헤맨 끝에 간신히 찾아냈다. 몇 년 전에 제물을 지게로 날라다 준 후로는 이곳에 발걸음하지 않았으니 헷갈리는 게 당연했다.

바위에 올라가 사방을 휘 둘러보았다. 들녘을 바라보니 푸르스름했다. 밭에는 여름 수확 작물이 자라고 있고 논에는 군데군데 푸릇푸릇한데 못자리에서 어린 묘들이 자라고 있을 것이다.

농사짓는 사람은 논밭에서 땀을 흘리며 모든 시름을 다 잊을 수 있고 비록 몸은 고되지만 기쁨을 맛본다. 심고 가꾼 작물들이 싱싱하게 자라 나가는 걸 보노라면 더할 나위 없는 희열에 젖는다.

작물들은 주인의 발자국 소리를 듣고 무럭무럭 자란다는 말이 있지 않은가? 농부의 손길, 노력과 정성이 한 해 농사를 가름한다는 뜻이려니, 햇병아리 농부이지만 몸소 배우고 터득한 것이었다.

금년 농사는 도저히 감당할 수 없어 논은 싸게 도지를 주었지만 뙈기밭은 손도 못 대고 나자빠져 있으니 잡초만 무성할 것이다. 농사꾼은 철 따라 가꾸고 거두어야 하는데 그럴 수 없으니 참으로 답답하기 그지없었다.

산봉우리를 둘러보니 불현듯 박 도인이 떠올랐다. 도인의 온화하고 고고한 얼굴이 어른거렸다. 그와 짧았던 교제가 그리웠다. 나에게 힘을 내도록 격려하며 용기를 북돋아 주고 세상 사는 지혜도 불어넣어 준 스승이었다. 달려가 배묘하고 싶으나 마음뿐이었다. 도인의 안식터는 방향이 전혀 다른 산골짜기였다.

방향을 파악하고 내려와 사방을 둘러봐도 묏자리로 적당한 곳을 찾을 수 없었다. 돌과 자갈로 뒤덮여 있으니 좋은 자리가 있을 리 만무했다.

여기저기 살피다 그중 낫다 싶은 곳을 찾아 북과 남쪽을 확인해 표시한 후 괭이와 삽으로 작업에 돌입하였다. 돌과 자갈을 걷어내 가며 땅을 파 들어갔다. 돌과 자갈을 걷어내며 꽤 파 들어갔다 싶을 즈음 황색 빛이 도는 고운 흙이 눈에 확 들어왔다.

기쁘고 기운이 솟아났다. 주먹밥으로 요기를 하고 다시 일을 시작했다. 땀으로 미역을 감을 정도로 힘들었으나 신바람이 나서 열심히 일했다. 깊이 팔수록 자갈이 없고 고운 흙으로 이루어져 땅을 파기가 힘이 덜 들고 쉬워졌다.

날이 지고 어둑해졌을 무렵, 어느 정도 묘지다운 묘가 완성되었으나 손을 더 보아야 될 것 같았다.

만일에 덜컥 일을 당한다면 슬픔은 뒤로하고 정말 장사지낼 일이 큰 고민거리였다. 일단 리어카로 운구한 다음, 지게로 장지까지 운반해야 되는데 경사진 곳을 오르기엔 혼자 힘으론 무리였다. 더구나 시체인데 미끄러져 넘어지기라도 한다면 큰 낭패였다. 뒤에서 안전하게 잡아 주고 밀어 주어야 그나마 안전하다고 볼 수 있었다.

운구도 운구지만 하관도 문제였다. 사전 준비는 철저히 해 두고 힘든 작업은 내가 도맡아도 최소한 한 사람 정도의 도움은 절실한 형편이었다. 물론 죽기 살기로 덤벼든다면 혼자서 그깟 시체 하나 처리 못할 것이야 없지만, 별 탈 없이 극히 작은 예의라도 갖춰 모시고 싶었기 때문이다.

언뜻 마음에 두었던 친구 영철이에게 부탁을 해야 했다. 그놈이 제격인데 밤낮 가리지 않고 언제라도 달려와 힘을 보태 줄지가 의문이었다. 더군다나 일가친척의 송장 치우는 일도 모두 꺼림칙해하는데 하물며 생판 남의 일에 기꺼이 응하지 않을 것이었다. 그러나 마땅한 사람도 없었다. 그 친구밖에 별도리가 없었다. 조용히 찾아가 붙들고 애걸복걸 매달려 보는 수밖에 없었다.

그날 밤에 영철이를 찾아갔다. 나와 영철이는 어렸을 때부터 같이 컸고 친구이기 때문에 남달리 의사소통이 잘되었다. 자세한 사정 이야기를 하고 도와줄 수 없냐고 간곡히 부탁했다.

장례를 단둘이서 치른다는 것과 만일의 경우에는 밤에 일을 감행할 수도 있다는 내 설명을 듣더니 기절초풍하였다. 손짓과 몸짓을 동원하여 그를 이해시키기 위해 무척 애를 썼다. 그는 무척 영리해서 국민학교를 다니지 않았지만 간단한 단어를 중심으로 어느 정도는 읽고 쓸 수가 있었다. 나중에는 땅바닥에 몇 마디씩 단어를 써 가는 것을 병행했다.

그를 납득시키는데, 진땀이 났다. 마침내 애쓴 보람이 있었는지 세세한 것까지는 몰라도 전반적인 상황을 파악했다는 표정이었다.

썩 내키지는 않으나 도와줄 수밖에 없지 않느냐는 대답을 이끌어냈다. 그러나 대낮에 일을 하는 것은 응하겠으나 밤중에 일을 한다는 것은 도저히 엄두도 못 내겠다고 했다. 그가 낮 동안만이라도 도와준다고 하니 정말 감지덕지했다. 밤에 못 도와준다고 한 것은 이해할 수 있었다.

무당에게 잠재해 있던 귀신이나 액운이 옮겨붙을 수 있다고 무당 초상집에는 조문도 삼간다. 지금은 돌림병이 좀 잠잠해졌지만 이번에 돌림병이 돌았을 적에도 무당에게 뒤집어씌웠다. 한편 고종명하지 못

하고 사고로 불귀하면 원귀가 된다는 속설이 있으니 산 자로부터 기피받는 장례이다. 나나 어머나 이런 사정을 감안하여 폐를 끼치지 않고, 아무쪼록 남 눈에 띄지 않고 아주 단출하게 장사를 치르려고 한 것이다.

내 욕심만 고집할 수는 없었다. 한밤에 장사 치른다는 자체가 황당 무계하고 무리한 부탁이었다. 그를 십분 이해하였다.

병세가 호전되는가 싶더니 다시 악화되었다. 식사라곤 물이나 다름 없을 정도로 묽디묽은 죽을 끓여 수저로 떠먹여 줘도 고개를 살래살래 젓고 입을 아예 꾹 닫아 버렸다.

목구멍으로 음식을 넘길 수 없는 것인지 숫제 거부하는 것인지 알 수가 없었다. 분명 음식을 거절하는 것 같았다. 입술이 바짝 마르다 못해 부르터 안타깝기 짝이 없었다.

간호하는 사람의 정성을 봐서라도 음식을 조금이라도 먹으면 좋은 데 전혀 입에 대지 않으려 하니 화가 불끈불끈 치밀어 올랐다. 입을 적실 정도로 물만 마셨다.

기력이 극도로 쇠약해져 측간을 드나들 수 없을 정도로 악화 되어 갔다. 대소변을 전적으로 내게 의존하지 않으려고 단식하고 물만 소량 으로 섭취하는 것 같았다. 먹는 것이 없다 보니 자연히 대변은 아예 없고 소변은 극히 소량이었다. 요강을 옆에 놔두면 본인이 스스로 해 결하지 내 손을 빌리지는 않았다. 비록 몸이 그렇게 망가졌을망정 추 한 꼴을 보이지 않으려고 했다. 사경을 헤매는 중에도 본연의 정결함을 놓지 않으려는 타고난 성정이었다.

시시각각 바짝 야위어 가고 뼈만 앙상하니 피골이 상접해 갔다. 걱정과 두려움이 나를 옥죄어 와 점점 공포의 깊은 수렁으로 빠뜨렸다. 집은 더욱 적막하고 스산했다. 매일 절망과 비탄에 허덕였다.

어느 늦은 오후에 뜬금없이 목욕물을 준비하라고 했다. 궁금했지만 이유를 묻지 않고 큰 통에 적당히 물을 데워 방으로 들고 가, 머리를 감긴 후 부드러운 면으로 몸을 닦아 주었다.

이리저리 몸을 뒤척거려 가며 갓난애 다루듯 조심스럽게 씻기는 게 엄청 힘이 들어 땀이 비 오듯 쏟아졌다. 사경을 헤매는 극한 상황인데도 사타구니는 내 손길을 거부하고 본인이 손수 닦았다. 몸꼴이 말로는 표현할 수 없을 정도로 쇠약해질 대로 쇠약해져 흉측스럽기 짝이 없었다.

목욕을 마친 후 누워서 천장을 쳐다보다 말고 내 쪽으로 얼굴을 돌리더니 눈물을 주르륵 흘렸다.

"재복아, 낼모레 새에 갈 것 같구나. 나 없어도 잘 살아야 된다. 김 집사는 미우나 고우나 니 생부다. 아무튼 딴 넘보단 나을 것 아니여. 천륜이 있응게 언제라도 다 나중에 너를 찾게 돼 있어. 관과 무복을 가져오럼. 내 숨 끊어져 입관헐려면 힘들어 못 해. 정신 줄 놓기 전에 히야 써. 무복을 갖춰입고 관에 들어가 있을 거여."

아까부터 목욕을 왜 하나 하고 궁금했는데 이제야 그 이유를 알게 되었다.

"멀쩡허니 눈 뜨고 살아 있는 사람을 죽으라고 고사 지내는 것도 아

니고 수의를 입혀 관 속에 너 둔다니 이게 말이나 되는 거여? 그런 것
은 그때 가서 헐 일이고 쓰잘데없는 생각 말고 병 나을 생각 좀 히 봐.
화상도 조금씩 좋아지고 목소리도 좀 트였잖여. 아, 제발 살겠다는 의
지를 가져 봐. 이렇게 빌 테니 나를 봐서라도."

"내 부탁이다. 바닥에 누워 있으나 관에 있으나 별다를 게 없지 않
냐? 삼 일 이내 죽지 않으면 관에서 나오겄다. 신께서 명이 얼마 안 남
었으니 준비허랬어. 이 엄니가 죽더라도 죄책감 갖지 말고 떳떳이 살
어."

나와 어머니는 장시간 그 문제로 왈가왈부했으나 결론을 내지 못하
고 딱 삼 일간 말미를 달라고 하였다. 그 대신 열심히 치료받고 입맛
이 없더라도 음식을 조금이라도 들겠다는 약속을 받아 냈다.

내가 저축해 놓은 돈도 거의 바닥이 났는데 지난번 쌀독 밑에 문서
와 돈을 놔두었다는 말이 떠올라 확인해 보기로 했다. 쌀독을 들어내
니 집과 논의 등기 서류와 상당히 많은 돈뭉치가 비닐봉지에 꽁꽁 묶
여 있었다. 우선 돈 걱정할 일이 없어졌다.

언젠가는 나와 김 집사가 한 번은 부딪쳐야 될 일이었다. 사실은 병
간호하는 중에도 문득문득 김 집사의 얼굴이 떠오르고 울화통이 터
져 달려가 한바탕해 대고 싶었다.

그때마다 박 도인이 생각났다. 지나고 나면 모든 것이 무상한 것을
물 흐르듯 자연스럽게 그러려니 하고 뱃속 편하게 살라는 도학적인 충
언이 떠올랐다.

어머니의 사연을 들어 보니 전적으로 김 집사 탓으로 돌릴 수도 없

으려니와 생사의 갈림길에서 싸우는 모습을 직접 눈으로 보니 세상사 아등바등 거리며 시시비비하지 말고 담담하고 초연하게 살고 싶다는 생각이 간절해졌다. 어쩌면 사는 것이 시시하고 무덤덤해졌는지도 몰랐다.

방 안을 깨끗이 정리하고 저녁을 먹고 김 집사를 찾아갔다. 가는 동안에 내 마음을 차분하게 달랬다. 김 집사의 집 앞 골목에서 기다렸는데, 수요 예배가 끝나고 성큼성큼 걸어오는 그와 마주쳤다.

"김 집사님."

"아니, 너 재복이 아니냐. 웬일이냐, 요새 교회에서 통 못 보겠던데."

"가 볼 디가 있어서 기다렸고만요."

"어디를?"

"조금만 시간을 내줘요. 이유나 구구한 얘기 안 헐 테니 울 집에 잠깐 다녀가요. 엄니가 낼모레 하며 생사를 다투고 있구만요. 선뜻 맘이 내키지는 않겠지만 한번 얼굴은 비출 수 있었지요? 이번 한 번이고 마지막 내 부탁이니까 아무 말 말고 나 따라와서 엄니만 만나고 가요. 그리고 다시는 나와 마주치거나 귀찮게 헐 일 없을 테니까. 저녁이고 허니까 사람 눈에 띌 일도 없을 거고."

무척 놀란 표정으로 멍하니 나를 뚫어져라 응시했다. 내가 톡 볼가져 나와 가지고 따발총 소리를 해 대니, 아닌 밤중에 홍두깨라더니 이런 변고가 있나 하고 어리둥절하고 당황한 모습이 역력하였다.

한참을 그 자리에서 꼼짝하지 않고 사태를 파악하는 듯하더니 내게 질문하였다.

"어머니가 나를 보자고 하던?"

"아니요, 내 뜻이구만요."

"그럼, 어머니헌테 뭔 소리를 들은 게 있는 모양이구나. 그렇지?"

"…"

"어머니는 많이 위중하셔?"

"많이 편찮허시기도 헌디. 통 병을 이겨 낼려고 안 해요. 삶의 끈을 놓아 버린 거 같아요."

"알었다. 가자."

당사자의 말을 들어 보면 무슨 일인지 알 수 있으니 직접 확인해 보는 것이 상책이라고 판단했는지 응낙하였다.

내가 앞장서서 총망히 걸었고 그가 뒤따라왔다. 따라오는 길에 그는 아무 말 없이 나만 바삐 뒤따라왔다.

집에 도착해서 내가 먼저 방 안으로 들어가 어머니를 일으켜 벽에 허리받이 해서 편히 앉히고, 김 집사를 안으로 들여보내고 나는 밖에서 가다렸다.

꽤 오랜 시간 두 사람이 대화를 나누었다. 마당에서 서성거리며 하늘을 쳐다보았다. 오늘 밤따라 구름이 끼고 우중충하였다.

김 집사가 밖으로 나오자마자 내 어깨를 감싸더니 흐느꼈다.

"다 내 잘못이다. 변명허지 않겠다. 날 용서해다오. 무릎 꿇고 빌마, 제발. 잘못했다. 용서해다오. 단 한 번의 잘못으로 이런 모든 것이 다 꼬이게 된 거여. 다 내 잘못이여. 매일 속죄하며 살았어. 니 어머니가 내 자식이 아니라고 했지만 니가 클수록 내 자식 같은 생각이 들었어.

그리서 니 어머니가 언젠가는 확실히 말헐 날이 있겠지 했어."

나는 무릎 꿇은 그를 일으켜 세웠다.

"그만치 평생 속죄 기도했다니 이미 용서받은 거잖아요."

지금까지 보아 왔던 당당하고 의연했던 김 집사가 아니고 볼품없고 초라한 중년 남자에 불과했다.

그를 마을 앞까지 바래다주었다. 그는 나를 자기 호적에 입적시키고 만일 어머니에게 변고가 닥치면 도와주겠으니 알려 달라고 재삼 당부하였다. 나는 지금 이대로가 좋고 앞으로도 이렇게 살겠으니 입적은 싫으며, 어머니 장사도 거뜬히 치를 수 있으니 걱정하지 말라고 단호하게 거절하였다.

그는 다시 앞으로 자주 만나고 입적 건도 천천히 생각해 보자고 권유했다. 그러나 오랫동안 생각해 본 결과, 내게 주어진 운명을 받아들이고 내게 주어진 길을 묵묵히 가기로 이미 결심을 굳힌 바 있다. 오늘 밤 이후로 그와는 다시 만날 일이 없을 것이다.

화려한 외출

무복은 신의 옷으로, 신성시되며 옷을 갖추어 입음으로써 신과 교접하게 되어 신의 말인 '공수'를 내려받게 된다.

　세탁해서 고이 보관하고 있던 무복을 꺼내 왔다. 정식 무복은 큰 굿에서만 차려입으며 속옷은 홍색, 겉은 남색으로 '신입석'이라고 부르며 머리에는 흰 고깔을 쓴다.

　내가 도와주었는데도 무복을 갖추어 입는 데 상당한 시간이 소요되었다. 신입석을 입고 고깔을 쓰니 영락없는 옛 대감의 위엄이 서린 자태였다. 굿을 주관하며 호령하고 활개춤을 추던 모습이 눈앞에 어른거렸다. 후닥닥 자리를 털고 일어나 마치 학이 너른 푸른 벌판을 누비며 파란 하늘을 향해 훨훨 춤을 추듯 활개 치고 다녔으면 좋으련만.

　화장 바구니를 부탁해 가져다주었더니 마치 경사스러운 곳에 갈 것처럼 정성스럽게 긴 시간 동안 얼굴을 단장하였다. 화장발이 잘 안 받는지 여러 번 손길이 갔다. 얼굴이 야위어 핏기는 없고 가죽만 남았으니 잘될 리가 없었다.

　나름대로 저승길 채비를 단단히 하고 있는 모양을 보고 있자니 아이가 없고 먹먹했다. 일생일대의 마지막 화려한 외출 준비를 하고 있었다.

　약간 호전되었으니 이제 좋은 결과가 오리라고 기도하는 마음으로 몇 번이고 긍정적인 자세로 가다듬었지만, 죽음의 그림자가 순간순간 스멀스멀 다가오고 있다는 비참한 전망을 떨쳐 버릴 수가 없었다.

숨이 끊어지는 순간, 나무토막처럼 몸이 굳어 버려 혼자서는 도저히 입관을 못 할 테니 관 속에서 죽음을 맞이해야 한다고 부득부득 고집을 부렸다.

별수 없이 방 안으로 관을 가져왔다. 울화를 가라앉히려고 밖으로 뛰쳐나왔다.

낮까지만 해도 날씨가 좋았는데 바람 한 점 없이 후덥지근했고 하늘에는 잔뜩 구름이 끼여 소나기라도 퍼부을 것 같은 기세였다.

대문 쪽 어둠 속에서 희끄무레한 물체가 나를 노려보고 있었다. 저승사자 같았다. 전신에 공포와 전율이 덮쳐왔다. 순간 악이 솟구쳐 올라왔다. 장대를 꼬나들고 달려가 사정없이 내리치고 휘둘렀다. 한참을 그 짓을 되풀이하였더니 기운이 쭉 빠지고 제풀에 떨어졌다.

언뜻 어머니 생각이 나 부랴부랴 방으로 들어갔다.

"엄니, 내가 저승사자가 대문 앞에서 어슬렁거리글래 장대로 후려쳐서 쫓아냈구만. 그렇게 엄니는 인제 오래 살 기여. 곧 후딱 털어 버리고 일어날 거여."

"그려, 저승사자가 니 눈에 보이던? 그 참 저승사자 못난 놈이다 그려. 니 눈에 띄는 것도 그렇지만 또 너헌테 쫓길 정도로 물렁 빠지다니."

터무니없다는 듯 안쓰럽다는 듯 야릇한 엷은 웃음을 지었다. 나도 덩달아 웃었다. 두 사람 간의 이런 온화한 기운이 감돈 것은 기억이 안 날 정도로 무척 오래된 일이기도 하거니와 뜻밖의 일이기도 하였다.

기저귀를 갈아 주었는데 오줌이 별로 묻어 있지 않았다. 대소변을 혼자 힘으로 감당할 수가 없어 별수 없이 기저귀를 사용하기로 하였다. 요강에 앉혀 용변을 처리하려고 했으나 일으켜 세우기도 힘들었고 앉아 일을 보도록 붙잡아 준다는 게 여간 고역이 아니었다. 내게 몸을 맡겨 간호를 받기에도 쑥스러워했는데 이젠 아예 용변을 전적으로 다른 사람 아닌 사내자식한테 의지하게 된 형편을 꽤 부끄러워하는 내색이었다.

식사도 잘 하고 무복을 갖춰 입은 탓인지 얼굴에 화색이 돌아 병세가 한풀 꺾여 곧 자리를 박차고 일어날 것 같아 기분이 좋았다.

그날 저녁은 두 사람 다 깊은 잠을 잤다.

아침에는 미음을 입에 넣자마자 토해 냈다. 구토가 심했다. 전에도 음식을 거부한 적은 있으나 이번처럼 음식을 대하고 바로 거부 반응을 일으키지는 않았다. 미음을 입에 가까이하면 심한 구역질을 해 대고 고개를 돌려 버리곤 했다.

손짓을 해 댔다. 연신 옆에 있는 관을 가리켰다. 말도 어눌해졌다. 관 속에 들어가야 안심이 되니 관속에 들어가겠다고 우기는 것을 모른 체했는데 혹여 관에 들어가면 편안한 마음이 돼 음식을 좀 먹을까 하는 생각이 들었다.

병이 호전되면 다시 관에서 꺼내면 된다는 생각도 들어 마침내 어머니의 뜻대로 실행하기로 결단했다.

부축을 해서 관 안에 눕혔다. 그제야 안심이 된다는 표정이었다. 물을 떠 주었다. 입으로 잘 삼키지 못하고 침을 흘려 댔다. 바가지에 미지근한 물을 가져와 수건에 적셔 입에 놔 주었다. 다른 젖은 수건으로는 얼굴을 조심스럽게 닦아 주었다.

두어 시간이 지났을 무렵, 잠이 들었는지 기척이 없었다. 이번 사태는 심각하나 전에도 이런 경우가 있었으니까 아주 위중하다는 생각이 들지 않았다.

입이 바짝바짝 말라 가고 있었다. 자주 입술을 적셔 주었다. 저녁까지 곡기라고는 입에 담질 못했고 가쁘게 숨을 내쉬었다.

한 시간가량 눈을 반쯤 감고 숨소리가 가냘프게 들리더니 갑자기 숨이 가빠지기 시작했다. 낮보다 병세가 극히 나빠지고 상황이 시시각각 악화되어 가고 있었다. 엊저녁만 해도 상태가 좋았는데 오늘은 매우 나빠졌으니 알다가도 모를 일이었다.

죽음을 준비하려고 잠시 기운을 되찾은 '회광반조(回光返照)'였나 하는 방정스러운 마음도 들었으나 바로 고개를 살래살래 흔들면서 부인했다.

그러나 몹시 불안하고 초조하여 어찌할 바를 모를 정도로 혼란스러웠다. 당황스럽고 겁이 덜컥 나서 벌떡 일어나 방 안을 서성거렸다.

문득 일을 당하면 어쩌지 하는 불안감이 엄습해 오자 심장이 쿵쿵거리고 두려움에 몸이 떨렸다. 이런 위중한 사태에 위급함을 호소하고 상의하며 도움을 청할 수 있는 사람이 내 곁에 아무도 없다는 것이 너무도 서럽고, 슬픔이 목까지 복받쳐 올라왔다.

혈혈단신 외돌토리였다. 간곡히 기도했다. 제발 죽지만 말아 달라고, 비록 지금 이 상태라도 좋으니 숨만 쉬면서라도 제발 옆에 있어만 달라고 속으로 울부짖었다.

그 순간, 이런 생각이 들었다.

'사람의 목숨이라는 게 고래힘줄보다 더 질기다고 들었는데 그리 쉽사리 빨리 저세상으로 가겠는가?'

참으로 긴 하루였다. 평생 이렇게 가슴이 쥐어 터질 것 같은 길고 긴 하루는 처음이었다.

초저녁 이후로는 숨소리가 무척 거칠어지더니 숨을 가쁘게 몰아쉬었다. 입술은 바짝 마르다 못해 검게 변해 가고 있었다. 천장에 매단 백열전등이 바람에 흔들리면서 깜박거렸다. 요사이 자주 정전이 되곤 했다. 초와 석유램프를 준비해 정전에 대비하였다.

솥에 물을 끓여 놓고 대야로 방으로 날라 미지근한 수건으로 얼굴을 가볍게 닦아 주고 수저로 물을 입에 떠 넣어 적셔 주었다. 이 위급한 상황에 내가 할 수 있는 일이 고작 이것밖에 없다니 한심스럽고 안타까웠다. 밤중에는 무척 괴로운지 좁은 관 안에 누워 뒤척이며 끙끙 앓았다.

얼마나 시간이 흘렀을까? 갑자기 우르릉 꽝, 하면서 세상을 집어삼킬 듯이 우레가 쳐 창가에 섬광이 반짝이는가 했더니 창문이 흔들리고 이어서 소나기가 창을 세차게 내리쳤다. 동시에 전기가 나갔다.

준비해 둔 초와 석유램프에 불을 밝혔다. 빗줄기는 점차 강해지는 듯 창문에 들이치는 빗소리가 세찼다. 밖에서 천둥 번개와 함께 소나기가 세차게 내려도 어머니는 반응이 전혀 없었다.

정신 줄을 놓지 말라고 말을 걸었으나 소용이 없었다. 조금 전까지만 해도 고개를 끄덕이면서 내 말을 알아들었다는 표정을 짓곤 했는데 멍하니 가만히 있었다.

대충 한밤을 지나 새벽으로 접어들 무렵, 억세게 마구 쏟아지던 비는 약해졌다.

헉헉거리는 숨소리가 들리지 않아 얼굴을 살펴보니 눈을 감고 있었다. 고개를 숙여 얼굴에 귀를 대고 숨소리를 확인해 보니 가냘프게 숨 쉬고 있었다. 잠이 든 것 같아 안심이 되었다. 이대로 무사히 넘겼으면 하는 바람이 간절했다.

잠이 쏟아졌으나 허벅지를 꼬집어 가면서 두 눈을 부릅뜨고 잠을 쫓아냈다.

어머니는 바람결에 무복 치맛자락을 휘날리며 안개가 자욱한 공중을 떠 가면서 자꾸 손을 흔들어 댔다. 그리고는 얼마 동안 날아가더니 강이 나오고 스스럼없이 물속으로 들어가 걸어가는지 빨려 들어가는지 점점 깊은 곳으로 들어가고 있었다. 깜짝 놀라 악을 써 가면서 뒤쫓아 달려갔다.

순간, 내 얼굴에 무엇인가 떨어져 퍼뜩 놀라 벌떡 일어났다. 수건이 얼굴에 떨어져 있었다. 그동안 깜박 잠이 들었고 나를 깨우기 위해 수건을 던진 것 같았다.

그야말로 생사를 다투는 경계에서 사투를 하고 있었다. 눈동자는 휑하니 초점을 잃었다. 목구멍에서는 그르렁거리며 가래가 들끓고 있었고 숨은 헉헉거리며 내쉬지 못하고 몹시 괴로워했다.

관에서 상반신을 일으켜 껴안은 채 등을 가만가만 두들겨 주고 물

수건으로 입가를 계속 닦아 주었으나 고통에 몸부림치는 신음은 사그라지지 않았다.

죽음과 싸우고 있는 모습은 눈 뜨고 볼 수 없을 정도로 비참하고 처참했다. 태어날 적에 울음보를 터트릴 정도로 힘들게 세상에 나와서 주검에 맞닥뜨릴 때는 훨씬 더 힘들고 모진 고통이 뒤따르다니, 이것이 인간이 겪어야 하는 운명이라면 너무 가혹한 처사가 아닌가.

처참한 이 순간순간에 나로서는 아무것도 해 줄 수 없고 그저 지켜만 보아야 하니 안타깝고 가련해 가슴이 멨다.

우리 두 사람은 땀으로 뒤범벅이 되었다. 단말마의 고통과 싸우며 몸부림치는 경련과 전율이 내 몸에 그대로 전이되었다. 채찍으로 온몸을 갈기갈기 찢기는 아픔일 것이다. 숨을 할딱거리며 제대로 쉬지 못하고 목구멍에서 가래가 심하게 들끓었다. 임종을 더 이상 볼 수 없고 참을 수 없었다.

"어머니, 고통스러워하지 말고 편안히 좋은 데로 가십시오. 엄니한테 잘못헌 게 많은디 용서해 주십시오. 정말 잘못했어요. 용서해 주십시오. 이만, 다 훌훌 털어 버리고 부디 좋은 데 가소서."

힘없이 고개를 끄덕거리며 한 손으로 내 얼굴을 겨우 쓰다듬더니 축 처졌다. 이삼십여 분간 단말마와 치열한 싸움을 하고 신음이 약해지더니 소리가 뚝 끊겼다. 몸을 흔들어 보았다. 양팔이 아래로 축 늘어졌다. 조심스럽게 관 안에 몸을 똑바로 눕혔다. 귀를 기울여 숨소리를 들으려 했으나 전혀 기척이 없었다. 팔과 다리를 주무르면서 목메큰 소리로 불렀다.

"엄니, 어머니…"

반쯤 감았던 눈을 번쩍 뜨면서 눈물을 주르르 흘렸다. 내가 눈에 밟혀서 이승을 떠나기에는 한없이 마음 안 놓였으리라. 날 바라본 후, 다시 눈이 감겼다.

내 얼굴을 어머니 얼굴에 파묻고 엉엉 울면서 목청껏 어머니, 어머니, 하고 애타게 불러 봐도 미동도 없었다. 영영 다시 눈을 뜨지 못했다. 손으로 반쯤 감긴 눈을 쓰다듬어 감겨 주면서 포효했다.

나는 어머니가 죽이고 싶도록 미울 때가 많았는데 막상 임종하니 불효막심한 짓이 무척 후회막급하였고, 어머니의 그 큰 사랑을 버거워하고 등한시했다는 자책과 죄책감으로 몸부림치고 땅을 치며 통곡했다.

얼굴을 쳐다보고 손을 만져 보았다. 얼굴은 핏기가 없이 희멀겋고 손은 차디찼다. 몸이 굳어 가고 있었다. 염을 걱정해 돌아가시기 전에 관에 들어가 있겠다는 당신의 깊은 사려와 자식 사랑이 드러났다. 죽는 날까지 자식 걱정을 하면서 장례까지 세심한 신경을 썼다는 걸 회상하니 가슴 깊은 곳부터 울컥한 감회가 솟구쳤다.

절망과 비탄에 잠겨 얼마쯤 지났을까? 새벽녘의 희미한 빛이 창을 통해 은은히 비치고 있었다. 마냥 슬퍼만 할 수도 없는 노릇이었다. 장례 치를 일이 뇌리에 떠오르자 막막하기 짝이 없었다.

오늘 같은 최악의 경우를 염두에 두기는 했으나 무엇을 먼저 어떻게 해야 할지 갈피가 잡히지 않고 감불생심이었다. 멍하게 천장을 한참 쳐다보다 벌떡 일어났다. 나름대로 염을 하기로 했다. 얼굴이 새하얗게 변해 가고 몸은 뻣뻣하게 굳어 가는데 더 이상 망설일 수 없었다.

얼굴을 조심스럽게 닦아 낸 후, 화장한 후에 무복을 들춰 가면서 온몸을 정성스럽게 닦아 냈다.

"무당은 거역할 수 없는 팔자라고 평생 푸념하면서 남들로부터 천대받고, 호강 한번 못 허고 고생고생허다 가신 불쌍한 어머니. 당신이 믿었던 좋은 나라 가서 이승에서 못다 헌 행복 부디부디 누리소서."

화장한 얼굴에 눈물 자국이 날까 봐 울음을 꾹 참아 가면서 입술과 볼에 입맞춤을 하고는 얼굴을 한동안 바라보았다. 비록 몇 시간 전의 생전 모습이 아니고 시체이지만 그나마도 앞으로는 영영 볼 수가 없다.

관 뚜껑을 닫고 못질을 할 때 손이 떨려서 몇 번이고 헛손질을 했고 못 쥔 손을 내려치기도 하였다. 밥을 지어 집에 있는 음식으로 초라하게 제사를 지냈다.

인적이 뜸한 시간을 이용해 장사를 지내기로 하였다. 리어카에 관을 실을 수 있도록 긴 판자를 밑에 깔고 산길을 오르는 데 안전하도록 묶을 새끼를 챙겼다.

리어카 한편에는 연장을 싣는 등 만반의 준비를 갖추었다. 방 안으로 들어와 관을 다루기 편하고 하관할 수 있도록 소창 노끈으로 단단히 묶어서 윗목에 모셔 놓고 눈에 띄지 않도록 천으로 덮어 놓았다. 혹시 내가 외출하는 동안 누가 찾아올지 몰라 방문과 대문도 철저히 단속하고 친구 영철이를 만나러 갔다.

어제저녁 소나기가 쏟아졌는데 언제 그랬냐는 듯이 오월의 싱그러운 아침답게 쾌청하였다. 새벽부터 쉴 틈 없이 서둘렀으나 아침나절이 다 되어 갔다.

친구는 다행히 집안일을 하고 있었다. 사고 소식을 들은 그는 깜짝 놀라면서 믿기지 않는다는 기색이었다.

"너는 옆에서 조금 거들어 주기만 허면 돼. 모든 준비는 다 되어 있어. 뒤에서 리어카만 좀 밀어 줘. 지발 부탁이다."

그는 위로의 말도 잊은 채 어찌 그런 큰일을 단둘이서 해낼 수 있겠냐는 표정으로 어처구니없어 했다. 결국 지난번 본인이 약속한 것도 있고 마지못해 승낙하는 것 같았다.

공사판 인부들이 최근에는 휴업을 해서 늦은 오후에 운구한다면 아무에게도 들키지 않고 산까지 갈 수 있다. 산 입구에서 네 시경에 만나기로 단단히 약속을 하고 곧 전방으로 달려갔다. 전방에서 술을 비롯해 제수 용품이 될 만한 물건을 샀다. 집으로 달려가 제수 용품을 실어 놓고 지게에 삽, 곡괭이, 간단한 참배 제수품만 챙겨 가지고 부리나케 묘지로 향했다.

장지를 사전에 조성해 놓았으나 어젯밤 폭우로 망가지고 훼손된 곳을 미리 손을 봐 놓아야 했다. 운구를 비롯해 장사를 날이 어두어지기 전에 무사히 마치려면 묘지 작업을 미리 완벽하게 준비해 놓아야 했다.

엊저녁 비가 많이 와서 산길이 꽤 질퍽거릴 거라고 걱정했으나, 아침에 햇볕이 나고 날이 좋아서인지 걱정했던 것보다 괜찮았다. 꼭 저세상에서 내려다보고 있는 망자가 일이 잘 풀리도록 도와주는 것처럼 느껴졌다.

처음에는 겁도 나고 용기가 나지 않았지만, 별다른 뾰족한 방법도 없으려니와 홀로 감당할 수밖에 없는 운명이라고 감수하니 용기가 생겼다. 극한 상황에서 악이 박쳐 오르니 어금니가 꽉 깨물어지고 눈이 독기가 서리고 없던 힘까지 솟구쳤다.

묘지를 살펴보니 몇 군데는 손보아야 할 정도였다. 전방에서 사 온 술, 빵, 과자를 묘지에 벌여 놓고 제를 올린 후, 허겁지겁 먹어 치웠다. 두 끼를 굶다 음식을 대하니 정신없이 입에 쑤셔 넣었다.

묘지 보수 작업을 서둘러 끝내고 뒤돌아서면서 망자에게 간절히 성원을 부탁하였다.

"이제 곧 당신의 안식처에서 완전한 평온에 이르게 될 테니 가시는 걸음걸음 안전하고 자리에 편히 안착되도록 부디 도와주십시오."

관을 마당으로 옮겨 리어카에 싣기 위해 지게를 방 안으로 가져갔다.

평소 생활했던 방을 떠난다고 생각하니 기분이 착잡하고 우울했다. 정중히 인사를 드렸다. 지게를 눕혀 관을 싣고 조심스럽게 일으켜 세워, 짊어지고 몸을 굽혀 옆으로 문을 통과하는데 낑낑거리고 무척 힘이 들었다.

리어카에 옮긴 후 새끼로 이곳저곳 여러 방향으로 묶고는 짚과 가마니를 덮어 남들 눈에 띄지 않도록 하였다. 여러 연장을 점검하고 마지막으로 그 위에 지게를 엎어 묶었다.

리어카를 끌고 집을 나섰다. 시체가 바짝 마른 상태라 관 무게가 얼마 되지 않아 리어카도 생각만큼 많이 무겁지 않았다. 나도 모르게 대문을 나서자 눈물이 주르륵 흘렀다.

땅이 질척했으나 그런대로 리어카를 잘 끌 수 있었다. 산 입구에 도착하니 조금 이른 시간이라 친구는 오지 않았다. 공사판이 휴업이라 산을 오르는 사람이 없었다. 리어카를 눈에 띄지 않게 한쪽에 세워 놓고 그를 기다렸다.

약속한 네 시가 지났는데도 친구는 그림자도 보이지 않았다. 입술이 바짝바짝 타고 애간장이 녹아 들어가는 것 같았다. 당황해 어찌할 바를 모르고 싱숭생숭해 제자리를 수없이 맴돌면서 사방을 살펴보았다.

혹시 안 올지도 모른다는 불길한 예감이 들기도 했다. 속을 끓이면서 안절부절못할 때, 다가오는 그의 모습이 보였다. 너무도 반가워 눈물이 핑 돌았다. 그런데 더욱 내 눈시울을 붉히게 한 것은 지게 발채에 삽과 괭이 하며 막걸리까지 챙겨 온 것이었다.

서둘렀다. 내가 앞에서 끌고 그가 지게를 짊어진 채 리어카를 밀었다. 산으로 들어서자 길이 울퉁불퉁하고 비 온 뒤 땅이라 질어서 속도가 나지 않았다.

차라리 지게로 운반하기로 하였다. 나나 영철이나 어렸을 때부터 지게를 짊어지고 살다시피 하였으니 지게질만큼은 누구 못지않게 자신 있고 능숙했다. 지게에 관을 싣고 나머지 지게에는 연장 등을 실었다.

내가 관을 실은 지게를 지고 앞에서 오르면 그가 뒤따라왔다. 관은 무겁지 않았지만 발을 헛디뎌 넘어질까 봐 작대기로 짚어 가면서 신중히 산을 올랐다.

황소 얼음판 걷듯 한 발 한 발 떼기를 한 시간가량, 드디어 묘지에 도착하였다. 우리 두 사람은 땀으로 미역을 감다시피 땀이 줄줄 흘러내렸고 초주검이 되었다. 탈진해 바닥에 벌러덩 드러누워 버렸다.

잠시 휴식을 취하고 막걸리로 원기를 보충한 후 하관에 들어갔다. 관과 함께 준비해 온 소창의 긴 줄을 이용해 위아래를 들어 올려 균형을 맞추어 무덤 안으로 관을 넣었다.

미리 골라 놓았던 좋은 황토 흙을 관 옆으로 채우고, 나머지는 관 위에 덮고, 그다음에 질이 떨어지는 흙을 덮으면서 다지고 꼭꼭 밟아 주었다.

봉분을 쓰지 않고 평장하기 때문에 다른 묘보다 작업이 훨씬 쉬웠다. 미진한 부분은 내가 다시 날을 잡아 마감하기로 하고 오늘은 그만 일을 끝냈다. 엉성하기 짝이 없지만 묘라고 썼으니 무거운 짐을 내려놓은 것처럼 홀가분하였다.

간단히 제사를 모셨다. 어머니를 땅에 묻었으니 이젠 이승에서 영영 이별이라고 생각하니 자괴감과 죄책감으로 애통망극하였다. 무릎 꿇고 애통해하고 있는 나의 등을 그가 두들겼다. 일어나 보니 회색빛 땅거미가 깔려 있었다.

서둘러 뒷정리를 하고 연장 등을 챙겨 집으로 돌아왔다. 영철이는 끝까지 나에게 호의를 베풀어 주었다. 홀로 썰렁하게 있을 나를 위로할 겸 내 방에서 하룻밤을 같이 잤다. 나는 너무 고마워서 그를 꼭 껴안은 채 엉엉 울어 버렸다. 그날 밤 둘이서 주거니 받거니 밤새 술을 퍼마셔 댔다.

몸이 천근만근 무거웠지만 술김인지 졸리지도 않을뿐더러 취하지도 않았다. 언제 어떻게 잠이 들었는지 몰랐다. 둘이 깨어났을 때는 해가 중천에 떠 있었다.

모든 것을 과감하게 정리하기로 했다. 내 방을 정리하고 안방으로 들어갔다. 안방에 들어서자마자 써늘한 기운이 감돌았고 으스스했다.

생사의 갈림길에서 힘든 싸움을 했던 아랫목에 눈길이 가자 소름이 돋고 머리카락이 쭈뼛이 곤두섰다. 한밤에 산야를 헤매도 무서움을 타지 않았는데 대낮에 두렵다니 믿을 수 없었다. 옛말처럼 망자가 산자에게 정을 떼려고 하는 것인가 하고 고소가 나왔다.

두 방에서 나온 옷가지 하며 잡동사니가 상당했다. 아궁이에 불을 지펴 태웠다. 벌겋게 타오르는 불길을 바라보며 여러 상념에 젖었다.

우리 고장에 예로부터 '왕대밭에서 왕대 나오고 조릿대밭에서 조릿대 난다'는 속담이 있다. 가련하게 출생해서 무당의 손에서 자랐으니 무당이 될 수밖에 별수가 없었으리라.

일 년 사이에 세 사람의 죽음을 보았다. 직접 초상을 치르기도 하였다. 어떤 죽음은 모두가 슬퍼하고 꽃상여 타고 간 반면, 어떤 죽음은 저승길 전송하는 사람 하나 없이 쓸쓸히 늑장하다시피 저승길로 떠났다.

곡식은 낟알이 여물자마자 먹이나 씨앗으로 쓸 수 있고, 과일도 그 안에 씨앗이 들어 있다. 이는 생명의 생성과 함께 소멸도 동시에 포함되어 있음을 뜻한다. 인간도 자궁을 어렵사리 뚫고 나올 무렵, 죽음도 함께한다. 생과 사가 손의 양면 같다는 생각에 미치자 어떤 삶이 참되고 보람된 삶이며 또 어떤 죽음이 가치 있는 죽음인가 하고 사색에 사로잡혔다.

집안을 정리하는 데 밤늦게까지 시간을 들였다. 이 집에 무척 정이

들었지만 한시라도 빨리 벗어나고 싶었고 마을도 마찬가지였다. 혈혈
단신 갈 곳 없고 생면부지인 타향에서 어떻게 살아가나 하는 두려움
이 있었지만 여기서 머물며 살면 억장이 무너질 것 같았다.

삼우제를 지내고 묘 뒷마무리하기 위해 아침 일찍 산소에 갔다. 산
을 오르면서 인부들이 도로 작업을 다시 시작하는 것을 보았다.

제사와 묘지 작업을 하고 골짜기를 내려와 다시 다른 골짜기를 올라
가 박 도인의 산소에 성묘하였다. 언제 다시 이 산을 찾아 두 분께 배
묘할 수 있는지 생각하니 쓸쓸하고 착잡하였다.

밤늦게까지 앞으로 살아갈 궁리를 해 보았으나 뾰족한 방법이 있을
리 만무했다. 이 생각 저 생각에 헤매었다.

어두운 방 안이 갑작스럽게 훤해지더니 무복을 갖춰 입은 망자가
천장에서 몸을 반듯이 수평으로 한 채 둥둥 떠다니며 아래를 응시하
고 있었다.

갑작스럽게 일어난 기이한 일이라 숨이 멈출 정도로 크게 놀라, 일
어나 도망가려 했으나 몸이 굳어 꼼짝달싹하지 못했다. 황망한 중에
도 분명 어머니는 죽어 저세상 사람인데 이승에 나타날 수 없는데 웬
일인가 하는 생각이 번개같이 뇌리에 스쳤다.

나를 쳐다보고 공중을 몇 번 선회하더니 내 머리맡에 앉았다. 몸을
뒤척거려 봐도 자석에 달라붙은 것처럼 전혀 꼼작하지 않았다.

목쉰 소리가 가냘프게 들려왔다. 망자는 일정한 거리를 두고 나만
응시하고 있는데, 어디선가 소리가 들려왔다. 귀를 기울여야 겨우 들
을 수 있었다.

"재복아, 고생 많았다. 니 덕에 지금은 맘 편히 잘 있다. 정말 고생이 많았지. 그리고 너무 걱정허지 말어. 산 입에 거미줄 치겄어. 삼성산은 내가 틀림없이 지켜 줄게. 암, 꼭 지켜 내고말고. 너만 그리 알어. 신령님이 사시는 산이고 조상 대대로 보존히 온 산인디. 그리 무지막지허게 망가뜨릴라고, 나쁜 놈들 같으니라구."

산 도로가 완성 단계에 와 있고 머지않아 채석장이 들어설 게 빤한 노릇인데, 무슨 재주로 막을 수 있겠냐며 따져 물으려 했으나 입이 떨어지지가 않고 속에서만 오물거려졌다.

"우리 불쌍헌 재복이, 이 엄니가 지켜 줄게. 걱정 마. 꼭 지켜 줄 테니까."

그러고는 손으로 내 볼을 쓰다듬었다. 손이 얼음장처럼 차가웠다. 기겁을 해서 악을 바락 쓰고 후닥닥 일어났다.

그동안 깜박 잠이 든 것 같았다. 그런데 꿈치고는 너무 생생했다. 요사이 정신적, 육체적으로 너무 피폐해서 악몽을 꾸었나 하고 치부하였다.

아침에 일어나니 찌뿌듯했다. 최영철이 찾아왔다. 대농가 광산양반이 조생종 모내기를 하려고 날을 잡았는데 공사판으로 장정들이 몰려가 일꾼이 부족하다고 별일이 없으면 같이 품팔이하자고 날 찾아온 것이다.

피로가 누적돼 몸이 찌뿌듯해 선뜻 내키지 않으나 그를 따라나섰다. 그를 따라나서면서 반성했다. 농사꾼으로 살아온 놈이 하필 바쁜 철에 모른 체하고 고향을 등지려 했다니 철없는 생각을 했다고 자책했다. 조생종 모내기까지라도 도와주기로 작정하였다.

모내기 품팔이 삼 일째 되는 날, 점심시간이 좀 지났을 즈음 마을이 떠나갈 듯한 굉음이 울려 퍼졌다. 소리의 진원지는 산이었다. 모내기 하는 사람들이 모두 궁금해하였으나 작업장의 폭파 작업이려니 하고 작업을 계속했다.

모내기 작업을 시작했으면 비가 와도 그날 일을 끝마쳐야 한다. 그러나 시간이 지날수록 마을 개들은 심하게 짖어 대고 소란스러웠다. 신작로에서 산 입구 방향으로 들어가는 차들이 상당히 많았다.

새참 시간에 나와 영철이하고 급히 다녀오기로 했다. 모두들 산에서 무슨 일이 일어났나 하고 조바심이 나 있었다. 모내기 논하고 산하고는 좀 멀리 떨어져 있었다.

우리가 현장에 도착했을 때 놀란 입을 다물지 못했다. 아수라장이고 아비규환이었다. 산 입구는 경찰들이 철저히 통제하고 관계된 사람 이외에는 일체 출입을 허용하지 않았다.

바위산에서 밑으로 한 마장이 못 되는 지점에 산길 한가운데 큰 바위가 박혀 있었는데, 이 바위를 제거하기 위해 다이너마이트로 폭파시키려다 오작동으로 큰 사고가 발생한 것이었다. 두 사람이 즉사하고 몇 사람이 부상을 입었는데 그중에는 생명이 위독한 사람도 있다고 했다. 사망자와 부상자는 현장에서 수습하여 K시 병원으로 긴급 수송되었고 현장에는 관계 기관에서 사고 수습과 조사를 하고 있는 중이었다. 현장 인부들과 가족들이 뒤얽혀 대소동이 벌어지고 있는 판이었다.

황급히 달려온 사람들 중 본인의 가족이 무사한 이들은 놀란 가슴을 쓸어내리고 안도하는 반면, 그러지 못한 이들은 울음바다를 만들었다. 땅을 치고 통곡하는 사람, 경찰들을 제치고 현장에 가 보겠다고 멱살잡이하며 우기는 사람, 현장 간부들을 심하게 다그치며 욕을 퍼붓거나 곧 해치울 것처럼 으르렁거리는 사람들로 완전 반미치광이들의 난장판 같았다.

아침에 멀쩡히 일 나간 사람이 청천벽력 같은 변고를 당했으니 그 가족들은 억장이 무너지고 하늘이 내려앉는 슬픔일 것이다. 나와 영철이도 눈시울이 뜨거워졌다.

아수라장을 뒤로하고 모내기 현장으로 달려와 사람들에게 본 대로 알려 주었는데, 모내기 일꾼들 가족 중에는 공사장 일꾼이 한 명도 없었다. 모두가 모내기하면서 침울했고 일손이 잡히지 않았다.

개구리가 요란스럽게 울어 대기 시작하는 초저녁에서야 작업을 끝낼 수 있었다. 모내기한 집 마당에서 모내기 일꾼과 그중에 아빠를 따라온 꼬마둥이까지 모두 멍석에 둘러앉아 저녁 식사를 하였다.

단연 화제는 오늘 일어난 끔찍한 사고였다. 모두들 한목소리로 사고를 당한 사람들을 애석해했고 부상자들의 빠른 쾌유를 빌었다.

화제가 점점 깊어지자 너 나 없이 삼성산을 보존해야지 개발한답시고 애당초 산을 훼손시켜서는 안 될 일이었다고 이구동성으로 말하였다. 어제까지만 해도 개발해야 한다고 너도나도 게거품 물고 다녔던 사람들이 언제 그랬냐는 듯 안면을 싹 바꾸어 버렸다.

저녁을 끝내고 영철이와 같이 사랑방에 놀러 갔다. 무척 오랜만에 가 보는 사랑방이었다. 방 안에는 네 명이 있었다. 그동안 나에겐 많은 시련이 있었으나 전혀 눈치채지 못하고 그들은 오히려 오랫동안 보지 못했다고 다정스럽게 맞이하였다.

막걸리를 마시고 있는 중이었다. 나와 영철이도 어울려 막걸리를 마셨다. 산에서 일어난 사고는 벌써 마을에 쫙 퍼져 있었다. 죽은 두 사람은 외지 폭약 기술자들이고 우리 마을에서는 두 사람이 다쳤다고 했다.

사고 원인은 현재 정밀 조사 중인데 이러쿵저러쿵 말들이 많았다. 폭약 전문기사가 아닌 돌팔이가 설치를 잘못해 오작동으로 갑자기 폭발했다고도 했고, 또 다른 쪽에서는 한 번은 불발되었고 두 번째 설치해 시도했으나 아무 기미가 없자 불발인 줄 알고 대피를 풀고 기사가 그 원인을 조사하던 중 갑자기 폭파했다고 했다. 정확한 사고 원인은 두 기사가 죽었기 때문에 미궁에 빠졌다.

사랑방 사람들 모두 공사판에 날품팔이하지 않고 농번기에 농사꾼 일에 충실한 것이 운 좋은 결과가 되었다.

사고를 목격한 순간부터 나흘 전 꿈이 떠올랐다. 꿈은 꿈일 뿐, 우연의 일치겠지 하고 무시하려 해도 어머니가 한 말을 지워 버릴 수가 없었다.

사고 다음 날 마을은 뒤숭숭했다. 돈도 없는 건달들이 회사를 급조해 석공 사업에 뛰어들었는데, 큰 사고를 당하자 모두 삼십육계 줄행랑을 쳤고 현장 감독을 맡았던 이장도 야반도주했다고 소문이 파다하였다.

한편 품삯과 장비 대여료 등이 몇 개월 미납되고 일꾼들에게 지급된 전표는 휴지 조각이 되었으며, 사망자는 장사비를, 부상자는 치료비를 당장 걱정해야 되니 모두들 여기저기서 못 살겠다고 아우성판이었다.

오후에 건장한 남자 셋이 우리 집에 들이닥쳤다. 다짜고짜 어머니를 찾았다.

"어머니는 무당일 고만두고 섬에 내려갔는디. 웬일로 찾는 거요?"

"니 어미가 재수 없게 지난번부터 사고 나라고 저주굿 허고 지랄혔잖이여. 아예 뭔 일 나라고 고사를 지내다시피 혔제. 니 어미 어디 갔어?"

무슨 일이 금방 터질 것 같은 공포 분위기였다. 엉거주춤 겁에 질린 모습으로 있으니 집 안을 이곳저곳 샅샅이 뒤졌다. 어머니의 흔적뿐만 아니라 수상한 점도 발견되지 않을뿐더러 깨끗이 청소되어 있는 것을 보고 내 말을 믿는 것 같았다. 나를 노려보고 자기들끼리 수군대더니 대문을 박차고 나갔다. 나중에 알고 보니 피해자 가족들이 어머니에게 분풀이하고 겁박하려고 찾아왔으나 헛걸음한 것이었다.

결국 삼성산은 자손 대대로 내려온 고고하고 장엄한 모습 그대로 이어 가게 되었다. 단, 사람들이 죽고 다쳐서 안타깝기 짝이 없었다.

망자는 그날 저녁에 단 한 번 나타났고 그 이후로는 나도 악몽을 꾸지 않았다. 우연의 일치라고 하기에는 이상야릇하였다.

뱀은 성장하기 위해 껍질을 벗고 나비는 성숙하기 위해 번데기에서 깨어나야 한다. 그 과정에서 일어나는 고통은 감내해야만 하듯이 나도 더 성장하고 성숙하려면 어떤 고난도 정면으로 당당히 받아들이고 맞서 이겨 나가야 한다.

마을을 한 바퀴 돌기로 했다. 항상 그렇듯이 불 꺼진 마을은 개구리 합창과 개 짖는 소리만 간간이 들릴 뿐 평온하고 고요했다. 천천히 걸음을 옮기면서 되도록 골목골목의 풍치를 머릿속에 담았다. 길마다 눈 감고 걸을 정도로 익숙하고 나름대로 추억이 고스란히 담겨 있었다.

최영철, 최정애, 윤미숙, 그 밖의 친구들, 심지어 나와 사이가 좋지 않았던 벗들도 모두 건강하고 잘 있게나. 정들었던 마을 사람들, 모두 안녕히 계십시오. 고마웠습니다. 그렇게 인사했다.

읍내로 가는 아침 첫 버스를 탔다. 차는 곧 출발했다. 뒷좌석에서 창을 통해 마을을 바라보았다. 희미하게나마 삼성산 정상이 보였고 마을이 시야에서 뒷걸음을 치며 빠르게 사라져 갔다. 그리움이 뒤로 사라지고 설렘이 밀려왔다.

어렸을 적에 마냥 무지개를 쫓아가다 지쳐 쓰러지곤 했다. 비록 내 꿈이 무지개 같은 환상일지언정 희망의 나래를 활짝 펴야 한다.

소리에 놀라지 않는 사자처럼, 그물에 걸리지 않는 바람처럼, 진흙에 더럽혀지지 않는 연꽃처럼, 무소의 뿔처럼 혼자서 힘차게 가리라.

흰 까마귀, 무리를 떠나 창공을 날다.

우리나라는 참 대단한 나라이다. 전 국토가 한국전쟁으로 폐허가
된 상태에서 짧은 기간에 세계 10위권 경제 대국으로 발전했다.

공업화와 산업화의 바람이 불기 시작한 것은 6~70년대이다. 60년
대 노동집약적인 경공업에서 시작해 차츰 수출 산업 분야로 발전해 나
갔다.

자원, 자본이 변변치 못한 나라에서 오직 인적 자원만이 유일한 경
제 축이라고 해도 과언이 아니었다. 그 과정에서 급격한 사회 변화는
필수였고 전통적인 농업과 농촌도 예외는 아니었다.

격변의 소용돌이 속에 소년에서 청년으로 성장해 가는 경계인의 삶
과 고뇌를 가감 없이 그리고자 하였다. 산업화 과정에서 전통적인 의
식 구조와 생활 양식이 해체되어 가고, 새로운 가치관과 방식이 정립
되어 가는 한 평범한 농촌 마을과 그곳에서 주인공과 사람들이 겪는,
사실에 입각한 이야기다.

주인공은 전통적인 폐습과 권위적인 부조리에 반항적이었고 종교,
삶, 진로에 대해 심각한 고뇌와 방황으로 가치관과 인생관을 정립해
가면서 성숙해 간다.

최첨단 과학과 정보가 널리 퍼진 사회에서 고리타분한 담론이라고 경시할 것으로 여겨지나, 한편으로는 어제 없는 오늘이 없듯이 잠시 멈춰서 뒤돌아보는 것도 가치와 의미가 있다고 본다.

점점 사라져 가는 그 당시 농촌의 생활, 전통, 풍속 등을 되도록 사실적으로 전하고자 했기에 문맥에서 벗어나 곳곳에서 군더더기가 있어 매끄럽지 못하다고 여길 수도 있다. 작가의 부족한 역량 탓도 있다.

하루가 멀다 하고 각종 정보가 쏟아지는 정보화 사회에 또 하나의 문자 공해를 초래했나 하는 걱정이 앞선다. 미미하지만, 농촌 근대화 실상의 한 단면을 관조하는 계기가 되길 바란다.

졸작의 출간에 많은 도움을 주신 북랩출판사 여러분에게 사의를 표한다.

2020년 가을

조영건 배상